Gerlinde Kurz

Strandgut

Gerlinde Kurz

Strandgut

Urachhaus

Für Torsten, Linus und Mara

ISBN 978-3-8251-7919-9

Erschienen 2015 im Verlag Urachhaus
www.urachhaus.de

auch als eBook erhältlich

Umschlaggestaltung: Rothfos & Gabler, Hamburg
Umschlagabbildung: © Susan Fox / Trevillion Images
Gesamtherstellung: CPI – Clausen & Bosse, Leck

Mein *Müssen* lässt mir Gänsehaut wachsen, von der Schädeldecke den Nacken hinunter in die Fingerspitzen, immer weiter, überall, genau jetzt, in diesem Moment, bei sengender Hitze. Dieser höllische Druck auf der Blase zwingt mich augenblicklich vom Fahrrad. Das Absteigen verlangt allerhöchste Konzentration: Schön vorsichtig, mit maximal angespannten Muskeln und aufs Äußerste konzentriert hebe ich mein Bein über die Stange. Jetzt muss ich es noch zum Haus schaffen, und das versuche ich mit ganz kleinen Schritten.

Immer tappe ich in diese Falle, und dabei ist es immer wieder das Gleiche! Irgendwann fängt so ein schwaches *Müssen* an, es ist läppisch, leicht zu ignorieren, auf später zu verschieben und immer noch ein bisschen länger und nochmal länger hinzuhalten. Und dann geht schlagartig gar nichts mehr, von einer Sekunde auf die andere, im unpassendsten aller Momente und an unmöglichster Stelle.

Weiter geht's, die letzten paar Meter noch, ich darf jetzt nicht aufgeben! Noch könnte es klappen, wenn ich den einen Fehler nicht mache: zum Wasser rübersehen! Das wäre mein Ende. Nur, gegen das Plätschern des Flusses hilft auch Wegsehen nichts. Allein schon der Gedanke »Wasser« ist zu viel.

In diesem Moment gibt es nichts Wichtigeres auf der Welt als eine Toilette. Und zwar schnell.

Gleich breche ich zusammen: Dieser rettende, dieser beste aller Orte erscheint mir, je näher ich komme, immer unerreichbarer. Türen, die Treppe, noch mehr Türen, nichts als Hürden auf dem Weg zu meiner Rettung. Ich fürchte, diesmal schaffe ich es nicht!

Warum schwillt dieses fiese Plätschern denn jetzt zu ohrenbetäubendem Dröhnen an? Direkt neben mir, unendlich aufdringlich, und das bedrängt mich immer und immer mehr, obwohl mehr doch gar nicht geht ... Jetzt ist alles egal!
Ich lasse mein Fahrrad fallen, meine Schultasche knallt auf den Boden, mit ein paar eckigen Sprüngen erreiche ich das Ufer und den einzigen Busch weit und breit.
Während ich am Reißverschluss ziehe, riskiere ich einen Blick über das Gebüsch hinweg, nicht mehr als mageres Alibigestrüpp, das weiß ich auch. Und? Schaut da jemand? Niemand zu sehen. Oder hat sich da drüben, im Haus gegenüber, etwas bewegt?
Und wenn schon, jetzt ist alles zu spät.
Mann, dieser Reißverschluss, das kann doch nicht wahr sein – nicht klemmen, nicht jetzt! – und endlich, endlich ist die Bahn frei und ich kann es losplätschern lassen.
Mann, war das knapp!
Tief unter mir fließt Wasser und sieht nicht anders aus als zuvor. Nur ich allein weiß, das rede ich mir zumindest ein, dass mein gelassenes Wasser, maximal verdünnt, Richtung Elbe zieht und immer noch weiter bis ins Meer.
Ich schließe meinen Reißverschluss.
Puh! Besser.

*

Genau in diesem Moment bin ich zum ersten Mal froh, dass wir die Wohnung in diesem Haus direkt neben dem Fluss genommen haben. Den Fluss fand ich von Anfang an packend. Als wir mit vollgeladenem Wagen ins Dorf hineinfuhren, tobte gleich an der ersten Brücke eine beachtliche Wasserschlacht, und ich wäre am liebsten auf der Stelle ausgestiegen! Das allein ist aber noch lange kein Grund, direkt neben diesem Fluss wohnen zu müssen. Ein Abstecher, ab und zu, von unserem Zuhause in der Stadt aus, hätte mir eigentlich völlig gereicht. Aber meine Mutter wollte unbedingt hierher ziehen, und deshalb sind wir jetzt hier, für fest.

Gestern, da wohnten wir grade den zweiten Tag hier – falsch, ich korrigiere – wir *befanden* uns den zweiten Tag hier, von *Wohnen* kann keine Rede sein. Das war nichts als ein permanentes Geschleppe und Geräume von Unmengen von Zeugs, keine gemütliche Stelle gab es, nirgends, dauernd wurde ich angerempelt, sollte aus dem Weg gehen, wurde sofort wieder zurückgepfiffen und bekam immer noch einen neuen Auftrag aufs Auge gedrückt. Als dann die Waschmaschine, schon halb in der Tür, stecken blieb, nichts mehr ging und alle Konzentration ausschließlich darauf gerichtet war, entweder die Tür breiter oder die Maschine schmaler zu bekommen, nutzte ich die Gelegenheit, entwischte ins Treppenhaus und brachte mich hier am Ufer in Deckung.

Erst lag ich im Gras und beobachtete vorbeiziehende Wolken, und als kleine Krabbelviecher anfingen zu nerven, machte ich es mir auf den Stufen zum Fluss gemütlich. Ganz in Ruhe sah ich einfach nur dem Fließen des Wassers zu. Von Zeit zu Zeit ließ ich Steinchen ins Wasser ploppen, rupfte den einen und anderen Grashalm aus, der dann hinuntersegelte, bekam richtig Lust auf ein Eis, ließ die Idee aber gleich wieder fallen, weil ich mir dafür Geld holen müsste und garantiert sofort einen neuen Auftrag einkassieren würde, und blieb einfach nur weiter da sitzen, alleine, unterzuckert, mit der Ahnung, dass sich hier im Dorf nichts Spannenderes bewegt, als das Wasser unter mir.

Und da fiel es mir auf.

Ich machte voll die irre Entdeckung! Ich merkte nämlich, dass

der Fluss immer leerer strömte. Erst dachte ich, es läge an meinen Augen, eine optische Täuschung wegen Unterzuckerung oder so, weil das Leerfließen natürlich langsam vor sich ging, aber das Grasbüschel an der Treppenstufe, das ragte immer höher heraus, was eindeutig bewies, dass der Wasserspiegel wirklich sank. Gespannt wartete ich, bis ich den schmodderigen Schlick auf dem Grund sehen konnte und vom Fluss nur noch ein schmales Rinnsal in der Mitte übrig war.
Ich weiß jetzt, dass unten im Matsch ein alter Eimer klebt und eine Fahrradfelge feststeckt. Sogar ein verrostetes Bettgestell mit Metallfedern liegt da. Was wohl tief im Schmodder noch alles verborgen sein mag? Während ich mir überlegte, hinunterzuklettern und mich Fuß für Fuß auf den Schmodder zu wagen, war mir, als veränderte sich etwas. Der Matsch wirkte zunehmend matschiger und glänzte auf ein Mal wie frischer Klarlack. Dann konnte ich sehen, wie Wasser zurückgekrochen kam. Ja, wirklich zurück, zum Abfließen war ja eh nichts mehr da, weshalb es logischerweise aus der anderen Richtung kommen musste. Mich auf den Matsch zu wagen, ließ ich jetzt lieber bleiben. Auf Versinken hatte ich nämlich keine Lust. Irgendwann war der Grund wieder vollständig bedeckt, der Fluss wieder Fluss, bloß eben andersrum, und ich konnte nicht mehr länger sitzen.

*

Als ich spät abends mit ein paar leeren Umzugskartons noch einmal vorbeikam, war das Wasser fast schon dabei, meinen Sitzplatz an der Treppe zu überspülen!
Und hier jetzt, hinter meinem Busch, stünde ich bei Flut schätzungsweise bis zu den Knöcheln im Wasser.
Ich gehe zurück zu meinem Fahrrad.

Es ist schon cool, an einem Fluss zu wohnen, der bei Ebbe leerfließt und mit der Flut wieder zurückströmt, obwohl das Meer doch richtig weit weg ist!
Ich hebe meine Schultasche vom Boden auf, ziehe das Fahrrad am Lenker hoch und schiebe es Richtung Haus.
Bloß, wenn das Wasser bei normaler Flut schon so hoch aufläuft, dann frage ich mich, wo der Wasserpegel bei einem Sturm steht? Wenn es hier richtig stürmt, so stark, dass der Wind die Bäume von gegenüber verbiegt, wenn Äste durch die Luft fliegen und Menschen sich mit letzter Kraft gegen den Wind stemmen müssen, dann treibt das Wasser doch sicher bis hier ans Haus. Ich sehe durch das Fenster in die Wohnung im Souterrain. Dann wäre dort unten alles unter Wasser! Und zwar komplett. Die kleinen Elefanten auf dem Fensterbrett, die Vase mit Blumen, das aufgeschlagene Buch, der Sessel mit den Kissen – alles, was nicht festgeschraubt wäre oder Mördergewicht hätte, würde durch die Gegend schwimmen. Fenster dicht machen und alles abschließen, könnte man vergessen, das würde gar nichts bringen. Das Wasser würde steigen wie in der Geschichte vom überfluteten Mumintal. »Soll ich tauchen?«, hat Mumin gefragt, als sie durch ein Loch im Fußboden Tassen und Kaffeekannen und alles herumschwimmen sahen, was sie fürs Frühstück brauchten. Die Muminmutter wollte es nicht, weil es ihr unmöglich erschien, dass ihr Sohn lang genug die Luft anhalten könnte. Doch der rief einfach: »Mutter, jetzt tauche ich!«, und verschwand im Wasser. Ich fand das schrecklich, als ich klein war. Damals wurde mir klar, dass man unbedingt tauchen können muss. Obwohl tauchen ihm auch nichts genutzt hat, als das Haus mit Mumins Familie davon trieb und er mit dem Snorkfräulein ganz allein zurückblieb.

Ich werde hektisch.
Aber je schneller ich atmen möchte, umso mehr ist es, als legte mir jemand seine Hand über Mund und Nase und drückte fest zu. Ich zwinge mich, ruhig zu bleiben, den Kopf zu heben und zum Himmel zu sehen, an dem heute keine einzige Wolke steht. Und da! Die Bäume drüben halten bis in die kleinste Zweigspitze still, kein Blättchen bewegt sich, und das Wasser fließt ruhig dahin.
Und außerdem, das Beste überhaupt: Vorne an der Elbe gibt es ein Sperrwerk! Jan ist extra mit mir hingefahren. Die riesigen Stemmtore, die ich mit eigenen Augen gesehen habe, werden bei Sturmflutwarnung geschlossen. An jedem Tag im Jahr, rund um die Uhr, hält dort jemand Wache. Das bedeutet, wenn bei Sturm nicht zusätzlich noch der Strom ausfällt, dürfte eigentlich nichts passieren. Aber was wäre, nur mal angenommen, ohne Strom? Mit Sicherheit gibt es eine Handkurbel für diesen Fall. Irgendwo. Und wenn man die aber in dem Moment nicht findet?
Ich bin auf jeden Fall froh, dass wir nicht da unten im Souterrain, sondern oben im zweiten Stock wohnen.
Ich parke mein Rad.
Bevor ich um die Hausecke biege, schaue ich noch einmal zurück, zum Rad auf dem Hof vor dem Schuppen und beschließe, dass dort über dem Tor mein Basketballkorb hängen soll. Mir gefällt das hier mit dem Fluss und dem Hof und dem Schuppen wirklich, zumindest ohne Sturm.

*

Ich muss an weißen Säulen wie an Wächtern vorbei und trete durch die weit geöffnete Haustür in den Flur. Hat Mama die Tür für mich offen gelassen? Das hieße, sie wäre doch früher nach Hause gekommen.

In ein paar Sätzen die Treppe hinauf bin ich oben.
Aber auf mein Klingeln rührt sich nichts, und den Schlüssel muss ich zwei Mal im Schloss drehen, bis mir unsere Wohnungstür den Weg freigibt.
Laut kracht sie hinter mir zu.
Und jetzt ist es still.
Still und neu und fremd.
Ich strecke mich auf Zehenspitzen und hänge meinen Schlüsselbund auf.
Er baumelt an einem der Enden des Elchgeweihs, das Jan mir aus Schweden mitgebracht hat. Abgesehen davon, dass Jan von seiner eigenen Größe ausgegangen ist und es deshalb viel zu hoch für mich hängt, finde ich das Elchteil klasse.
Die Tasche rutscht mir von der Schulter auf den Fußboden. Bestimmt hat mir Mama einen ihrer Zettel geschrieben.
Auf dem großen Tisch in der Küche liegt er.
Ich dechiffriere, dass ich im Kühlschrank Milchreis finde, und dass sie heute Abend dringend alles über meinen ersten Schultag wissen möchte. Guten Appetit.
Ich lege den Zettel zurück auf den Tisch und gehe zum Kühlschrank.
Mein erster Schultag auf der anderen Seite der Elbe.
Als ob es darüber groß etwas zu erzählen gäbe.
Jetzt ist eben wieder Schule.
Ich ziehe die Kühlschranktür auf.
Neue Schule, in neuer Gegend, in neuer Klasse, und ich bin für alle der Neue.
Punkt.
Das war's.
Hinter der Butterdose entdecke ich die Schale mit Milchreis.

Immerhin, besser nur *der Neue* als »Bruder Jakob, schläfst du noch« finde ich.
Ich balanciere die kalte Schale an der Butterdose vorbei und gebe der Kühlschranktür einen Stoß, mit einem Plopp fällt sie zu.
Ob sie sich den *Bruder Jakob* für später aufbewahrt haben und es wie an der alten Schule damit weitergehen wird? Vielleicht noch schlimmer, mit *Bruder Jakob* im Kanon? Allein die Vorstellung ist absolut schrecklich, der Albtraum.
Meine Hand legt sich mir auf die Brust. Ich kann den Anhänger unter meinem T-Shirt fühlen, knubbelig klein und ganz wohltuend warm.
Logisch wäre es, meinen Namen zu ändern, oder mir einen Künstlernamen zuzulegen, um *Bruder Jakob* endlich loszuwerden.
Tu ich aber nicht.
Jakob habe ich von meinem Vater. –
Mein Magen grummelt gewaltig und meine Hand wandert zum Bauch. Doch den kann jetzt nur noch Futter beruhigen.
In der zweiten Schublade finde ich einen Löffel. Ich setze mich ans Kopfende des Tischs. Von hier habe ich eine super Sicht auf alles, was sich am Fluss tut.
Ich tauche den Löffel in die Schale mit Reis. Leer liegt der ganze lange Küchentisch vor mir. Der schreit richtig nach Gesellschaft!
Mitsamt Schale rutsche ich an die Längsseite.
Das macht aber nichts besser, gefühlt legt sich jedes einzelne Milchreiskorn quer, und so kann ich nicht essen! Hm, in meinem Zimmer müsste es besser sein.
Ich schultere meine Schultasche, öffne meine Zimmertür und stehe vor dem fetten Baumstamm, der mein Aufstieg zum Dach

ist. Den Löffel stecke ich in den Mund und hangle mich über die quer zum Stamm befestigten Bretter in mein Zimmer hinauf.
Mein Zimmer unterm Dach.
Ich finde es super, dass irgendwer irgendwann die geniale Idee gehabt hat, den Dachboden als Zimmer auszubauen.
Und jetzt ist es meins.
Und damit wären wir exakt bei der zweiten Sache, die mir hier auf der anderen Seite der Elbe gefällt.
Ich mache es mir im Schneidersitz auf meinem Bett gemütlich, behalte aber den Aufstieg im Blick.
Hier ist es viel besser! Und mein Milchreis schmeckt super gut und genial nach Vanille! Und weiter unten stoße ich auf Sauerkirschen in roter Soße.
Dass mein Hunger so riesig ist, ist kein Wunder, weil ich mich heute früh mit Bauchschmerzen und deshalb ohne Frühstück auf den Schulweg gemacht habe. Immerhin habe ich auf Anhieb meine neue Schule gefunden und sogar das Klassenzimmer aufgespürt. Jetzt habe ich also eine neue Klasse mit Klassenlehrerin.
Frau Geerts heißt sie und wirkt eigentlich ganz in Ordnung.
Nur aufs Klo wollte ich am allerersten Tag in der neuen Schule nicht gleich gehen. Vielleicht ist es ganz okay, aber das auszutesten, musste ich mir heute nicht auch noch antun.
Ist ja auch so gegangen.
Zugegeben, grade mal eben noch.
Ich kratze die letzten Körnchen Milchreis zusammen.
Davon könnte ich noch mehr vertragen. Ob ich runtergehe und nachsehe, ob es Nachschub gibt? Später vielleicht. Ich stelle die leere Schale auf den Fußboden neben die Schultasche. Ein paar Blätter, die uns Frau Geerts mitgegeben hat, strahlen mich an.

Die müssen mir vorhin aus der Tasche gerutscht sein. Mal sehen. Ich nehme den ganzen Stapel heraus. Das erste Blatt ist ein Lageplan für mich, weil ich neu bin. Da ist die Sporthalle eingezeichnet, hier oben am Rand das Sekretariat für den Schülerausweis und solche Sachen, eine Kantine gibt es, und dort am anderen Ende vielleicht das Wichtigste überhaupt, die Werkstatt des Hausmeisters. Garantiert verwaltet der auch an dieser Schule die Greifzangen für die Standardstrafe »Müll aufsammeln«. Das nächste Blatt ist der Stundenplan. Den muss ich gleich für unten an die Pinnwand abschreiben. Und das hier ist die Namensliste mit Adressen und allem. Mit dem Finger fahre ich an Lukas, Giuliano, Elise, Selin, Joana, Katharina, Paul, Nour, Antonia vorbei, irgendwo da, so ziemlich in der Mitte zwischen den anderen 28 bin ich, Jakob Kämmerer. Achtern Diek 7.
Es taucht kein Gesicht auf, bei absolut keinem der Namen meiner neuen Mitschüler. Auch nicht, wenn ich ihn laut vorlese. Ob einer zum Namen meines Freundes wird? Vielleicht ja auch mehrere? – Oder wäre »kein einziger« auch eine Möglichkeit?
Schnell ziehe ich das nächste Blatt heraus. Es ist die Liste mit den Dingen, die wir besorgen müssen. Dann noch eine Einladung für das Herbstfest an der Schule ... und was ist das? Ach ja, der Zettel mit der Hausaufgabe.
SCHREIBWERKSTATT, steht dick oben drüber und darunter JAHRESPROJEKT. Einen Text schreiben, ein ganzes Jahr lang! Das lässt sich leider nicht mal so im Vorbeigehen erledigen, fürchte ich. Das hat sich unsere Frau Geerts unter Garantie gemeinsam mit der Autorin ausgedacht, die heute als Gast in der Klasse war. Immerhin mit freier Themenwahl. Solange ich keinen Roman erfinden muss, geht es ja noch. Zu Schlüsseln könnte ich etwas schreiben. Damit kenne ich mich wenigstens aus.

»Ein Schlüssel ist ein Werkzeug zum Öffnen und Schließen eines Schlosses. Unterschieden wird zwischen …« Der Anfang hört sich doch gar nicht schlecht an, oder?
Mal sehen, was da noch steht.
Für die Themenfindung haben wir drei Wochen Zeit. Das wiederum bedeutet Entwarnung. Drei Wochen bedeuten fünfzehn Mal aus dem Tiefschlaf gerissen werden plus drei Mal zwei Ausschlaftage, geradezu eine Ewigkeit. Ein Heft extra für das Projekt sollen wir besorgen. Und schade eigentlich, die Stichwortsammlung dafür müssen wir gleich heute anlegen.
»Schreibt in der Vorstellung, es nur für euch selbst zu tun, ohne Druck, es vorzeigen zu müssen« steht da. Wer's glaubt.
Na bitte, da kommt es, ich wusste es:
»Für den ersten Austausch wird die Autorin wieder anwesend sein. Viel Spaß!«
Viel Spaß. *Pfff!*
Dabei war ich zuerst, als diese Autorin heute Morgen mit ihrem Buch unterm Arm in die Klasse kam und sich vorne hinsetzte, ehrlich beeindruckt. Super Ansatz, fand ich, gleich am ersten Schultag ein bisschen vorgelesen zu bekommen, statt einen damit zu quälen, von sich erzählen zu müssen: »Ja, also ich bin Jakob, bin neu hergezogen und war vorher auf der Pidder-Lüng-Schule und …«
Alles war locker, es gelang mir, mich auf meinem Schleudersitz ganz vorne gemütlich einzurichten, meine Bauchschmerzen ließen nach und die Autorin erzählte. Das dauerte vielleicht ein bisschen zu lange, aber dann las sie vor und das kann sie echt gut und wir hörten gebannt zu. So weit war alles perfekt.
»Fragen?«
Und ich hörte mich selbst eine Frage stellen.

Woher sie die Ideen für ihre Geschichten nimmt, das interessierte mich.
Darauf hat sie ganz komisch reagiert.
Hätte ich es bloß gelassen.
Zuerst hat sie gar nicht geantwortet, das war schon schräg, hat den Kopf gewendet und aus dem Fenster gesehen, als gäbe es meine Frage gar nicht. Endlos war dieser Blick.
Und dann, auf einmal und ganz leise, und seltsamerweise konnte man das richtig gut verstehen, als hätten alle nur auf ihre Worte gewartet, auf einmal sagte sie zum Fenster hinaus, als wären wir gar nicht da:
»Diese Frage wird mir sehr oft gestellt ...«
Na super, Jakob, da hast du mal wieder den absoluten Volltreffer gelandet.
Dann hat sie sich mit einem Ruck nach vorne gedreht, richtig erschrocken habe ich mich, und mir direkt in die Augen geschaut, beinah, als wollte sie mich hypnotisieren und hat dann, wie nur zu mir allein gesprochen:
»... wie du dir sicher denken kannst. Und glaub mir, dass mir als Profi genug passende Antworten darauf einfallen ... nur –« Eine Weile schaute sie mich still an, dann schweifte ihr Blick über uns alle hinweg, eine Ewigkeit, in der schon wieder nichts passierte. Und, zack, hatte sie mich aufs Neue fixiert mit ihrem Hypnoseblick.
»Warum – nun, warum es so ist, wirst du besser wissen als ich, auf jeden Fall scheint mir, dies ist wirklich und echt deine Frage, und deshalb werde ich dir jetzt auch offen sagen, was ich wirklich glaube: Ich glaube nämlich, oder besser gesagt, ich bin der festen Überzeugung, dass alle Geschichten im Grunde bereits da sind.«

Wie eine Dirigentin, die ihr Orchester nach dem Konzert auffordert, sich vor dem Publikum zu verbeugen, gestikulierte sie dabei ihren unsichtbaren Geschichten entgegen.
»Wenn ich schreibe, mache ich im Grunde nichts anderes, als mir eine dieser Geschichten zu greifen, sie in eigene Worte zu fassen und sie durch diese Worte festzuhalten ...«
Das war ihre Antwort. Wenn sie so tat, als meinte sie mich persönlich mit ihrer Antwort, dann war das doch garantiert Teil ihrer Show, oder nicht?
Ich stelle mich an mein Fenster, den Zettel mit dem Mammutprojekt noch immer in der Hand.
Alle Geschichten sind bereits da.
Wie meint sie das? Was für Geschichten sollen bereits da sein, und wo ist überhaupt *da*?
Wenn ich ein Schriftsteller wäre, nur mal angenommen, dann läge für mich der Reiz doch gerade darin, mir alles frei auszudenken. Ich könnte jede einzelne Figur und jegliche Handlung absolut neu erfinden, so wie ich Lust hätte.
Nur zum Beispiel jetzt: Wenn ich mir eine Geschichte vorstelle, die an dem Fluss da unten spielt, dann fiele mir dazu ein, dass immer mit auflaufendem Wasser ein Meeresungeheuer angeschwommen käme. Im schlammigen Wasser wäre es perfekt getarnt. Aber nur »Meeresungeheuer«, das wäre zu ungenau. Ich müsste es näher beschreiben. Riesig wäre es, mit ledrig-grüner Haut, hätte scharfe Zähne in drei Reihen hintereinander und käme in finsterer Nacht heimlich still und leise aus dem Wasser gekrochen, von absolut keinem bemerkt, um dann ... bei dieser Vorstellung kribbelt es in meinem Nacken, schaurig, angenehm-unangenehm. Und dann würde ich noch einen Jungen dazu erfinden. Einen, der nachts am Fenster stünde, weil er nicht einschlafen könnte. Als

einziger Mensch auf der Welt würde dieser Junge das Herauskriechen des Ungeheuers bemerken, rein zufällig – jetzt schaudert mich richtig – er würde beobachten, was es tut, und er allein hätte die Möglichkeit, es zu besiegen. So. Und diese Geschichte denke ich mir in diesem Moment einfach frei aus. Nichts davon ist wirklich, nichts davon war vorher da, zu keinem Moment. Es gab nichts – außer der Lust, mir etwas auszudenken und meiner Fantasie. Durch mein Fenster kann ich sehen, wie das Wasser träge immer weiter abläuft. Bitte sehr, gar nichts flutet! Ungeheuer sind Hirngespinste und selbst Nessie hat es nie gegeben. Unterseeboote, Ultraschallgeräte, alles, womit Wissenschaftler Loch Ness erforscht haben und womit sie alle Beobachtungen als optische Täuschung oder Betrug widerlegt haben, habe ich mir mit Mama ganz genau angeschaut, als wir früher einmal dort waren.
Alle Geschichten sind bereits da.
Das ist doch Quatsch. Schluss damit! Nichts ist da, außer dieser bescheuerten Mammutarbeit, auf die ich die Lehrerin, die still in der Ecke saß und zuhörte, vielleicht erst durch meine Frage gebracht habe.
Einen stinknormalen Aufsatz, meinetwegen mit dem Thema »In den Sommerferien«, fände ich angemessen. Den könnte ich in wenig mehr als fünf Schachtelsätzen klar machen. Nichts als Folter ist so eine Jahresarbeit. Aber wer hat gesagt, dass Schule etwas anderes als Folter ist …
Ich lasse das Blatt zu Boden segeln und schiebe es mit dem Fuß von mir. Wenn es jetzt zufällig unter den Teppich rutscht und gleich nicht mehr zu sehen ist, setzt vielleicht rettendes Vergessen ein und ich bin frei! Erst einmal.

*

Mein Rundblick zeigt, wie kahl mein Zimmer ist. Ungemütlich und gar noch nicht richtig *meins*.

Die meisten meiner Sachen sind noch in den Kartons, die unten im Flur stehen. Einiges davon, das weiß ich jetzt schon, ist Kinderkram, den ich hier im neuen Zimmer nicht mehr haben will. Ich könnte ja mal ein paar Sachen raussuchen und raufholen.

Gleich beim ersten Schritt rutsche ich auf dem gerade weggeschobenen Zettel aus. Und schon wieder habe ich die Stimme der Autorin im Ohr: ... *ich mache im Grunde nichts anderes, als mir eine Geschichte zu greifen, sie in eigene Worte zu fassen und sie durch diese Worte festzuhalten.*

Ich greife mit meiner Hand ins Leere und sie bleibt leer. Hier gibt's nichts zu greifen. Hier ist nur mein kahles Zimmer unter der Dachschräge: Ein großes Dreieck, mit meinem Bett hier an der einen Kante und der Kugellampe, die oben in der Dreiecksspitze hängt, und dem niedrigen leeren Regal, in der Schräge gegenüber. Dann steht noch mein Schreibtisch an der weißen Dreieckswand unter dem Fenster. Ich setze mich auf den Drehstuhl davor, schwinge in Halbkreisen nach rechts und nach links und sehe im Vorbeischwenken durch das Fenster, wie jemand die Brücke überquert und in dem Haus mit der Bankreklame verschwindet. Ich öffne beide Fensterflügel, ein warmer Lufthauch, der nach Apfel riecht, weht herein. Fasziniert betrachte ich mein Fenster, dessen Flügel als Dreiecke abstehen.

Also, wenn außer meinen paar Sachen noch etwas in meinem Zimmer ist, dann sind das Dreiecke, ein geometrisches System von mir aus. Vielleicht versteckt sich Pythagoras hinter allem – aber bestimmt keine Geschichten.

Diese Autorin glaubt doch nicht im Ernst an solchen Bockmist – oder etwa doch?

Ich drehe ein paar Kreisrunden mit meinem Schreibtischstuhl. Wirklich nichts ... Moment, war ich das eben, oder ist da grade ein Schatten über die Wand gehuscht?

Ich löse mich von meinem Stuhl, zack, drehe mich um – bitte, niemand und nichts ist da. Zumindest nichts Greifbares.

Und wenn aus dem Nichts heraus plötzlich jemand hereinstürmte, mich packen und festhalten würde? Warum mussten Mama und Jan ausgerechnet heute gleich schon wieder in die Stadt? Typisch: Ihretwegen sind wir hergezogen, und kaum geht es hier richtig los, entdecken sie plötzlich Dinge, die nur in der Stadt gehen.

Ich will hier auch weg. Und zwar jetzt, auf der Stelle.

Im Vorbeigehen greife ich mir meine Besorgungsliste und verziehe mich nach unten.

Eines ist wohl klar: Wenn ich heute Nacht nicht einschlafen kann, dann geht das auf das Konto dieser Autorin!

In der Küche überfliege ich die Massen an Sachen auf der Einkaufsliste, die ich besorgen soll. Schulsachen gehen auf Haushaltskasse und nicht auf Taschengeld, eindeutig. Mein Blick hebt sich zur Blümchendose oben auf dem Schrank und wandert weiter zum Telefon. Ob ich Mama anrufe und ihr sage, dass ich Geld aus der Dose nehme? Ich brauche die Sachen, und wer weiß, wie lange sie noch in der Stadt bleibt. Soll ich sie anrufen?

Mann, sobald ich an Schule denke, höre ich schon wieder die Antwort dieser Schriftstellerin. *Ich bin überzeugt, dass alle Geschichten ...*

Das nervt ja total! Da hilft nur Gegensteuern mit Musik!

Ich schalte die Anlage an, cooler Rhythmus, bei dem man sich sofort bewegen will, und beschließe eine Tour durch die Wohnung. Im Slalom um die Umzugskisten herum, biege ich ins Badezimmer, vorbei an den Kerben am Türrahmen, die die Waschmaschinenaktion hinterlassen hat, drehe dort eine Runde und staune wieder, wie riesig dieser Raum ist. Selbst wenn Jan und ich ganz bequem jeder an einem Waschbecken stehen und Zähne putzen, während die Waschmaschine ihre Ladung hin und her klatscht und Mama nebendran in ihrem Schaumbad liegt und liest, passt locker noch jemand an uns vorbei und könnte aufs Klo. Das will natürlich niemand, es sei denn ein dringender Fall von akutem *Müssen* läge vor, dann vielleicht.

In Mamas Arbeitszimmer gibt es gerade mal Platz für ihre Regale und den Schreibtisch mit dem Stuhl davor. Perfekt sortiert und ganz ordentlich. Durch Jans Zimmer gehe ich mit großen Schritten an den Wänden entlang, um einen großen Haufen Sachen in der Mitte herum. Ich öffne die Tür zu Mamas und Jans Schlafzimmer. Die große Matratze mit lauter Büchern drum herum liegt mitten im Zimmer. Ein Spiegel lehnt in der Ecke und lässt aus der Sonnenblume in der Vase davor zwei werden. Im Wohnzimmer lasse ich mich auf das neue Sofa plumpsen, das schon zum dritten Mal den Platz gewechselt hat, aber immer noch nicht passt. Dafür hat Jan es günstig ersteigert. Ich lande wieder am Esstisch neben dem Telefon.

Soll ich jetzt?

Nein, ich rufe nicht an.

Mama würde sofort merken, dass eigentlich etwas anderes Thema ist, als: *Du, ich nehme Geld aus der Haushaltskasse. Das geht klar, oder?* Und selbst wenn sie auf der Stelle losführe, bräuchte sie eine Dreiviertelstunde bis hierher. Und 45 Minuten Warten mit nervendem Schulohrwurm sind nicht witzig, und auf ihre schlechte Laune, wenn sie begreift, dass sie extra nur dafür früher zurückgefahren ist (»Geht's noch?«), bin ich nicht scharf.

Ich drehe einfach die Musik weiter auf und wage mich an Breakdance, aber so sehr ich mich auch um lockere Moves bemühe, fühlt es sich an, als hielte mich irgendwer fest, oder als müsste ich einen von Omas selbstgestrickten Pullis tragen, die bei jeder Bewegung unter den Achseln zwicken und spannen. Und was ich im Spiegel sehe, sage ich lieber nicht. Ich gebe es auf und drehe die Musik lauter.

Jetzt kommen die Bässe erst richtig gut.

Und noch ein bisschen lauter.

Cool.

Bis lauter nicht mehr geht.

Irgendetwas stört mit einem Mal und passt gar nicht zu meiner Musik. Was ist das?

Laut und energisch und unnachgiebig bummert es unter meinen Füßen, und dieses unrhythmische Schlagen stört meinen Takt.

Ich drehe die Musik leiser, sofort hört auch das Klopfen auf.

Still ist es jetzt.

Und wenn ich auf den Protest von unten pfeife? Ich greife ganz automatisch nach der Schnur an meinem Hals, ziehe sie unter dem T- Shirt hervor und taste mich daran entlang, bis ich den Schlüssel erreiche. Mein Zeigefinger fühlt seinen verschnörkelten Kopf, der Daumen hält ruhig dagegen, er passt genau. Wie schon tausend Mal wandern Daumen und Zeigefinger gemeinsam am zierlichen Schlüsselhals herab, ertasten den winzigen Bart, und dort bleibt der Zeigefinger auf dem offenen Ende sitzen. Ganz automatisch. Als es irgendwann gut ist, umschließe ich den Schlüssel mit der ganzen Hand. Wärme gibt er an mich ab und Ruhe fließt durch mich hindurch. Absolut verlässlich, wie jedes Mal.

Wenn ich den nicht hätte!

Niemals lege ich ihn ab, außer zum Sport, seit Mama ihn mir eines Tages gegeben hat.
Mit diesem Schlüssel und meinem Namen habe ich genau zwei Sachen von meinem Vater.

*

Jetzt habe ich einen Plan und der Schlüssel kann zurück unters T-Shirt.
Ich schiebe den Hocker zum Schrank mit der Blümchendose, ziehe sie vorsichtig zu mir heran, greife den Blütenkopf und hebe den Deckel ab. Ich nehme mir einen Schein, klaube mir zur Sicherheit noch ein paar Münzen heraus und setze den Deckel wieder darauf. Es knirscht porzellanhell und klingt herrlich geheimnisvoll und ein bisschen verboten. Ein Geräusch, das ausschließlich Mama vorbehalten war, als ich klein war!
Nur um es noch einmal zu hören, öffne und schließe ich den Deckel erneut. Gut, dass keiner da ist.
Auf geht's, die Dose wandert zurück auf den Schrank, ein Sprung vom Stuhl, Geld und Liste in der Hand greife ich mir meine Weste, streife sie im Gehen über, ziehe mit einem Hüpfer den Schlüsselbund vom Elchhaken und hinter mir fällt die Wohnungstür ins Schloss.
Halt! Abschließen!, bremst Mamas Stimme im Ohr meinen vollen Lauf zur Treppe. Na gut, drehe ich eben noch mal um und verschließe unsere Tür gleich zwei Mal, verteile Schlüssel und Liste und Geld in meine Westentaschen und springe dann, immer zwei Stufen auf einmal, die Treppe hinunter, an der Wohnungstür des Musikkillers vorbei nach draußen.
Hitze schlägt mir entgegen und weit und breit ist kein Mensch zu sehen. Wie ausgestorben alles und ich der letzte Überlebende.

Gut, dass mein Rad auf mich wartet.
Und in welcher Richtung finde ich jetzt einen Schreibwarenladen? Also, für den Schulweg bin ich hier links runter. Nach rechts, oder über die Brücke am Deich entlang?
Deich ist gut, beschließe ich, und trete in die Pedale.
Ich komme an der Wohnhaus-Bank mit ihren grellroten Schildern vorbei. Die Eingangstür ist jetzt mit einem Rollladen verschlossen. Ob sie wohl schon oft ausgeraubt worden ist?
Schmedings Gasthaus steht auf einem verwitterten Schild über dem riesigen Hof gleich gegenüber. »Gasthaus« ist es wohl die längste Zeit gewesen!
Und jetzt reihen sich viele kleine und ganz gleichförmig rot geklinkerte Wohnhäuser aneinander. Nach Geschäftsstraße sieht das nicht aus. Wenn ich Pech habe, muss man für Einkäufe in die Stadt fahren. Super, echt!
Auf der anderen Seite stehen unterhalb des Deichs mickrige Apfelbäume, einer neben dem anderen, und dahinter genau das Gleiche, Reihe für Reihe. Das müssen Tausende sein! Alle sind über und über mit Äpfeln behangen, und weil die für ihre dünnen Ästchen viel zu schwer sind, lehnt jeder Baum an einer Art Stütze. Ich mag diese Krückenbäume nicht. Genauso wenig wie die zugemauerten kleinen Häuser hier rechts. Allerdings wird es auf dieser Seite gerade spannend. Die Häuser rücken für einen großen Platz weit zurück.
Ich nehme Fahrt raus – um den Platz herum sind Fahrräder abgestellt –, sehe das Schild in Form einer Gondel, *Eiscafé La Gondola*, und halte an.
Tische und Stühle füllen den Platz, und alle sind besetzt. Na wenigstens gibt es hier außer mir noch ein paar weitere Lebendige. Sogar ein paar mehr!

Ich lasse die Geldstücke in der Tasche klimpern, der Schein knistert. Zwei Kugeln müssten drin sein. Wenn ich Glück habe, ist Eis in der Provinz billiger als in der Stadt, dann kann ich mir sogar noch Schokostreusel leisten!
Ich stelle mich an. Immer wieder muss ich Platz machen. Entweder, mir kommen Menschen mit Eistüten in der Hand entgegen, oder die Bedienung balanciert Tabletts mit wilden Eisbecherkreationen heraus und drängt sich auf dem Rückweg mit abgeräumtem Geschirr an mir vorbei.
Es gelingt mir nicht, die Eissorten in der Auslage anzuschauen. Klar stehen die üblichen Sorten auf dem Schild, aber so funktioniert Eis-Aussuchen nicht. Wenn Stracciatella nicht cremig weiß mit der richtigen Mischung Schokosplitter vor einem liegt, dann ...
Ein »Hallo«, mit Betonung auf dem *A* und einem erstaunten *O* reißt mich aus meinen Gedanken. Sehen kann ich einen Eisberg auf einer grob gewürfelten Waffeltüte und dahinter ein Gesicht, das mir vage bekannt vorkommt. Ich schaue mich um, das »Hallo« dieses Mädchens mit den quietschig roten Haaren gilt tatsächlich mir!
Dann muss sie jemand aus meiner neuen Klasse sein.
»Hi«, grüße ich zurück und habe keinen Schimmer, wie sie heißen könnte. Und die Liste mit lauter Namen ohne Gesicht würde mir jetzt auch nicht weiter helfen.
»Bessere Waffeln als hier bekommst du nirgends sonst«, sagt sie und hält mir ihr Eis noch dichter vor die Nase.
Interessiert schaue ich mir ihre goldgelbe Waffeltüte an.
»Und du musst unbedingt Zimt probieren.« Die Stimme, mit der sie das sagt, klingt geradezu verschwörerisch.
»Okay.«

Beinah schon von der Mitte des Platzes aus ruft sie noch: »Bis morgen dann.«
»... ähm, ja, bis morgen ...«, hauche ich zur Antwort und bin mir nicht sicher, ob davon etwas zu hören gewesen ist.
»Becher oder Waffel?«

*

Zugegeben, mein Zimteis schmeckt wirklich ziemlich gut. Aber der Stracciatella-Test sagt mir, dass die Sorte auf keinen Fall an das Eis von Riccardo heranreicht.
Never!
Mäßig bequem, aber besser als zu stehen, sitze ich auf dem Gepäckträger meines Rads und knabbere rundherum Schokostreusel ab.
»Hi«, begrüße ich einen Jungen, der zielstrebig Kurs auf die Eisdiele nimmt und mir irgendwie bekannt vorkommt. Der war glaube ich auch in meiner Klasse. Und jetzt zieht er ein Mädchen mit Tippelschritten hinter sich her, das mit seinem Tempo nicht mithalten kann. Das scheint ihn ziemlich zu nerven.
Mein »Hi« hat er anscheinend nicht gehört, oder ich habe mich geirrt. Ist irgendwie auch egal. Der Gepäckträger wird sowieso immer unbequemer. Der Metallrahmen drückt bis auf die Knochen. Eine Hand am Lenker, in der anderen das Eis, schiebe ich weiter.
Häuser, alle zum Verwechseln ähnlich, wie lauter gemauerte Uniformen, folgen auf den Platz. Da ist das große Schaufenster, das jetzt kommt, die absolute Abwechslung! Ich bleibe davor stehen, ergattere einen beachtlichen Schokosplitter, und während er auf der Zunge zergeht, betrachte ich die verschiedenen Modelle von Mausefallen. Wer braucht denn so was? Und in so vielen Größen!

Ob es so riesige Mäuse überhaupt gibt? Grüne Gießkannen reihen sich von Kleinkinder- bis Gartengröße aneinander. Anschlüsse für Gartenschläuche sind ausgestellt und – cool! Da ist ein Rasensprenger, wie ich ihn immer gerne haben wollte! Ein Riesensortiment Schlösser führt der Laden auch. Und wer Schlösser verkauft, verkauft auch die Schlüssel dazu! Das werde ich mir merken.
Die andere Seite ist nur für Angelruten und Spulen und Blinker und Haken da. Und darüber schwebt eine Anglerweste. Mein Spiegelbild im Fenster zeigt mich in der genau gleichen Weste, in der Farbe von umgedrehten Weidenblättern. Ohne nachzuzählen weiß ich, dass beide sechs Taschen links und sechs rechts haben. Und auch bei dieser hier wird es auf dem Rücken drei Taschen geben, wie bei meiner, und mit Sicherheit noch eine versteckte auf der Innenseite. Solche Westen sind voll praktisch, für alles was mit muss. Und wenn es nach mir ginge, würde ich meine immer tragen. Im Sommer überm T-Shirt, im Winter unter der Jacke. Aber für die Schule erlaubt sie mir Mama nicht. Kein Argument, noch nicht einmal dass irgend so ein Künstler auch immer mit solcher Weste rumlief, lässt sie gelten.
Und wenn es nur an der Tarnfarbe liegt?
Die ließe sich ändern. Okay, ich werde Mama vorschlagen, sie umzufärben. Jan ist eh schon beleidigt, dass ich mich nicht mit ihm ans Wasser stelle, unauffällig getarnt in meiner Weste. Denn genau fürs Rumstehen, Angel auswerfen und darauf warten, was passieren wird, hat er sie mir mal geschenkt. Dass es mir davor gruselt, auf spiegelndes Wasser zu starren und nicht zu wissen, was sich darunter verbirgt, je länger, umso schlimmer, und das Grauen vor dem, was da an der Angel zieht und gleich zum Vorschein kommen wird, kapiert er nicht. Ich eigentlich auch nicht, aber es ist so!

Jetzt kommt die Waffel: Die schmeckt ja irre! Haben sie die ganz frisch und mit echter Vanille gebacken? Da hat mir die quietschig rote Stimme nicht zu viel versprochen. Und ich fürchte, die Spatzen müssen heute leider auf ihre Waffelkrümel verzichten. Ich lecke mir sogar noch den letzten Krümel aus den Mundwinkeln und nehme jetzt die Suche nach einem Schreibwarenladen wieder auf.

Als ich ein Stück weiter das Hinweisschild für einen von diesen Lotto-Kiosk-Post-Läden entdecke, bremse ich. Der Kartenständer könnte bedeuten, dass Schreibwaren zum Sortiment gehören. Ich halte an.

Ha! Ich hatte den richtigen Riecher: Buntes Briefpapier, Hefte und Stifte, liegen im Schaufenster. Hier bin ich richtig.

Der Laden ist schmal und lang. Ich schaffe es kaum, mich an diesem dicken Mann vorbeizuschieben, der seinen Lottoschein ausfüllt und gar nicht bemerkt, dass er den Durchgang verstopft. Einer Frau werden an der Kasse drei hellblaue Schachteln Zigaretten gereicht. Im Vorbeigehen lasse ich meine Finger über die ordentlich aufgefächerten Zeitschriften streifen, bis ich ein Räuspern höre und zwei bohrende Augen über Brillengläser hinweg direkt auf mich stieren sehe.

Ich hebe meine Hände.

»Ist ja schon gut«, murmle ich vor mich hin.

An einem Drehständer mit Stiften beginnt die Schreibwarenabteilung. Hier ziehe ich meine Liste aus der Tasche, falte sie auseinander, bereit für liniert oder kariert, mit oder ohne Rand, in allen Din-Sorten, die Frau Geerts gerne hätte.

»Einkaufskörbe gibt es da vorne, falls du die suchst.«

Ich erkenne die Stimme wieder. Rote Locken schleudern herum, als sich das Mädchen von vorhin umdreht, um mir die Körbe zu zeigen, und unzählige Sommersprossen blinken mir entgegen, als sie sich mir wieder zuwendet.

»Da hinten legt sie zu Schulbeginn immer Sonderangebote aus, siehst du? Da beim Postschalter.«

Ich nicke und verscheuche den Frosch aus meinem Hals. Nur für den Fall, dass ich gleich etwas sagen möchte.

In ihrem Korb liegen bereits Sachen, der Zirkel, den wir brauchen, und das Geodreieck mit Griff.

»Die gibt es vorne an der Kasse. Komm, zu zweit geht's schneller, einer liest vor, der andere sucht raus.«

»Von mir aus.«

Das Vorlesen übernehme ich, und sofort, ohne groß suchen zu müssen, zieht sie die entsprechenden Hefte aus den Regalen. Eins wirft sie in ihren Korb, das andere hält sie mir hin. Mit einem Pony auf dem Deckblatt. Nein danke! Ich schüttle meinen Kopf. Sie kapiert sofort, grinst, legt das Heft zurück und sucht ein Alternativmodell heraus. Mit einem Hundewelpen drauf! »Guck mal, wie niedlich!«

Gar nichts hat sie verstanden, oder sie will mich ärgern.

»Bloß nicht«, wehre ich ab, und diesmal kichert sie, als sie das Heft zurücklegt. Scheinbar ist es noch nicht bis zu diesem Laden durchgedrungen, dass auf Schulheften nicht unbedingt Tiere sein müssen, denn jetzt kommt sie mit einer Robbe mit großen Augen und ganz besonderem Blick. Die winke ich durch und auch den Andenkondor und den Braunbären akzeptiere ich.

»Jetzt fehlt nur noch das Heft für die Hausaufgabe«, stellt meine rotgelockte Mitstreiterin fest.

Eignen sich wohl Linien besser oder Karos, überlege ich mir, um so eine Geschichte einzufangen? Oder ist das Bild vorne drauf entscheidend?

»Hallo?« Ungeduldig wedelt sie mit zwei glänzenden Heften, groß und dick wie ein College-Block vor meinem Gesicht, eines hellblau, eines grün.
»Jetzt sag schon, grün oder blau?«
»Grün, aber doch nicht so ein dicker Schinken!«
Sie schaut sich die Hefte an, ihre Stirn zieht sich kraus.
»Den Ferienaufsatz letztes Jahr habe ich in genau so ein Heft geschrieben. Okay, die letzten Seiten habe ich nicht gebraucht. Aber jetzt, wo wir mehr Zeit haben und der Aufsatz noch ein bisschen ausgedehnter wird ...«
Moment mal! Wie kommt sie darauf, unsere Jahresarbeit »Ferienaufsatz« zu nennen? Wir sollen doch eine herumlungernde Geschichte, die schon so was von drauf wartet, einfangen und einsperren!
»Gut, dann blau für mich«, sagt sie und hält mir das andere Heft immer noch hin. Ich wehre ab.
»Nicht für mich, nie im Leben fällt mir so viel Text für das Schreibprojekt ein!«
»Was machst du dir denn für Stress? Ich bleib auf jeden Fall bei meinem Aufsatz über die Sommerferien. Klar, *Jahresarbeit* klingt schicker. Frau Geerts wollte eben ein bisschen Eindruck bei dieser Autorin schinden. So sehe ich das. Aber ...«, sie zuckt mit der Schulter, »... das musst *du* wissen«, und legt mein grünes Heft zurück ins Regal.
Über meine Sommerferien mit Mama auf der Insel zu schreiben, wäre natürlich das Einfachste. Aber dieses Arbeitsblatt gibt eindeutig etwas anderes vor. Und ich beschließe, dass mir ein dünnes Heft in Din-A 5 reicht. Zum Einsperren eignen sich Kästchen, und als Bild passt der sitzende Steinadler. So. Und der rutscht jetzt zu den anderen in den Korb.

Als unsere Blicke sich treffen, zieht sie eine Augenbraue hoch und lässt sie auf und ab tanzen.
Schon cool, wie sie das hinkriegt.

*

»Na, Hannah, alles gefunden?«
Sie, die nun endlich einen Namen bekommen hat, nickt und reicht der grauhaarigen Frau mit dem bohrenden Blick ihren Korb.
»Dann wollen wir mal.«
Nacheinander zieht sie Hefte und Mappen und Zirkel und Geodreieck aus dem Korb, murmelt und tippt die Preise ein.
»Das war alles?«
»Ja«, antwortet Hannah.
»Bis auf das, was du vergessen hast, nicht? Etwas vergisst man doch immer, stimmt's junger Mann?« Sie blitzt mich mit ihren Augen kurz an, schwenkt schon wieder zurück zu Hannah und nennt ihr den Preis.
Dann heben ihre riesigen Finger den Deckel des Glasgefäßes voller roter Bonbons, Hannah greift hinein. Auch ich kann mir einen nehmen und stecke ihn gleich in den Mund.
»Danke«, sage ich und schiebe diesen Himbeerkracher dafür in die Backentasche. Weil er so riesig ist, klingt mein Danke wie »Gongö«, was der Verkäuferin doch glatt ein Lächeln entlockt.
»Und grüß schön zu Hause, ja?«, verabschiedet sie Hannah.
Kaum genickt, die Tasche gegriffen und Tschüss gesagt, ist Hannah auch schon um die Ecke.
»Bis morgen«, höre ich heute schon zum zweiten Mal von ihr, und dann schwingt die Tür hinter ihr zu.
»Nun kommen wir zu dir, junger Mann.«
Streng lässt sie ihre Augen an mir herauf- und herunterfahren.

Warum nur fühlt sich das so an, als wären wir auf dem Kommissariat und sie die Kommissarin?
»Gibst du mir jetzt deinen Korb oder muss ich ihn holen kommen?«
»Oh …«
Hektisch reiche ich ihr den Korb.
»Gleiche Klasse wie Hannah?«, fragt sie und schaut mich über den Brillenrand hinweg an.
Ich nicke.
»Und einen Zirkel und das Geodreieck hast du schon?«
»Nein!«
Die hätte ich jetzt glatt vergessen.
Sie legt beides zu meinen Sachen, schiebt ihre Brille auf der Nasenwurzel zurück und legt los.
Während sie den Preis auf dem Geodreieck sucht, fragt sie ganz nebenbei:
»Neu hier?«
»Ja.«
Sie hat den Preis gefunden und tippt ihn ein.
»Aus Kogelers Haus?«
»Kogelers Haus?«
»Kogelers Haus ist das große, direkt an der Brücke, zwischen Dorfkrug und Bank.«
»Achtern Diek 7?«, frage ich nach.
»Genau das. Kogelers Haus, sag ich doch. Bei uns hat jedes Haus seinen Namen. Hausnummern bräuchten wir eigentlich gar nicht.«
»Ja, da wohne ich.« Achtern Diek, wie hinterm Mond.
Die Frau nennt mir den Preis und ich reiche den Schein aus Mamas Haushaltsdose rüber.

Ihre Kasse öffnet sich mit einem Pling, sie rührt in den Geldstücken und zählt mein Wechselgeld ab.
»Frag mich nicht, warum es ausgerechnet Kogelers Haus heißt. Hier heißt keiner so. Aber vielleicht früher mal. Muss ja, sonst würde der Namen keinen Sinn machen.« Noch einmal hebt sie den Deckel ihres Gefäßes und noch einmal weist sie mich an, hineinzugreifen.
»Aber ...«
»Geht schon in Ordnung. Nu greif schon zu, sonst fällt mir noch der Arm ab.«
Schon wieder bedanke ich mich, nein, eine Einkaufstüte brauche ich nicht, und ziehe meine Sachen vom Tresen. Passend nach Größe sortiere ich sie in die Taschen meiner Weste, die sich gewaltig ausbeulen.
Ein Mann mit einem Maxi-Paket drängt mich auf seinem Weg zum Postschalter zur Seite. Sobald die Bahn frei ist, ziehe auch ich los.
»Tschüss!«, rufe ich im Hinausgehen.

*

Vor der Tür blendet mich die Sonne gewaltig. Doch auch mit abgeschirmten Augen ist Hannah nirgends mehr zu entdecken.
Schade eigentlich. Auch auf dem Rückweg begegne ich ihr nicht mehr. Dafür entdecke ich auf einer Wiese hinter den Apfelbäumen einen Fußballplatz.
Mit High Speed über den Deich zu rasen, ist genial, und im Handumdrehen bin ich wieder zu Hause. Ich beschließe, mein Rad in den Schuppen zu stellen, wo auch die Räder von Mama und Jan und den Leuten unter uns stehen. Der Schuppen ist voller Zeugs, aber nicht vergessen und verstaubt, sondern ganz

ordentlich und mit System. Über der Werkbank hängen Schraubenschlüssel, der Größe nach sortiert, neben Rechen und Besen steht der Rasenmäher, der leider kein Aufsitzmäher ist, weil ich mich sonst sofort freiwillig zum Mähen der Wiese hinter dem Haus melden würde. Ich stelle mein Rad neben Jans. Im Hinausgehen entdecke ich hinter der Tür etwas an der Wand lehnen. Aber Moment mal! Dieses Etwas aus Holz, größer als ich, mit abblätternder Farbe – das gehört mir! Das ist doch mein Fundstück vom Meer!

Ich erinnere mich an die Schufterei, dieses Getüm vom Strand über die Dünen zu unserer Ferienwohnung zu schleppen! Aber die Mühe hat sich gelohnt, für dieses einzigartige Teil, das ich da gefunden habe! Warum es hier hinter der Tür gelandet ist, verstehe ich nicht. Ich habe es hier sicher nicht abgestellt. Beinah, als hätte es jemand versteckt! Bestimmt hofft Mama, ich würde es mit der Zeit vergessen. Ich stolpere über die Füße eines Metallgestells direkt daneben. Das ist ein Feuerkorb! Sie hat doch wohl nicht vor ...

Nicht mit mir! Ich beschließe, meinen Bootsrumpf zu retten. In meinem Zimmer ist noch massenhaft Platz! Ich hebe den besten Fund aller Zeiten hoch. Seit das Teil getrocknet ist, hat es trotz seiner Größe kaum mehr Gewicht, es ist nur unglaublich sperrig. Vorsichtig hebe ich es aus dem düsteren Schuppen heraus, lehne es kurz an die Außenwand, um die Tür zu verschließen, und trage es dann zum Eingang.

»Willst du Feuer machen?«, fragt plötzlich eine Stimme. Sie gehört einem alten Mann, der auf einmal hinter einer der beiden Säulen am Hauseingang hervortritt und bestimmt der Nachbar von unten ist.

Der fehlt mir jetzt noch.

»Wissen das deine Eltern? Pass bloß auf, dass du nicht das Haus abfackelst!«, quasselt er weiter, ohne mir Zeit zum Antworten zu lassen. Stattdessen beugt er sich unangenehm dicht zu mir herunter. »In Kogelers Haus wird nicht gekokelt, da haben wir uns doch verstanden, oder?«

Was will der Typ von mir? Und was redet er da? Erst einmal muss ich meinen Bootsrumpf absetzen, der auf Dauer trotz allem schwer wird.

Niemals würde ich meine wunderbar verschraubten und genagelten Überbleibsel eines Bootes verbrennen! Und genau das erkläre ich ihm. Seine Augen folgen meiner Hand, die über die raue Außenfläche streicht, über den ochsenblutfarbenen Anstrich innen, die handgeschmiedeten Nägel, über winzige Leisten, bis hoch zur Nase, in die der Bug ausläuft. Ich hebe meinen Bootsrest an.

»Kann ich jetzt durch?«, frage ich und versuche, an ihm vorbei zur Tür zu kommen, doch er verstellt mir stur den Weg.

Was soll das? Böse funkle ich den Mann an. Diese Sprache scheint er zu verstehen, zumindest geht er einen Schritt zur Seite und lässt mich endlich vorbei.

»Aber pass bloß auf, dass du nicht überall gegen stößt mit deinem ... mit deinem Wrack da!«

»Ja doch, Mann«, murmle ich vor mich hin.

Mein »Was-vom-Boot-übrig-blieb« die Treppe hoch zu unserer Wohnung zu hiefen, ist beinah genauso eine Schufterei wie der Weg durch die Dünen. Hier im Treppenhaus neigt es dazu, sich an den Ecken zu verkanten. Die eine und die andere unsanfte Berührung mit der Wand lässt sich gar nicht vermeiden.

Zwei Mal kann ich den Schlüssel im Schloss drehen. Schade, dass immer noch keiner da ist. Gerade jetzt könnte ich Mama oder Jan gut brauchen, um mir in mein Zimmer hoch zu helfen.

Ich gebe der Tür einen Stoß, mit lautem Rums fällt sie hinter mir ins Schloss.
Was soll's, ich schaffe das auch allein. Als hätte ich schon immer gewusst wie, hebe ich das Überbleibsel des Bootsrumpfes über den Kopf, schön vorsichtig, damit bloß nichts abbricht, halte es mit einer Hand fest und habe die andere zum Klettern frei.
Mitten in meinem Zimmer lege ich es auf den Fußboden. Ob es wohl einem Fischer gehört hat? Auf jeden Fall ist es ganz schön sperrig, stelle ich fest, und kann so nicht liegen bleiben. Ich schaue rauf zur Decke. Soll ich es vielleicht dorthin hängen, wie in der Inselkirche, in die mich Mama im Sommer geschleppt hat?
Ne, die Vorstellung überzeugt nicht, obwohl Jan bestimmt bereit wäre, mir dabei zu helfen. Also, wohin damit? Ich schaue mich um, mein ganzes Zimmer kommt mir plötzlich wie ein riesiger, umgedrehter Bootsrumpf vor.
Am leeren Regal bleibt mein Blick kleben. Es ist zu schmal, aber wenn ich es von der Wand abrücke, dann passt der Rumpf perfekt darauf. Raum genug bleibt dann immer noch, und dahinter kann ich massenhaft Sachen verschwinden lassen. Ich ziehe das Regal vor, hebe mein Boot darauf und trete einen Schritt zurück.
Passt – und sieht richtig gut aus!
Sogar ein bisschen Licht fällt durchs Fenster darauf. Und was ist das? Das gibt's doch nicht! Im Licht entdecke ich etwas, das mir vorher nicht aufgefallen war. Ganz schwach, beinah wie ein Schatten nur, kann ich die Reste eines S-Schwunges auf dem Rumpf erkennen. Und dahinter gleich noch etwas. Das ist ein kantiges T. Mehr nicht. Ein S und ein T. Überbleibsel des Bootsnamens! ST...
Wie er wohl weiterging? Ein Vokal müsste folgen.

St-a, wie Star oder Stark? Oder St-e, wie Stern? Oder St-i, wie Stint? St-o, wie Stolz? Oder St-u wie Sturm, Sturmflut oder Sturmvogel?
Sturmvogel klingt nach einem Vogel, der zwischen dahinstürmenden Wolken, über tosendem Meer und sprühender Gischt dahin fliegt und dem nichts etwas anhaben kann. Das ist gut. Ganz genau so heißt mein Boot von jetzt an für mich.
Als ich meine Hände zufrieden in die Seiten stemme, treffe ich auf lauter Sachen in meinen ausgebeulten Westentaschen. Die Einkäufe! Ich ziehe das Geodreieck und die Hefte heraus. Dass der sitzende Adler ein bisschen geknickt aussieht, stört mich nicht. Alles, was ich fürs neue Schuljahr brauche, türmt sich jetzt auf meinem Schreibtisch. Oder habe ich etwas übersehen? Ich taste alle Taschen noch einmal ab, das Rückgeld, mein Taschenmesser, die Einkaufsliste, sonst nichts.
Ob ich das mit den Hausaufgaben jetzt sofort erledige? Hausaufgaben jetzt, wo mein Zimmer grade anfängt, wohnlicher zu werden? Nein, ich will mit meinem Zimmer weitermachen, und in diesem Moment kommt mir auch die Idee, womit.
Ich klettere die Baumstiege hinunter und öffne die erste der Jakob-Kisten. Fehlanzeige, nur lauter Anziehsachen. Aber bei der nächsten sieht es gut aus. Bücher, Schachteln mit Zeugs, Hugo – meine Schildkröte mit dem Schal, der darf gleich mit – und ziemlich tief unten finde ich das, wonach ich eigentlich gesucht habe: Meine verbeulte Lebkuchendose. Sie klimpert, als ich sie herausnehme, und liegt angenehm schwer in meiner Hand. Was ich jetzt für meinen Plan noch brauche, sind Reißzwecken. Ein Knäuel bunter Wolle borge ich mir bei Mama und verstaue alles in meiner Weste. Wenn das klappt, was ich vorhabe, wird es richtig gut, glaube ich!

Oben angelangt setze ich mich auf den Boden. Ich stelle den plüschigen Hugo neben und die Blechdose direkt vor mich. Bei jeder meiner Bewegungen knirscht Sand, der wohl aus meinem Bootsrumpf gerieselt ist. Schön langsam und mit angehaltener Luft hebe ich den Deckel: Meine geniale Sammlung von Schlüsseln liegt vor mir!

Meine Hand streift über kühles Metall in den verschiedensten Formen, ich greife mitten hinein, meine Finger graben sich tiefer und rühren klimpernd in den Schlüsseln, ich will – in genau diesem besonderen Moment klingelt es an der Haustür.

Wer ist das denn?

Da klingelt es schon wieder, gleich mehrmals hintereinander. Ich habe keine Ahnung, wer das sein könnte! Wir kennen hier doch noch niemanden. Aber es scheint dringend zu sein.

Als ich die Wohnungstür einen schmalen Spalt öffne, steht Hannah vor mir. »Du?«

»Wieso hat das denn so lange gedauert? Machst du noch Mittagsschlaf oder warst du unterm Dach?«

»Was? Wieso ... und woher ...«, höre ich mich stammeln.

»Kann ich jetzt reinkommen?«, fragt sie ein bisschen genervt und schiebt unsere Haustür mit einem Spankorb in der Hand weit auf. Mir bleibt nichts anderes übrig, als hinter ihr die Tür zu schließen.

»Ich komme, weil Frau Hansen bei uns angerufen hat. Du hast den hier bei ihr im Laden liegen lassen.« Sie hält mir einen Zirkel unter die Nase.

»Oh.«

»Und weil sie wusste, dass wir in dieselbe Klasse gehen, bat sie mich, ihn dir vorbeizubringen. Und das hier ...«, jetzt hält sie ihren Spankorb hoch, »... sind Äpfel.«

»Echt jetzt?«
»Sehr witzig. Die bringe ich, weil Mama mich dazu gezwungen hat. Als Willkommensgruß.«
»Ja, ähm ... danke.«
Mein Kopf glüht schätzungsweise in der Farbe der Äpfel. Ich greife mir einen, reibe ihn an der Hose ab und beiße hinein. Herrlich saftig und knackig ist der.
»Und? Hast du dir das Zimmer unterm Dach ergattert?«
»Woher weißt du das denn schon wieder?«, frage ich mit apfelvollem Mund.
»Mamas Freundin hat hier mal gewohnt, deshalb war ich früher ab und zu hier. Kann ich sehen, wie das Zimmer jetzt bei dir aussieht?« Schon beim Fragen hat sie die Tür zu meinem Zimmer geöffnet. Ich klettere hinter ihr her.
Hannah lässt ihren Blick rundum wandern.
»Ich bin noch beim Einrichten«, sage ich in diese musternde Stille.
»Oh, kann ich helfen?« Begeisterung und Arbeitswut liegen in der Luft. Unter Garantie hat Hannah andere Vorstellungen von Einrichten als ich!
»Ähm ...«
Was sage ich jetzt?
Mitten im Zimmer steht verlassen meine Lebkuchendose. Damit möchte ich weitermachen. Aber ihr zu erklären, was ich mit den Schlüsseln vorhabe, kann ich mir schenken. Das mit meinen Schlüsseln hat bisher keiner kapiert. Wieso sollte dann ausgerechnet sie es verstehen? Ich weiß doch selbst noch nicht, ob das, was ich mir überlegt habe, überhaupt funktioniert. Weil mir nichts Besseres einfällt, beschließe ich, einfach da weiterzumachen, wo ich aufgehört habe.

In der Zwischenzeit hat Hannah Hugo mit dem Schal entdeckt. Es macht mich leicht nervös, wie sie ihn begutachtet, ein bisschen peinlich ist es mir auch. Sie streicht ihm über den Kopf und bindet ihm jetzt auch noch den Schal neu!
Egal, ich setze mich vor meine Schlüsselsammlung. Aus den Augenwinkeln sehe ich, wie sie Hugo auf den Rand meines Bootsrestes setzt, Hugo auf dem Ausguck!
Ich konzentriere mich auf meine Schlüssel, die dicht gedrängt in der Metallschachtel liegen. Ich wühle darin herum, finde den nicht, den ich suche, und kippe sie einfach alle auf den Fußboden.
Vom Klimpern der Schlüssel angezogen, schaut Hannah zu, wie ich sie sortiere, eine Augenbraue hochgezogen. Die Köpfe nach oben ausgerichtet, Bärte alle auf eine Seite, die mit zwei Bärten in eine extra Reihe und die beiden ohne Bart in eine dritte Reihe.
Sie hockt sich neben mich.
»Das ist ja schräg. Und du weißt, zu welchem Schloss jeder einzelne gehört?«
Ich schüttle den Kopf.
»Aber wozu ...«
»Darum geht es nicht«, antworte ich ihr. Vielleicht ein bisschen grantig, mag sein.
»Und worum geht es dann?«
Ohne zu antworten, sortiere ich weiter.
»Ich dachte mir schon, dass du ein bisschen anders tickst, aber auf Schlüssel muss man erst kommen.«
Mittlerweile knien wir beide über meine Schlüsselsammlung gebeugt. Ich verändere die Ordnung: Die ältesten wandern auf eine Seite.

»Du sammelst sie nur? Einfach so?«
Ich nicke.
»Aber, wo ... ich meine ...«
»Fast alle habe ich gefunden.«
»Aber wozu?«
Genau diese Frage musste ja kommen.
Ich zucke mit den Schultern. Wie soll ich das erklären?
»Ich *muss*. Einfach so.« Was weiß ich, wieso.
»Und welcher war der erste?«
»Willst du immer alles ganz genau wissen?«
Hannah grinst.
Meine Hand wandert automatisch zu meiner Brust, wo ich meinen kleinen knubbeligen Schlüssel unter dem Stoff spüren kann. Vielleicht erzähle ich später von ihm, jetzt nicht.
»Das hier war der zweite«, sage ich und gebe ihr den, der in schwarzen Kunststoff gefasst ist, in die Hand.
»Abus«, liest sie vor.
»Z 72 02 63«, ergänze ich.
Erstaunt schaut sie auf.
»Den habe ich mal auf dem Spielplatz gefunden. Da war ich noch ganz klein. Ich habe einen tiefen Graben gebuddelt und bin auf etwas Hartes gestoßen. Vom Schlüssel sah man gar nicht viel, weil in allen Ritzen Sand klebte. Ich habe ihn eingesteckt, einfach so, und zu Hause irgendwann wiedergefunden. Ich bin auf meinen Hocker am Waschbecken gestiegen und habe ihn mit warmem Wasser und viel Schaum saubergebürstet.«
»Und seither aufbewahrt«, fügt Hannah hinzu. Ich nicke.
»Der gehört doch bestimmt zu einem Fahrradschloss, oder was denkst du?«, schlägt sie vor.
»Bestimmt.«

»Stell dir vor, den hat jemand verloren ...« Jetzt hat sie angebissen und sprüht nur so vor Ideen. »... das angeschlossene Fahrrad stand vor dem Spielplatz, mit Kindersitz und allem, und dann mussten sie den ganzen Weg zu Fuß nach Hause gehen ...«

»... und den Ersatzschlüssel, den sie verzeifelt suchten, gab es nicht mehr ...«, füge ich hinzu.

»Genau, und dann haben sie beschlossen, das Schloss ihres eigenen Fahrrads aufzubrechen ...« Hannah strahlt, als sie weiter fantasiert.

Ich nicke und spinne ihre Geschichte weiter.

»Sie haben gewartet, bis es dunkel war ...«

»... wurden dabei von einem Nachbarn beobachtet ...«, sagt Hannah,

»... und der hat die Polizei gerufen ...«, ergänze ich.

»... und dann sind Polizisten in Zivil gekommen ...«, spinnt Hannah weiter.

»... ganz unauffällig, haben observiert und gewartet, bis die Leute das Schloss aufgebrochen hatten ...«, füge ich hinzu.

»... und sie dann auf frischer Tat ertappt und mit aufs Revier genommen«, sagt Hannah und sieht mich triumphierend an.

»Möglich ist es«, stimme ich ihr zu.

Ich nehme den Schlüssel zurück. Er, dessen glänzendes Metall zum großen Teil abgeplatzt ist, soll den Anfang machen.

»Es könnte aber auch sein ...«, überlegt Hannah weiter, doch kann ich mich darauf jetzt nicht mehr konzentrieren, weil ich mir genau überlegen muss, wie ich meine Schlüssel anordnen werde. In einer Reihe, und zwar in der Reihenfolge, wie sie zu mir gekommen sind, sollen sie von der Dachschräge hängen, beschließe ich gerade. Und jetzt brauche ich den Faden. Ich rolle ein Stück Garn ab und schaue mich suchend um.

»Schere?«, fragt Hannah, steht auf und findet sie sofort, als kenne sie sich hier auf meinem Schreibtisch aus.
Ich trenne ein langes Stück Faden ab, befestige ihn am Schlüssel, nehme mir eine Reißzwecke und pinne das Fadenende ein Stück über Augenhöhe an die Dachschräge, direkt über dem Boot.
Ganz leicht bewegt sich der Schlüssel am Band hin und her, irgendwie feierlich.
Mir gefällt das.
»Warum auch immer Poster?«, meint Hannah und beobachtet gespannt, was jetzt kommt.
Jetzt kommt die *Nummer Drei,* der Schlüssel mit dem schlechten Gewissen.
Ich nehme den zierlichen Schlüssel, dessen Bart mich schon immer an eine Treppe erinnert hat, in meine Hand.
»Hat der mal zu einem Schrank gehört?«
Ich nicke.
»Nachdem ich den einen auf dem Spielplatz gefunden hatte, entdeckte ich überall Schlüssel. Wenn irgendwo einer lag, konnte ich ihn einfach nicht liegen lassen. Alle Schlüssel, die mir von da an begegnet sind, musste ich einfach mitnehmen. Dieser hier ...«, ich reiche ihn Hannah, »lag bei meiner Oma auf dem Teppich herum. Genauer gesagt, direkt unter dem Schrank, zu dem er gehörte. Ich habe ihn aufgehoben und schnell eingesteckt. Und seither muss Oma den Schlüssel der zweiten Tür umstecken, wenn sie die erste aufschließen will.«
»Und was befindet sich hinter dieser Tür?«
»Eierlikör bewahrt sie dort auf, den Kräuterschnaps für ihre Verdauung und Whiskey fürs Pokern, die Spielkarten und Spielgroschen auch. Ich schätze, sie muss ihn nicht täglich umstecken.«

Wieder wickle ich Faden ab, Hannah schneidet ihn durch, ich verknote das Ende am Schlüsselkopf und pieke den Faden der *Drei* neben den der *Zwei*. Die *Drei* hängt höher, schwankt leicht, während die *Zwei* ausgependelt still schwebt. Sieht derbe gut aus!

»Meine Oma hat mir ganz oft das Märchen vom goldenen Schlüssel vorgelesen, als ich klein war«, sagt Hannah, während sie sich die Hängung betrachtet und ich bereits nach der *Vier* Ausschau halte.

»... aber bestimmt nur, weil es so schön kurz war«, fügt sie hinzu.

»Wie? Es gibt ein Märchen mit einem Schlüssel? Davon habe ich noch nie etwas gehört, wie geht es?«

»Also, es war einmal ein armer Junge, der findet einen kleinen goldenen Schlüssel in der Erde. Er ist sich sicher, es müsste das passende Kästchen dazu geben, er müsste es nur finden, und es dann aufschließen.«

»Und hat er das Kästchen gefunden?«

Hannah nickt.

Meine Hand wandert zum Schlüssel auf meiner Brust.

»Und? Jetzt mach es doch nicht so spannend, sag schon, was war denn drin?«

Irgendwie kribbelt mein Schlüssel auf der Haut.

Hannah setzt sich kerzengerade hin, räuspert sich, und sagt mit tiefer getönter Stimme:

»Er drehte einmal herum, und nun müssen wir warten, bis er vollends aufgeschlossen und den Deckel aufgemacht hat, dann können wir erfahren, was für wunderbare Sachen in dem Kästchen lagen.«

»Das war's schon? Ich mein, so hört es auf? Mehr erfährt man nicht?«

Hannah schüttelt den Kopf.

»Mehr erfährt man nicht. Und nach jedem Vorlesen bin ich mit einer neuen Idee im Kopf eingeschlafen, was der Junge wohl darin gefunden haben könnte.«
Das Kribbeln des Schlüssels wird zum Pochen.
Gibt es auch zu ihm ein passendes Kästchen irgendwo auf der Welt?
»Hallo?«
»Wie? Was?«
»Jetzt sag schon, welcher kommt als Nächster? Der da?«
Sie zeigt auf den schwarzen Schlüssel mit den Farbspritzern. Ich schüttle den Kopf. Die *Vier* ist der grau glänzende ohne Bart. Den kann man gut übersehen, dabei ist er einer meiner genialsten, universell einsetzbar, weil man mit diesem Vierkant unendlich viel öffnen kann: Umkleidekabinen, Klotüren, Sicherungskästen, vielleicht sogar die Türen der Schalttafeln in Zügen, das habe ich nur noch nicht ausprobiert.
»Den hat mir meine Mutter geschenkt, er blieb übrig, als bei ihr auf der Arbeit eine alte Tür gegen eine neue ausgetauscht wurde.«
Hannah rollt schon ein Stück Faden ab, ich nicke, als sie mir zeigt, wo sie schneiden möchte.
Bei ihm mache ich keinen Knoten, sondern eine Schleife, falls ich ihn zwischendurch abnehmen muss. Als auch die *Vier* hängt, durchströmt mich ein richtiges Freudengefühl. Vom Bett aus werde ich all meine gesammelten Schlüssel hängen sehen, lauter schwebende Geheimnisse, gleich morgens als Erstes, wenn ich meine Augen öffne, und direkt darunter mein Boot.
Jetzt nehme ich mir aus der Reihe der Doppelbärte die *Fünf*.
Ich gebe ihn Hannah in die Hand.
»Guda Panzer AG Hannover«, höre ich Hannah lesen und einen leisen Pfiff ausstoßen.

»Guda Panzer AG Hannover«, wiederhole ich genüsslich. Und füge hinzu, was sie vergessen hat: »389.«

Dieser Schlüssel ist mein geheimnisvollster, und natürlich muss ich ihr erzählen, wo er her ist.

»Den habe ich gefunden, da war ich auch noch klein, als ich mit Mama in so einem Riesenkaufhaus eine Schneehose anprobieren musste. Sonst hätte sie sie nicht gekauft, obwohl ich schon vorher wusste, dass sie passen würde. Also bin ich in eine Umkleidekabine gegangen, und als ich meine Schuhe auszog, habe ich ihn entdeckt. Er lag da, einfach so, zwischen Papierschnipseln und Staubflusen, ganz tief in der Ecke. Natürlich habe ich ihn sofort aufgehoben und eingesteckt.«

»Und du weißt nicht, was er aufschließt?«

Ich schüttle den Kopf.

»Nicht sicher, obwohl ich mir alles Mögliche vorstellen könnte.«

Hannah gibt ihn mir zurück, als wäre es unangenehm, ihn länger in der Hand zu halten. Ich mag ihn auch nicht. Kalt, pieksig und mit einem Gefühl wie streng verboten, liegt er in meiner Hand. Zügig schneide ich ein Stück Faden für ihn ab und hänge ihn fest verknotet zu den anderen.

Er bekommt richtig Schwung, weil ich verschreckt dagegen zucke, als es schon wieder an der Tür schellt, mehrmals hintereinander, ganz dringend. Gleich darauf höre ich ein Schlüsselgeräusch, die Wohnungstür fällt ins Schloss, Gemurmel von Stimmen, und dann tönt Mamas »Pizza! Hier kommt frische Pizza« zu uns herauf.

»Jakob, kommst du? Wir haben Essen mitgebracht!«

Schade, ich hätte gerne noch weitergemacht! Und was wird mit den Schlüsseln auf dem Boden? Ich schiebe sie zusammen und lege sie zurück in die Lebkuchendose. Hannah hilft mir dabei.

»Jakob, bist du da?«, ruft Mama jetzt. Teller schaben über Holz, drei Mal Plopp, für die Gläser, Metall klimpert.

»Ja, komme gleich.«

»Mist, die ist nur lauwarm ...«, höre ich Mamas Stimme im Hinuntersteigen.

»Jan machst du bitte mal den Ofen an, die müssen noch einen Moment aufwärmen.«

Beide stehen über den Ofen gebeugt, als ich in die Küche biege, Hannah dicht hinter mir. Ich an ihrer Stelle hätte mich unbemerkt verdrückt. Aber Hannah ist anders.

»Oh!«, höre ich von Mama und Jan gleichzeitig, als sie sich umdrehen. »Besuch?«

Mama sieht erst mich völlig überrascht an, dann Jan, als könne er ihr etwas dazu erklären. Doch der grinst bloß. Mama geht auf Hannah zu, schüttelt ihr die Hand, und schon ist die Unterhaltung am Laufen. Die beiden können hoffentlich nicht sehen, wie Jans Mund lautlos das Wort *»sturmfrei«* formt und dabei beide Daumen hebt. Er scheint sich richtig für mich zu freuen. Hannah und Mama sind beim Apfelthema angekommen: »Sind das eure eigenen? Also ich meine baut ihr sie an?

»Ja, wir haben einen Obsthof«, antwortet sie. »›Obst von Lühbrack hat beste Qualität und feinsten Geschmack‹«, leiert sie herunter, wie schon tausend Mal gemacht.

»Von drei Pizzen werden auch vier satt«, sagt Jan, »vorausgesetzt, du möchtest mit uns essen?« Er hat schon die Schranktür mit den Tellern geöffnet und wartet auf Hannahs Antwort. Sie schaut mich von der Seite an, als würde sie in mir lesen. Von mir aus. Ich zucke einwilligend mit der Schulter. Wenn sie sich Mamas neugierigen Fragen stellen will, kann sie ruhig bleiben.

»Ja, gerne«, antwortet Hannah.

»Dann alle mal setzen – obwohl, du solltest kurz zu Hause Bescheid sagen, da steht das Telefon«, meint Mama.
Hannah schüttelt den Kopf, dass die roten Locken nur so fliegen. »Unnötig. Bei mir zu Hause zählt gerade mal wieder nur E wie Ernte. Jedes Jahr das Gleiche. Und kurz davor ist es am schlimmsten, bis zur Tagesschau fällt es sowieso keinem auf, wenn ich nicht da bin.«
»Na dann.« Jan drückt ihr Teller, Besteck und ein Glas in die Hand, was sie vor sich auf den Tisch stellt, dann schenkt er Wasser in die Gläser. Mama verteilt Pizzastücke auf die Teller und wünscht guten Appetit.
Als Hannah erzählt, dass man Äpfel und Apfelsaft direkt von ihrem Hof kaufen kann, ist der erste Besuch dort schon sicher.
Genau so hat sich meine Mutter das Leben auf dem Land gewünscht, sie braucht jetzt nur noch einen Bauernhof, wo sie Milch und Gemüse kaufen kann.
Ein bisschen ist es mir peinlich, wie sie versucht, alle ihre Fragen bei Hannah los zu werden. Aber besser so, als wenn ich über Schule und meinen ersten Schultag reden müsste.
Schule! Sobald ich nur daran denke, fällt mir die drohende Jahresarbeit wieder ein und die Stichworte, die ich mir noch aus den Fingern saugen muss. Als sich mir eine Hand auf den Arm legt, schrecke ich hoch.
»Ob du noch mehr Pizza möchtest?«
»Bin satt, danke.«
»Ich muss gleich noch einmal in die Werkstatt ...«, höre ich Jan sagen, »noch was für den Unterricht morgen vorbereiten.«
»An morgen darf ich gar nicht denken«, jammert Mama. »In allen drei Kursen beginnt der Endspurt mit Prüfungsvorbereitung.«

Gemeinsam räumen wir den Tisch ab: »Kann ich mal durch?« – »Wo kommt die Pfeffermühle hin?« – »Darf ich mal eben?« Alle rotieren umeinander herum. Als ich das Besteck in die Spülmaschine lege, nähert sich Mamas Hand von oben, und bevor ich ausweichen kann, streicht sie mir durch die Haare.
»Na, wie war dein erster Schultag?«
»Okay«, sage ich und gehe den Tisch abwischen.
»Frau Geerts, unsere Klassenlehrerin, ist echt in Ordnung«, sagt Hannah, während sie Teller in die Spülmaschine sortiert. »Und überhaupt, unsere Klasse ist viel netter als die Parallelklasse.«
Mama schaut mich triumphierend an. Mit spitzen Fingern werfe ich den Lappen zurück in die Spüle.
»Bis später«, höre ich Jan im Rausgehen rufen, und Mama verschwindet mit dem Telefon in ihrem Zimmer.
Und jetzt will Hannah auch los. Bereits an der Tür dreht sie sich dann aber noch einmal um.
»Fast hätte ich es vergessen. Du weißt, dass wir morgen langen Schultag haben und dass es eine Kantine gibt, oder? Du brauchst dich nicht vorher anzumelden, nur drei Euro für die Essensmarke mitbringen, wollte ich noch sagen. Ach, und morgen soll es superheiß werden, ich habe mich mit ein paar anderen aus der Klasse im Freibad verabredet. Also, wenn du mit möchtest, wir gehen gleich nach der Schule. Eine Freikarte hätte ich sogar noch für dich, ich brauche sie nicht, weil ich 'ne Dauerkarte habe. Du musst nur dein Badezeug gleich mitbringen.«
»Mhm, okay ...«
»Das Bad ist echt in Ordnung, wirst sehen.«
»Ich überleg es mir.«
»Dann, bis morgen.«
Das sagt sie jetzt bereits das dritte Mal!

Und wieder bin ich alleine.
Bäder mag ich nicht, vor allem mag ich keine Bademeister. Und von dem ätzenden Chlorwasser brennen mir die Augen. Aber vielleicht ... mal sehen. Wenn die anderen ganz okay sind, wie Hannah, dann könnte es doch ganz gut werden.

*

Hundemüde nach diesem ersten Schultag auf der anderen Seite der Elbe, räkle ich mich wohlig in meinem Bett. Die Chancen, schnell einzuschlafen, stehen gut. Aber natürlich fallen mir genau jetzt wieder Frau Geerts Stichwörter ein. Und logisch, dass ich immer noch keine Idee habe. Ich lasse meinen Blick durchs Zimmer streifen.
Ich freue mich über meinen Bootsrest, sehe Hugo mit dem Schal obendrauf sitzen und die cool hängenden Schlüssel darüber, zu denen noch viel mehr kommen werden. Plötzlich weiß ich meine Stichworte. Schnell, bevor sie wieder verschwinden, steige ich noch einmal aus dem Bett, gehe über knarrende Dielen zum Schreibtisch, sofort wieder zurück und schreibe, ohne groß überlegen zu müssen: *Sturmvogel, Passagier Hugo* und *Findeschlüssel* in mein Adlerheft.
Keiner hat gesagt, dass nur Stichworte gelten, die gleich auf den ersten Blick Sinn machen. Und eine Mindestanzahl hat auch niemand genannt!
Also bitte.
Und jetzt werde ich schlafen.
Gerade als ich mich wieder schön eingekuschelt habe, kommt Mama zu mir und setzt sich auf die Bettkante.
»Kannst du nicht schlafen, Jakob?«
»Ich schlafe doch schon«, murmle ich und gähne demonstrativ.

Ohne weitere Worte sieht sie sich in meinem Zimmer um. Wenn sie sich über meine hängenden Schlüssel wundert, tut sie es still, und auch über mein Boot meckert sie nicht. Es ist auch nicht nötig, mir schon wieder zu erklären, wie sehr es sie quält, dass sie einfach so überhaupt gar keine freie Zeit mit mir gemeinsam hat. Oder mir wieder zu versprechen, dass es bald besser werden wird. Die alte Leier eben. Es ist gut, dass sie jetzt da ist, still, einfach so.
Das zählt.

*

Die weißen Säulen liegen schon hinter mir, als ich es mir doch anders überlege, die Schultasche auf den Boden werfe und noch einmal nach oben renne.
»Hab nur was vergessen«, sage ich zu Jan, der zähne-putzend am Waschbecken steht, ziehe mir ein Handtuch aus dem Regal, die Badehose vom Badewannenrand, und sause mit einem Tschüss schon wieder zur Tür hinaus.
Irgendwie schaffe ich es, Handtuch und Badehose noch in die Tasche zu stopfen, klemme sie auf dem Gepäckträger fest und strample los, Richtung Schule.
Nach einem Bruchteil der Zeit von gestern, biege ich in den Schulhof ein. Während ich mein Fahrrad anschließe, rechne ich aus, dass ich, falls ich dieses Tempo durchziehe, in Zukunft satte zehn Minuten länger schlafen kann, und dann immer noch locker vor dem Gong im Klassenzimmer bin.
Wie magnetisch angezogen, strömen aus allen Richtungen Schüler auf den Eingang zu, und auch mich zieht es mit hinein. Ein paar der Gesichter kommen mir bekannt vor, doch bei den meisten habe ich das Gefühl, sie zum ersten Mal zu sehen. Ohne

Bruder Jakob, schläfst du noch erreiche ich mein Klassenzimmer und setze mich auf meinen Platz am Fenster.
Ich krame die Sachen aus meiner Schultasche, nehme mir mehr Zeit dafür, als eigentlich nötig, während sich die anderen zu zweit und in größeren Gruppen unglaublich viel zu erzählen haben. Irgendwo mittendrin entdecke ich Hannah. Sie muss eben erst dazugekommen sein, als ich kam, war sie noch nirgends.
Ob ich mal rübergehe? Zu spät, denn in diesem Moment betritt Frau Geerts mit dynamischem »Guten Morgen, siebte Klasse« das Klassenzimmer und schließt schwungvoll die Tür hinter sich. Zunächst gibt es ganz viele Dinge zu klären, unzählige Fragen soll sie beantworten, und sie tut es sehr ernsthaft und mit viel Geduld, finde ich.
Die Zeit vergeht. Eigentlich gut, bloß ist unsere Zeit schon fast um, als sie Arbeitsblätter ausgibt und uns in Kleingruppen aufteilt. Ich fürchte, es wird darauf hinauslaufen, dass wir den Rest zu Hause nacharbeiten sollen.
Das Mädchen, mit dem ich eine Gruppe bilden soll, heißt Antonia. Blonder Pferdeschwanz, schwarze Brille, kurzes Lächeln zur Begrüßung, setzt sie sich an den freien Platz neben mir und legt ihre beiden Blätter mit Stichworten in zierlicher Mädchen-Handschrift auf den Tisch. Für diese Miniaturschrift braucht sie wirklich eine Brille, keine Frage. Mit ihrem wohlvorbereiteten Material fangen wir auch gleich an, mir ist das nur recht so. Und als sie bei dem letzten ihrer Stichworte, die alle etwas mit einer Radtour mit ihrer Mutter, ihrem schrottigen 5-Gang-Rad, platten Reifen und viel zuviel Gepäck, mit Übernachtungen an verschiedenen und durch die Bank historisch wertvollen Orten, zu tun haben, wäre ich jetzt mit meinen dran, doch da tönt der Gong. Und bis zum Arbeitsblatt sind wir gar nicht erst

gekommen. Schon klar was jetzt kommt. – Doch Frau Geerts überrascht mich, wir sollen morgen an genau der Stelle weitermachen. Glück gehabt!

*

In der Mittagspause folge ich dem Strom der anderen in die Kantine. Das mit der Essensmarke für drei Euro ohne Anmeldung klappt wirklich. Und was gibt es zu Essen? Für Hähnchenspieß und Erdbeeren mit Maskarpone stehen die meisten Schlange, während sich für das andere Gericht kaum jemand zu interessieren scheint. Gibt es dort etwa die undefinierbare Fleischpampe, genannt Haggis, gebratene Niere möglicherweise oder gar fette Schweinshaxe in Sülze? Gar nicht! Warum sich so wenige für Spaghetti mit Tomatensauce und Vanillepudding anstellen, verstehe ich nicht. Ich reihe mich auf jeden Fall dort ein. Hannah, die direkt nach mir gekommen ist, stellt sich dazu. So schaffen wir es, gleichzeitig mit ihren Freunden, die ziemlich weit vorne in der Hähnchenschlange gewartet haben, unser Essen zu bekommen.

Während ich vollkonzentriert meine Spaghetti auf die Gabel wickle, höre ich den Gesprächen der anderen zu. Völlig ungestört, weil von mir keiner etwas wissen will.

Schön satt, müde und nur schwach motiviert, quäle ich mich zum Matheunterricht in den letzten beiden Stunden.

Ich entdecke schnell, dass wir den Stoff, den der Mathelehrer neu einführt, an meiner alten Schule schon gehabt haben, und lasse es entspannt angehen. Zettel mit der Hausaufgabe werden ausgeteilt, Antonia hat gleich eine Verständnisfrage, und während der Lehrer erklärt, was gemeint ist, und die Aufgaben einmal komplett durchgehen muss, fange ich schon damit an, die leichten

Aufgaben zu lösen. Als es klingelt, habe ich beinah alle Aufgaben erledigt. Für heute reicht es mir mit Schule. Diesen langen Tag finde ich mörderanstrengend.

Um das Matheheft und die Stiftetasche verstauen zu können, muss ich Handtuch und Badehose aus der Tasche ziehen, und während ich die Badesachen wieder zurückstopfe, merke ich, dass ich auf Schwimmbad doch keine Lust habe. Am liebsten würde ich jetzt mit einem kleinen Umweg an der Eisdiele vorbei nach Hause fahren und mich mit Eis in der Hand an unseren Fluss setzen. Ich kenne die doch alle sowieso nicht, außer Hannah ein bisschen. Und abgesehen von ihr wird es keinem auffallen, wenn ich nicht mitkomme.

Das Klassenzimmer leert sich. Ich lasse mir extra viel Zeit und hoffe, dass auch Hannah schon losfährt.

»Du bist doch dabei, Jakob, oder?«, fragt sie mich genau in diesem Moment.

Und als sie mein Zögern bemerkt, drängelt sie.

»Jetzt komm, es sind schon so viele abgebröckelt: Selin, weil sie sich nicht gut fühlt und Alex, weil er seinem Vater helfen soll und, und, und. Je mehr wir sind, umso lustiger ist es, wirst schon sehen!«

Hannah scheint wirklich daran gelegen zu sein, dass ich mitkomme.

»Ja, echt jetzt, komm doch mit«, bettelt Antonia auch noch.

»Kannst du nicht schwimmen, oder was?« Das kommt von Jonas, der in der Kantine mit an unserem Tisch saß.

»Seepferdchen ist Pflicht, wenn man am Wasser wohnt. Los, mitkommen, wir kennen den Bademeister, der wird dir schon ein paar Tipps geben!«

Das reicht. Nicht schwimmen können – ich! Gold habe ich! Nur hatte Mama nie Zeit, das Abzeichen aufzunähen, und ich hatte keine Lust, es selbst zu machen. Ich finde solche Abzeichen affig.
»Nu komm mal in die Gänge!«, ruft Karl schon halb draußen.
Seepferdchen! Die werden sich noch wundern.
»Na gut ...«

*

Die Frau an der Kasse begrüßt Hannah und Jonas, Antonia und Karl mit Namen, und der Bademeister winkt ihnen von Weitem zu, alle scheinen sich hier zu kennen.
Zielstrebig steuern sie ihren Stammplatz direkt neben dem Becken an: eine geschützte Ecke auf warmen Steinen, im spärlichen Schatten eines kleinen Baumes. Klamotten werden abgestreift und wirbeln durch die Gegend, und ich sehe, dass die Anderen ihr Schwimmzeug schon drunter tragen, während ich natürlich erst einmal zur Kabine ganz am anderen Ende muss. Na toll.
Als ich zurückkomme tobt eine Handtuchschlacht. Hannah entreißt Karl sein HSV-Handtuch, und als sie es im hohen Bogen wegwirft, bleibt es als blau leuchtende Fahne in den Ästen des Baumes hängen. Karl schwört Rache. Antonia kichert und kreischt und versucht, Jonas' Frotteerotor auszuweichen. Dabei wedelt sie völlig unentschlossen und absolut uneffektiv mit ihrem Handtuch herum, mehr darum bemüht, eine gute Figur abzugeben, als sonst was. Noch während ich aus meinen Sachen einen Haufen baue, flieht Hannah Richtung Becken, Karl und Jonas auf den Fersen, und Antonia kämpft mit der kalten Dusche.
Vom Startblock grölt jetzt Karl, so unglaublich laut, ich wette, dass es jeder hört.

»Jakob, Schwimmflügel gibt's beim Bademeister!«, und stürzt sich mit angehockten Beinen effektvoll ins Wasser.
Mit dem wenig attraktiven Gefühl, dass mich jetzt alle anstarren, auch wenn ich sie nicht sehen kann, gehe ich zum Beckenrand. Hellblau, leicht wogend und angenehm leer, liegt das Becken vor mir. Ein paar Wenige nur ziehen rhythmisch ihre Bahnen durch das schön klare Wasser. Sogar die Fliesen am Beckengrund kann ich sehen. Das ist gut, denn in trübes, tiefes Wasser gehe ich nicht. Ganz nebenbei, möglichst unauffällig, tauche ich meine große Zehe hinein. Geht in Ordnung, das Wasser sieht kälter aus, als es ist. Noch während ich zwischen coolem Trockensprung oder Dusche schwanke, saust etwas an mir vorbei, springt direkt vor meiner Nase ins Wasser und ich stehe klatschnass da.
»Jakob, Jakob, Jakob!«, brüllen sie vom Rand.
»Jakob Seepferdchen«, stichelt Karl. Und da reicht es mir. Dem werd' ich's zeigen. *Jakob der Taucher* und nicht *Jakob Seepferdchen.* Im Tauchen bin nämlich ich der Beste in der alten Klasse gewesen. Keiner konnte länger als ich die Luft anhalten. Wild entschlossen springe ich mit elegantem Kopfsprung ins Wasser und gleite genüsslich ganz schön weit. Über mir produzieren Arme und Beine Luftblasenwasser. Ein haariges Männerbein tritt mich sogar beim Froschschlag und rot lackierte Zehen überholen mich in Kraulbewegungen. Als ich weit in der Mitte des Beckens auftauche, höre ich Hannah rufen: »Das Dreimeterbrett ist offen.«
Die anderen durchpflügen, so schnell sie können, das Becken zum anderen Ende. Ich mit Kraulschlag hinterher. Antonia hänge ich ab, dann Jonas, und zeitgleich mit Karl schlage ich am Rand an, während Hannah schon längst aus dem Becken geklettert ist. Karl klatscht mich anerkennend ab, klettert aus dem Was-

ser, ruft: »Und jetzt pass auf!«, und nimmt mit dem einen Ziel, möglichst viele am Rand nasszuspritzen, gigantischen Anlauf. Die paar Kilo, die er mehr auf die Waage bringt als ich, machen mich chancenlos, seinen Riesenplatscher zu toppen. Ein eleganter Kopfsprung vom Einer und möglichst lang weitertauchen ist mehr meine Stärke. Und dafür nehme ich auch das höllische Brennen der Augen in Kauf!

Jetzt geht Antonia aufs Brett. Sie springt kurz an ... springt ab: Nicht schlecht! Sie dreht einen echten Salto und taucht fast ohne Spritzer ein! Jonas zieht die Clownsnummer ab und erntet Gelächter. Ein paar Mal stelle ich mich mit den anderen am Dreier an, aber die meiste Zeit tauche ich tief und lang nach sauberem Sprung vom Einer. Bis irgendwann meine Augen so was von derbe brennen und mir dermaßen kalt ist, dass ich augenblicklich aus dem Wasser muss. Schlotternd lege ich mich auf die warmen Steine. Die anderen können anscheinend nicht genug bekommen.

Langsam kriecht Wärme zurück.

Antonia kommt als Erste und setzt sich neben mich. Gegen die Sonne erkenne ich nicht viel mehr als ihre Umrisse und den gigantischen Handtuch-Turban auf ihrem Kopf. Eine Unruhe verbreitet sie, wie sie da in ihrer Tasche herumwühlt, und dann höre ich inmitten des Schwimmbadgekreisches neben mir eine Tüte rascheln, Chips knispeln vielversprechend, ich setze mich auf. Antonia, mit aufgestellten Beinen, greift sich Chips aus ihrer Tüte und beobachtet das Geschehen im Wasser.

»Morgen besprechen wir deine Stichworte, okay?«, sagt sie plötzlich einfach so aus heiterem Himmel.

»Meine Stichworte?«

»Bei Frau Geerts«, hilft sie mir auf die Sprünge.

Ich muss an ihre beiden eng beschriebenen Blätter denken. Sie glaubt doch wohl nicht, ich hätte wie sie einen ganzen Roman in Stichworten verfasst?
»Wenn die dich so brennend interessieren, kann ich sie dir auch sofort sagen. Ich kann sie auswendig und du garantiert auch gleich. Darf ich?«
Ich greife in ihre Chips-Tüte und genehmige mir eine Handvoll.
»Da bin ich ja gespannt.«
»*Sturmvogel, Passagier Hugo, Findeschlüssel*«, sage ich mit vollem Mund.
»Wie bitte?«
Ich schlucke die Chips herunter. Durst machen die.
»Okay, ich wiederhole ...«
»Nein, ich habe nichts an den Ohren, aber was ... Was bedeutet das? Was hast du dir dabei überlegt, ich meine hast du ein Konzept? Was haben diese Worte miteinander zu tun?«
»Konzept?«
Oh ne, bitte nicht, ich will jetzt wirklich nicht über Schulthemen reden.
»Mann, jetzt sag schon, wie du aus den Worten eine Geschichte schreiben willst. Ich mein', ehrlich gesagt klingt das so, als hättest du wahllos ...«
»Wahllos?«
»Ja, ich weiß nicht ... Als hättest du einfach so die erstbesten Worte, die dir gerade begegnet sind, festgehalten.«
Nein, sie macht mich fertig, und jetzt auch noch dieses *Festhalten.* Ich halte nichts fest!
»Also, gut. Ich habe drei Begriffe aufgeschrieben, weil sie mir eingefallen sind. So weit klar?«
Sie nickt.

»Und warum sind sie mir eingefallen? Weil sie etwas mit mir zu tun haben. Ende. Und über den Rest können wir gerne morgen reden. Spendier mir lieber noch ein paar von deinen Chips.«
Ich werde ihr garantiert nicht auf die Nase binden, dass ich nicht die winzigste Idee für eine Handlung dazu habe. Es ist eben nicht mein Ding, mir an so einer Geschichte über ewig lange Zeit die Zähne auszubeißen. Und zur Not schreibe ich sowieso einen Sachtext über Schlüssel.
Und wenn Antonia noch so viele wohlformulierte Stichworte mit gigantischem Konzept dahinter anschleppt, klingen meine Stichworte in meinen Ohren immer noch gut. *Sturmvogel,* weil mein Bootsrest von den vielen Sachen, die ich immer finde, die außergewöhnlichste ist. Und *Passagier Hugo,* weil Oma, als ich noch ganz klein war, auf ihrer Kreuzfahrt an mich gedacht hat und mir Hugo in Griechenland gekauft hat, wo noch echte Wasserschildkröten leben. Seinen Schal habe ich später unter Omas Anleitung selbst gestrickt. Und seit er auf der Kante von *Sturmvogel* sitzt, ist aus »Hugo mit dem Schal« *Passagier Hugo* für mich geworden und erinnert daran, dass dieser Rumpf irgendwann einmal als seetüchtiges Boot übers Meer geschippert ist. Ja, und *Findeschlüssel* ist meine geniale Worterfindung! Meine Hand greift an meine Brust und findet da, wo mein Schlüssel an seinem Band hängen sollte, nichts. Wo ist mein Schlüssel? Ich habe ihn doch nicht etwa verloren?
Hektisch taste ich meine Sachen ab und schüttle sie aus.
Wenn ihn bloß niemand geklaut hat!
Da, klirrend fällt er auf die Steinplatten und jetzt erinnere ich mich auch wieder, dass ich ihn vorhin beim Umziehen in die Hosentasche gesteckt habe. Rasch streife ich mir das Band mit dem Schlüssel über den Kopf. Den darf ich niemals verlieren!

»Iiihh!«
Eine eiskalte Wasserfontäne regnet auf mich herab. Das war Hannah, die sich von hinten angeschlichen hat und alles Wasser aus ihrer Mähne schüttelt, als wäre sie ein Hund.
»Wollen wir los?« Ich versuche, sie mir zu greifen um mich zu rächen, doch sie entschlüpft wie ein Fisch. »Sieh einer an, hängt in der Sonne und chillt, der Junge«, sagt Karl.
»Und unsereiner macht sich Sorgen, er wäre abgesoffen, weil er mehr unter als über Wasser gewesen ist«, ergänzt Jonas.
»Na, danke auch für eure Erste Hilfe. Ohne euch ...«
Unvorsichtig dicht geht Karl an mir vorbei. Die Versuchung ist zu groß, ich ziehe an seinem Handtuch, das bis eben noch um seinen Bauch gebunden war, und halte die blaue Trophäe in der Hand, überlege kurz und werfe sie mit Schwung, so weit ich kann. Hannah fängt, dann fliegt sie auch schon zu Jonas weiter.
»Na wartet! Das werdet ihr büßen!«, faucht Karl, und die schönste Schlacht ist im Gange, bis uns eine Sirene, die mit durchdringendem Ton verkündet, dass das Bad jetzt geschlossen wird, verscheucht.
»Tschüss«, ruft uns der Bademeister hinterher, jedem Einzelnen mit Namen. Sogar Jakob hat er sich gemerkt.

*

Zu Hause werde ich gleich im Flur von Mama gestellt.
»Wo kommst du so spät her?«
Warum stresst sie denn jetzt so rum? Dass *sie* gestern mit Jan noch länger in der Stadt geblieben ist, das war in Ordnung, klar. Und was ich in der Zwischenzeit gemacht habe, war egal. Aber wehe, sie ist da und *ich* komme später nach Hause.
Nie ist etwas recht.

Soll sie sich doch für mich freuen, wenn es schon mal gut läuft, echt. Was ist an Schwimmbad bitte schlecht?

»Du hättest mir zumindest Bescheid sagen müssen. Egal wie, nur *irgend*wie!«

Bescheid sagen seh' ich ein, okay, auch wenn es kompliziert geworden ist, seit mein Handy nicht mehr funktioniert. Aber trotzdem ist es komisch, dass sie auf einmal so überbesorgt ist.

»Und, wie fühlst du dich? Ich meine, geht es dir gut?«

»Ja, ähm, klar. Warum sollte es mir nicht gut gehen?«

Ich bin voll erledigt, das stimmt. Aber von der guten Sorte, wohlig erschöpft, wie nach Sport eben. Durst und Hunger sind noch da, ansonsten muss ich mich ziemlich bald schlafen legen. So sieht es aus.

Mama lässt immer noch nicht locker. Als traue sie dem Frieden nicht. Sie hört nicht auf, mich anzustarren, als ließen sich mit genügend Geduld und Ausdauer Krankheitsspuren bei mir finden. Mann, kann sie nerven. Was soll das?

Ist es wegen meiner geröteten Augen? Aber die kennt sie doch bei mir nach dem Schwimmbad. Oder sitzt irgendwo ein Pickel? Ich verstehe überhaupt nicht, was hier eigentlich los ist.

»Dir ist nicht übel?«

»Nein.«

»Keine Bauchschmerzen?«

»*Nein.*«

»Auch kein Durchfall?«

»NEIN!«

»Auch nicht so ein bisschen?«

Jetzt reicht es wirklich.

»Mama! Ich war einfach nur im Schwimmbad, sonst nichts, klar?«

Ich will mich an ihr vorbei in mein Zimmer verziehen, bis sich die Lage ein bisschen beruhigt hat.
Doch sie baut sich direkt vor mir auf, streckt sich – »Warte«, und endlich rückt sie raus mit der Sprache: »Eben wurde in den Nachrichten eine Notfallwarnung durchgegeben. Seit dem späten Nachmittag sind aus den umliegenden Krankenhäusern und Arztpraxen heftige Durchfallerkrankungen gemeldet worden. Alle Notaufnahmen sind überfüllt. Ein Krisentelefon ist eingerichtet worden. Die Bevölkerung ist aufgefordert, schon erste Krankheitszeichen zu melden. Noch ist unklar, welcher Erreger der Auslöser ist, woher er kommt und wie er sich verbreitet.«
»Aha, hört sich echt übel an, aber das hat doch nichts mit mir zu tun! Ich habe nichts. Echt nicht.«
»Und woher soll ich wissen, dass du nichts hast, wenn ich nicht weiß, wo du bist und was du machst?«
Mir dämmert allmählich, dass sie sich wirklich Sorgen gemacht hat.
»Ich habe dich schon in so einer überfüllten Notaufnahme gesehen, schmerzverzerrt auf einer Liege, stöhnend, mutterseelenallein und ausgeliefert, und keiner konnte sich um dich kümmern, weil alle sich schon um jemand gekümmert haben, dem es noch viel schlechter ging. Und selbst du konntest schon nicht mehr reden vor Schmerz ...«
Jetzt fängt sie auch noch an zu weinen.
»Mama! Echt jetzt mal.«
Jan, der leere Umzugskartons in den Schuppen gebracht hat, kommt zur Tür herein.
»Ah, da bist du ja. Na, der Schreck will erst einmal verdaut werden«, sagt er, klopft mir auf die Schulter und nimmt dann Mama in den Arm, die jetzt erst richtig losschluchzt.

Es gibt Fälle, da ist es gut, dass sie sich mit Krankheiten und Ärzten und so auskennt, weil sie viele Dinge selbst kurieren kann. Es gibt aber auch Momente, wie eben jetzt, da ist es gar nicht gut, und ich wäre froh, wenn sie so was wie Landschaftsgärtnerin oder von mir aus Schneiderin oder Sekretärin oder etwas anderes nicht Medizinisches wäre.

»Weißt du, Jakob, die gemeldeten Fälle liegen ausnahmslos in einem ganz klein einzugrenzenden Gebiet, und wir liegen genau mittendrin«, erklärt Jan mit seiner wunderbar tiefen und beruhigenden Stimme.

»Ach so?«

Mama schnäuzt die Nase, wischt sich die Augen, drückt Jan, der sie immer noch festhält und lächelt mich an.

»Dir geht es wirklich gut?«

Ich nicke. »Ja, immer noch, mir fehlt nichts.«

Endlich scheint sie einigermaßen beruhigt.

»Komm, wir zeigen Jakob, was wir gemacht haben.«

Mir fällt auf, dass der Flur viel leerer geworden ist. Mama und Jan haben die Kisten in mein Zimmer getragen! Alle Kisten auf einmal. Und hier in meinem Zimmer türmen sie sich jetzt.

Hm.

Ehrlich gesagt, sieht es schrecklich aus, schrecklich voll und zugeräumt. Ich lasse mich auf mein leeres Bett sinken. Von meinem Sturmvogel, Hugo oder den Schlüsseln kann ich vor lauter Kartons nichts mehr sehen.

Jetzt merke ich erst, wie erledigt ich bin. Außer Abendbrot will ich heute nichts mehr. Vor allem will ich keinen Stress, und aus Rücksicht auf Mamas blanke Nerven verkneife ich mir zu sagen, dass eine Kiste fürs Erste auch gereicht hätte. Stattdessen murmle ich ein schwaches »Danke«.

Nur mit größter Mühe, als hingen Betonklötze daran, heben meine Arme Teller und Gläser auf den Tisch. Und als ich mich darüber beuge, um Messer zu verteilen, kündigt sich deutlich Muskelkater an.

In dem Moment, als ich mich gerade setzen will, biegt Mama um die Ecke, hält meine Schultasche hoch, den Zeigefinger auf dem wachsenden Wasserfleck.

»Was, bitte, ist da ausgelaufen?«, fragt sie streng.

»Ach so, nur meine Badesachen, nicht so schlimm.«

Der Zeigefinger wandert Richtung Badezimmer.

»Trotzdem, aufhängen, und zwar jetzt«, immerhin von einem zarten »Bitte!« gefolgt.

Ich ziehe Badehose und Handtuch aus der Tasche. Alle Papiersachen, die daneben gesteckt haben, sind völlig aufgeweicht, kurz vor Auflösung, was Mama zum Glück nicht entdeckt hat. Ich schätze, das Papier wird mit Wellenwurf trocknen. Das Arbeitsblatt ist gar nicht mehr zu retten, aber das kann mir Frau Geerts bestimmt noch einmal neu geben ...

Ich weiß immer noch nicht, ob ich lieber Bergkäse oder Salami möchte, da klingelt das Telefon.

Jan geht ran. Ernst und konzentriert hört er zu, ohne etwas zu sagen. Er nickt ab und an. Saublöd, eigentlich, die am anderen Ende der Verbindung merken doch gar nichts davon!

Ich beiße in mein Bergkäsebrot.

»Was, eine ganze Woche lang?«, sagt er plötzlich.

Ich schenke mir Wasser ein und leere das Glas in einem Zug.

»Mhm ... Verstehe.«

Ich nehme mir eine Möhrenstange und ein Stück Gurke, streue Kräutersalz darüber und beiße in die Möhre.

»Hochinfektiös ... Gut ... Verstanden, gebe ich so weiter.«

Das Wort »hochinfektiös« versetzt Mama in Alarmbereitschaft, das sehe ich sofort. Sie hält es kaum aus, das Ende des Gesprächs abzuwarten.
»Die Bedrohung rückt näher«, sage ich, als wäre ich der Reporter in den Nachrichten.
»Psst, Jakob! Sei still.«
Es ist ihr ernst. Sie muss jedes Wort mitbekommen.
»Und wen soll ich jetzt verständigen? Ja ... Gut ... Klassenliste ... Verstanden. Ja, ebenfalls ... Ja, wir hören uns. Tschüss.«
Jan legt auf.
»Sag schon, was war? Die Gesundheitsbehörde wegen Jakobs Schule? Das Amt, wegen der Prüfungen? Oder fällt deine Fortbildung flach? Ist etwas mit Oma? Jan! Bitte!«
»Langsam, ganz ruhig. Jakob, du wählst, es geht nämlich um deine Schule: Erst die gute oder erst die schlechte Nachricht? Na?«
Heute entschließe ich mich einmal für die gute zuerst.
»Dann lass es mich so formulieren: Deine Sommerferien sind soeben um eine Woche verlängert worden.«
»Eine Woche frei? Echt jetzt?«
Jan nickt. Beide Arme sausen in die Luft. Autsch, meine Muskeln.
»Und warum?«, schaltet sich Mama ein. »Dafür muss es doch einen triftigen Grund geben! Keiner schließt eine Schule einfach so. Du hast von »hochinfektiös« gesprochen. Gab es einen Todesfall? Jetzt red doch endlich. Was ist los?«
Mamas steile Falten an der Nasenwurzel zeigen den Ernst der Lage.
»Jan, jetzt komm, den anderen Aspekt der Nachricht. Rück endlich raus damit!«

Vielleicht habe ich mich zu früh gefreut. Wer weiß, ob gleich von der guten Nachricht noch etwas übrig bleibt. Hätte ich mal doch die schlechte zuerst gehört, wie sonst auch immer.

»Der Schulleitung werden laufend neue Fälle mit diesem heftigen Magen-Darm-Infekt gemeldet. Warte, das habe ich mir notiert: Der aktuelle Stand sagt, 25 Schüler seien krank, dazu fünf Lehrer, die Sekretärin und der Verwaltungsleiter. Die Gesundheitsbehörde ist eingeschaltet worden, und die hat in kürzester Zeit aus Seuchenschutzgründen die sofortige Schließung angeordnet. Das wird erst einmal per Telefonkette an alle Elternhäuser weitergegeben, an der Schule wird ein Aushang angebracht und morgen kommt niemand in das Schulgebäude hinein. Deine Schule, Jakob, bleibt bis auf Weiteres, mindestens aber für eine Woche geschlossen. Irgendwann wird noch die schriftliche Mitteilung folgen.

»Nein!«

Mama sackt in sich zusammen.

»Ist doch super«, finde ich.

»Jakob!«

»Super, dass die Schule geschlossen ist, meine ich, und dass ich nicht krank geworden bin. Oder muss ich das auch noch bekommen?«

»Eine Woche ... bis auf Weiteres«, wiederholt Mama stumpf. »Und du merkst wirklich nichts bei dir Jakob?«

»Nein, immer noch nicht.«

Jan nimmt sich die Klassenliste von der Pinnwand. »Ich muss mal eben die Telefonkette weiter führen. D – E – F ... Bei so schnell wirkenden Keimen geht man übrigens davon aus, dass sich bis heute 23 Uhr Krankheitssymptome zeigen müssten, ansonsten hat man sich wohl nicht angesteckt. Bereits Erkrankte sollen allerdings hochinfektiös sein, und genau da greift der Seuchenschutz. K – L ...«

»Was mache ich denn jetzt?«, sagt Mama aufgelöst. »Du kannst hier nicht von morgens bis abends allein in Quarantäne bleiben, eine ganze Woche lang, ausgeschlossen. Jemand muss da sein, falls du doch noch Symptome bekommst. Ausgerechnet jetzt, wo ich mehr als zu jeder anderen Zeit im Jahr arbeiten muss. Warum kann nicht wenigstens einmal etwas nach Plan laufen?«, stöhnt sie.

»Aber Jan ist doch da. Außerdem –«, versuche ich sie zu beruhigen, doch sie schneidet mir das Wort ab.

»Ist er nicht, weil er morgen auf Fortbildung fährt, das ist es doch grade. Was sollen wir tun?«

Jan ist mit dem Finger auf der Liste bei Lühbrack angekommen. Ich höre leises Piepen, als er die Nummer wählt.

»Oma!«, schlägt Mama vor. »Genau, am besten, du gehst einfach noch einmal zu Oma.«

»Nein!«, rufe ich!« Nicht schon wieder! Ich will nicht zu Oma.«

»Jakob, sieh doch ein, dass dies die beste Lösung ist. Eine bessere fällt mir zumindest nicht ein.« Sie schiebt ihren Teller von sich.

»Ich weiß gar nicht, was du hast, ihr seid doch immer gut klargekommen! Selbst wenn sie und ich uns in der Wolle hatten.«

»Ja, als ich kleiner war. Aber in letzter Zeit nervt sie ohne Ende, weil sie nicht kapiert, dass ich nicht mehr ihr *süßer Kleiner* bin. Am liebsten würde sie immer noch meine Hand nehmen, wenn wir über die Straße gehen, und im schlimmsten Fall kriegen wir uns deswegen mitten auf der Kreuzung in die Haare.«

»Jakob, uns bleibt keine andere Wahl.«

Der Blick zu Jan ergibt, dass von ihm keine Hilfe zu erwarten ist. Er telefoniert immer noch.

Da müssen wohl ein paar Argumente her.

»Mama, glaubst du im Ernst, Oma hat Zeit für mich? Als ob sie immer da wäre! Abends pokert sie entweder mit ihren Freundinnen, und man darf sie auf keinen Fall stören, oder sie muss weg, zum Bingoabend. Permanent hat sie Einladungen für öde Vernissagen, wo sie alle mit Sektgläsern in der Hand und wichtigen Gesichtern rumstehen. Über Beziehungen bekommt sie andauernd Karten für die Oper oder die Musikhalle geschenkt. Auf die Woche gesehen hat Oma jeden Abend Programm. So sieht das nämlich aus.«

»Jakob, jetzt komm!«

»Ich bin noch nicht fertig. Das war abends. Tagsüber hat sie Yoga, Gedächtnistraining, Sturzkurs, bleiben noch zwei Tage für Friseur, Fußpflege und Arztbesuche. Und falls es dazwischen eine freie Minute gibt, klappert sie Seniorenresidenzen ab, um herauszufinden, wohin sie irgendwann mit ihren Freundinnen ziehen kann. Und der dickste Klopper kommt noch: Beim nächsten Besuch will sie mir einen *vernünftigen Haarschnitt* verpassen lassen.«

»Ich weiß ja, aber hast du eine bessere Idee?«

Warum nicht einfach hier bleiben? Und Jan? Der telefoniert immer noch. Wenn die Telefonkette in dem Tempo weitergeführt wird, schläft heute Nacht keiner, egal ob krank oder gesund.

»Bitte, Mama, komm, lass mich hier sein. Wenn ich spüre, dass ich krank werde, sage ich sofort Bescheid! Versprochen. Und Verhungern werde ich nicht. Ich kann mir selbst was kochen. Oder ich kaufe mir T-K-P.«

»*T-K-P?*«

»Tiefkühlpizza«, erkläre ich ihr, und jetzt muss Mama direkt lächeln.

»Und langweilig wird es mir garantiert nicht«, setze ich gleich nach. »Oder hast du die Kisten in meinem Zimmer vergessen?«
Mama schüttelt gequält den Kopf. Und wenn sie so guckt, kriegt sie mich doch wieder weich, ich merke schon, wie es anfängt.
»Lass uns einfach eine Nacht drüber schlafen, in Ordnung?«, sagt Mama und streicht mir über den Kopf.
Frustriert gehe ich ins Badezimmer. Zugestimmt habe ich aber nicht! Ich drücke einen blassblauen Streifen Zahnpasta auf die Zahnbürste. Eigentlich ist gegen Oma gar nichts zu sagen. Irgendwie ist sie mit ihren Schrullen klasse und kein bisschen langweilig, aber ich bin aus dem Omaschuh einfach herausgewachsen. Und Mama soll bloß nicht auf die Idee kommen, sie hierher zu bestellen. Falls der Infekt doch noch bei mir ausbräche, wäre es für so eine alte Frau lebensgefährlich!
Als ich mich über das Waschbecken beuge und den Mund ausspüle, spüre ich leichten Würgereiz. Geht so der Anfang von diesem Magen-Darm?

*

Gegen eine ganz leichte Form der Krankheit, nur ein kleines Schwächegefühl und Schwindel, aber möglichst ohne Erbrechen und Durchfall hätte ich nichts, dann könnte ich hierbleiben, und aus Sicherheitsgründen omafrei!
Mal abwarten, fürs Erste sage ich noch nichts. Soll sie doch glauben, dass ich mich zu Oma überreden lasse.
Wie ich nach der ganzen Aufregung einschlafen soll, ist mir allerdings schleierhaft.
Ich beschließe, noch zu lesen. Aber was? Einen Comic vielleicht? Nacheinander ziehe ich alle möglichen Bücher aus dem Karton und kann mich für keines entscheiden.

»Jakob, Telefon!«, ruft Mama von unten.

»Für mich?« Ich gehe ihr entgegen, nehme den Hörer mit einem stummen *Wer?*, doch Mama lächelt nur mit Wisser-Mine und verrät gar nichts.

»Ja? Hier ist Jakob«, sage ich ins Unbekannte und nehme das Telefon mit nach oben.

Es ist Hannah. Die Neuigkeiten sprudeln nur so aus ihr heraus. Sie redet echt mehr als ich in drei Tagen, und ich komme mir noch begriffsstutziger vor, als eh schon.

»Überleg es dir«, sagt sie zum Schluss, »und falls du magst, dann frag gleich, ob du darfst und ruf schnell zurück. Am besten in der nächsten Stunde, okay?«

Während ich noch nach einer einigermaßen intelligent klingenden Antwort suche, taucht Oma vor meinem inneren Auge auf: Sie sitzt unter einem Glitzerumhang auf dem Friseurstuhl, eine Krone aus Lockenwicklern im Haar, und lockt mich mit langem Zeigefinger näher zu kommen, während die Friseurin mit dem großen Busen und den fleischigen Händen angriffsbereit mit ihrer Schere klappert. Also, wenn das meine Alternative sein soll …

»Okay«, sage ich, »ich kläre das mal und rufe gleich zurück, ja?« Ich drücke den Knopf mit dem roten Hörer.

Erst einmal muss ich sortieren, was in meinem Kopf herumsaust: Verstanden habe ich, dass auch Hannah kein Magen-Darm erwischt hat, bis jetzt, und dass auch ihre Familie nach einer Lösung für ihr »Überraschungsfrei« gesucht hat. Und so kamen sie auf die coole Idee, Hannah könnte zu ihrer Tante reisen. Dazu hat sie auch Lust, weil sie ihre Tante schwer in Ordnung findet, nur nicht allein! Und hier komme ich ins Spiel, denn sie kann jemanden mitnehmen. Erste Wahl war logischerweise ihre beste Freundin Selin. Nur hat die sich den Infekt geholt, und so kam

Hannah wohl auf mich. An wievielter Stelle genau, das will ich lieber nicht wissen, denn ich habe keinen Bock zu hören, dass ich außer ihr womöglich der Einzige ohne Magen-Darm sein könnte. An diese Selin kann ich mich auf jeden Fall erinnern, weil sie in der Hühnchenspieß-Erdbeerschlange schon ganz weit vorne stand, als ich mich neben Hannah in der anderen anstellte. Quer durch den Raum haben die beiden sich unterhalten, ohne sich darum zu kümmern, dass alle in der Kantine mithören konnten.

»Alles klar bei dir, Jakob?«, ruft Mama von unten.

»Ähm, Mama?«

»Ja?«, kommt es gleich aus ziemlicher Nähe, als hätte sie gelauscht.

Mama stellt sich in den Türrahmen, ich klettere zu ihr runter und setze mich in Augenhöhe auf eine Stufe.

»Also, die Sache mit der schulfreien Woche ...«

Mamas Augen fixieren mich. Das mit der Augenhöhe war vielleicht doch keine so gute Idee. Ich betrachte ausgiebig meine Hände.

»Ja?«, sagt Mama, damit ich endlich weiterrede.

»Na ja, es gäbe eine Möglichkeit, weder allein hierzubleiben, noch zu Oma zu müssen.«

»Und die wäre?«

»Also ...«

Um es hinter mich zu bringen, erzähle ich ihr alles ganz schnell. Und als es raus ist, werde ich am Ende natürlich auch noch rot.

»Und wohin würde euch die Reise zu dieser erstaunlichen Tante führen?«

Mist, das habe ich gar nicht gefragt!

»Ganz weit draußen, aber wo, weiß ich auch nicht.«

»Gut, das könnte ich ja mit der Mutter klären. Aber hättest du

überhaupt Lust dazu?«, fragt Mama, als wäre es das Normalste der Welt.
Ich sehe ihr in die Augen: Kein Grinsen, einfach nur eine klare Frage.
Habe ich Lust dazu?
Hannah scheint okay, auch wenn ich sie noch nicht wirklich kenne. Dagegen kenne ich die Alternative nur zu gut. Und da wird mir klar, dass ich schon weiß, was ich will: Irgendwohin raus, einfach etwas Neues erleben!
»Jakob, ich habe dich etwas gefragt.«
»Wie?«
»Ich möchte wissen, ob du Lust hast.«
»Hmh.«
»Heißt das, ja?«
»Ja.«
»Gut.«
Mama streicht ihr Haar zurück und steckt es hinter den Ohren fest.
»Spricht erst einmal nichts dagegen, außer wenn die Krankheit bei euch beiden doch noch ausbricht.«
»Aber Hannahs Hausarzt hat das Gleiche gesagt wie Jan, dass es bei Ansteckung spätestens im Laufe der Nacht noch losgeht.«
Einen Moment sagt Mama nichts, aber ihr Denken kann man fast hören.
»Gut, dann lass mich mal mit Frau ...«
»Lühbrack.«
»... mit Frau Lühbrack sprechen. Ein paar Details bräuchte ich schon noch und wenn ... hörst du? Ich sage, *wenn* ... wenn sich dabei nicht noch ein dicker Haken auftut, dann soll es für mich in Ordnung gehen.«

»Ich rufe Hannah an.«
»Und dann sag ihr, dass ich mit ihrer Mutter sprechen möchte, für die Feinabstimmung!«
Wir klatschen uns ab.

*

Mama hat sich gleich mit Hannahs Mutter zum Kaffeetrinken verabredet, für die Zeit nach Magen-Darm, wenn Prüfungen und Ernte überstanden sein werden. Da sich herausgestellt hat, dass »ganz weit draußen« genau die Insel meint, auf der wir im Sommer gewesen sind, und dass Frau Lühbrack von dort stammt und Hannahs Tante in deren leerstehendes Elternhaus gezogen ist, weiß ich jetzt schon, dass Hannahs und meiner Mutter der Gesprächsstoff nicht ausgehen wird.
Wir stehen in der Küche vor dem großen Fenster, ein Glas rote Limonade in der Hand, und stoßen an, meine Mutter und ich.
»Weißt du, die Insel ...«, sagt Mama ein bisschen später und zupft Flusen von ihrem T-Shirt. Als sie keine mehr findet, prüft sie, ob ihre Haut an den Armen nicht zu trocken ist. »Als ich das erste Mal dort war ... Ich möchte dir etwas erzählen, nur ... Wo soll ich anfangen?« Sie schaut mich kurz an und dann wieder ins Dunkle der Scheibe. »Die Insel und du, also dein Vater und ich, damals ... Ich will es dir schon so lange erzählen ...«
Sie räuspert sich. Mucksmäuschenstill bin ich, weil wir so dicht noch nie dran gewesen sind!
»Also, ich glaube, ich weiß.« Sie räuspert sich noch einmal. »Damals, bevor es dich gab, also ich meine in dem Sommer direkt davor, weißt du ...« Sie legt ihren freien Arm um mich, und ich lehne meinen Kopf an ihre Schulter. Ich spüre, wie sich ihr Brustkorb mit ganz viel Luft füllt.

»Der Sommer war damals genauso heiß wie in diesem Jahr. Mir ist, als wäre es gestern gewesen, wenn ich das so erzähle. Weißt du, ich war neu in der Stadt, ganz frisch hergezogen, und auf einmal hatte ich Zeit, viel Zeit, weil das mit dem Zimmer in der WG so schnell geklappt hat und meine Ausbildung erst Mitte November beginnen sollte. Mein Gott, war ich jung, wenn ich daran denke. Blutjung war ich, und gierig, endlich mein eigenes Leben zu leben, weg von Zuhause, von Oma, du verstehst. Ich habe mich nach Weite gesehnt, nach dem Meer. Jeden Tag machte ich lange Spaziergänge an der Elbe. Doch eigentlich reichte mir das nicht. Nur fehlte mir für eine echte Reise das Geld. Also verbrachte ich meine Tage an der Elbe. Und dort, also eines Tages ...« Sie trinkt einen Schluck, lächelt mich schelmisch an, ich warte gebannt, mucksmäuschenstill, »... sind wir uns begegnet. Auf einmal stand er vor mir, war plötzlich einfach da, richtig erschrocken habe ich mich, weil ich ganz in Gedanken war, während ich nach der optimalen Stelle suchte, um mich auf meine Decke zu legen und zu lesen. Seltsam war das, nie mehr ist es mir so ergangen: Vom ersten Moment an lag so etwas wie Magie in der Luft. Also, zuerst war ich natürlich –«
»Jakob! Kommst du bitte mal? Ich habe dir die Verbindung rausgesucht. Und bring deine Junior-Card mit. Dann ist das mit der Fahrkarte schon mal erledigt«, ruft Jan aus Mamas Arbeitszimmer.
Doch nicht ausgerechnet jetzt!
Ein verzweifelter Blick zu Mama, die mir einen kleinen Schubs gibt.
»Geh ruhig, keine Sorge, ich werde dir die ganze Geschichte erzählen, jetzt wo ich den Anfang gefunden habe. Aber ganz in Ruhe. So eben zwischendurch, das ist nicht gut. Lass es uns machen, wenn du zurückkommst. Mein Ehrenwort. Weißt du,

wenn wir so lange damit gewartet haben, dann kommt es auf ein paar Tage mehr oder weniger auch nicht mehr an. Einverstanden?«

»Nein. Ich möchte es *jetzt* hören.«

»Lass es uns verschieben, bitte!«

Ich zögere.

»Aber dann sofort, wenn ich wieder hier bin. Versprochen?«

Mama nickt.

»Ganz wirklich und ehrlich?«

»Ja, versprochen.«

»Na gut, einverstanden.«

Gegen ziemliche Widerstände grabe ich nach meiner Bahn-Card, finde sie und trage sie zu Jan.

»Ich kann euch morgen zum Bahnhof bringen, wenn du willst, für mich liegt es auf dem Weg«, sagt er, während er Zahlen tippt.

»Danke.«

Jan ist schon schwer in Ordnung, und ich bin froh, dass er jetzt endlich ganz zu uns gezogen ist, mit Namen am Türschild und allem, auch wenn ich manchmal, wie gerade jetzt, am liebsten mit Mama allein wäre. Dann würde ich sofort erfahren, was ich schon so lange wissen möchte, und es würde nicht schon wieder verschoben werden.

Über Jans Schulter sehe ich, wie er fehlende Angaben ergänzt und zum Schluss den Drucker startet. Als es rattert und fiept, liegt meine Hand auf seiner Schulter.

*

»Dann macht's mal gut, ihr beiden, und haltet die Ohren steif«, sagt Jan, drückt mich kurz, tippt Hannah auf die Schulter und steigt in seinen Wagen, der direkt neben dem Schild mit den gekreuzten Balken steht.

»Tschüss«, rufe ich ihm noch hinterher.

Und jetzt stehen wir, Hannah und ich, mit unseren Taschen, wobei ihre bestimmt dreimal so groß ist wie meine, auf dem Bahnhof. Allein. Gut, ganz allein auch wieder nicht, um uns herum wimmelt es nur so von Menschen, die alle irgendwoher kommen, oder schleunigst irgendwohin müssen und scheinbar genau wissen, wohin.

Wir studieren die Anzeigetafel. Genau zwei Züge fahren in unsere Richtung.

»Und welcher ist der Richtige?«, fragt Hannah. Ich ziehe den Fahrschein aus meiner Rückentasche und vergleiche die Abfahrzeit unseres Zuges mit den beiden auf der Tafel, um festzustellen, dass sie mit keiner von beiden exakt übereinstimmt. Na super!

Hannah deutet auf den Informationsschalter am anderen Ende der Halle.

»Lass uns fragen gehen.«

»Wart' mal«, sage ich und vergleiche die Zugnummern. »Ich hab's. Der da muss der Richtige sein, der hat unsere Nummer. Fährt in neun Minuten von Gleis 5. Siehst du?«

»Bist du ganz sicher?«, fragt Hannah. Ich nicke, hoffe, dass es wirklich stimmt, schiebe mich zwischen Menschen hindurch zum Bahnsteig, Hannah, lammfromm, hinter mir. Kurz darauf fährt der Zug ein und kommt mit grässlichem Quietschen zum Stehen, so laut, dass ich mir die Ohren zuhalten muss. Aber wir stehen perfekt! Beinah direkt vor uns hält der richtige Wagen. Hannah geht voraus, zieht ihre Tasche hoch, das versucht sie zumindest, und könnte es nie alleine schaffen, wenn ich nicht zusätzlich noch schieben würde.

»105 und 103. Unsere Plätze müssen da vorne sein.«
Gemeinsam hieven wir Hannahs Monstrum von Tasche auf ein Gepäckbord. Meine lässt sich in die schmale Lücke zwischen zwei Sitzreihen schieben.
Ich plumpse auf meinen Sitz, höre, wie sich die Türen klackend durch den gesamten Zug schließen und werde leicht in den Sessel gedrückt, als er anfährt.
Hannah sitzt mir gegenüber und gähnt.
Müde bin ich schon, aber etwas essen könnte ich auch. Noch bevor wir richtig aus dem Bahnhof gefahren sind, ziehe ich die eben verstaute Reisetasche wieder hervor und hole meinen Proviantbeutel heraus.
»Du kannst jetzt etwas essen?«
»Klar!« Als Erstes nehme ich ein Salamibrötchen.
»Im Zug habe ich immer Hunger«, sage ich und wickle das Brötchen aus.
»Komisch, oder? Hunger setzt bei mir automatisch ein, wenn der Zug losfährt. Bei dir nicht?«
Hannah schüttelt den Kopf.
»Und wenn ich an Selin und die anderen denke, die jetzt Bauchkrämpfe haben und spucken und sich herumquälen, dann vergeht mir der Appetit auf der Stelle.«
Und deshalb soll ich verhungern? Mein Salamibrötchen schmeckt mir.
Hannah sieht ganz schön blass aus, finde ich.
»Ist dir übel?«
Sie schüttelt den Kopf.
»Ich habe nur kaum geschlafen. Gestern Abend, das war echt krass, da klingelte laufend das Telefon. Immer wieder rief jemand an und meldete einen frischen Infekt. Weil Mama doch

im Elternrat ist. Also schrieb sie alles mit, und heute früh lag da eine richtig lange Liste von neuen Fällen.«

»Wie die Warteschlange in der Kantine«, sage ich. »Also nicht unsere, weil wir uns schlau ans kurze Ende gestellt haben. Die der anderen meine ich.«

»Moment mal!«, ruft Hannah und springt von ihrem Sitz. »Jakob, weißt du, was du da gerade gesagt hast?«

»Ich?«

»Ja! Deine Theorie, die ist genial!«

»Ja?«

»Na klar! Eine Krankenliste, so lang wie die Schlange an der Essensausgabe. Überleg mal, genau damit könnte alles zusammenhängen. Wir haben doch nur deshalb Spaghetti gegessen, weil die Hähnchenspießschlange so lang war!«

»Und? Das würde ich wieder genauso machen, bevor ich ewig rumstehe. Das war schlau und sonst nichts.«

»Klar, aber überleg doch mal! Wir beide sind gesund! Glaubst du im Ernst, dass das Zufall ist? Wer war noch in unserer Schlange? Wenn die auch gesund sind, dann ist das eine ganz heiße Spur. Bei den Lehrern müssten wir natürlich auch noch fragen.«

»Stimmt, der Gedanke ist nicht doof. Wenn alle aus der Hähnchen-Erdbeerschlange abreiern, ist das schon komisch.«

»Iiih!« Hannah schüttelt sich.

»Bloß leider kann ich dir keinen einzigen Namen nennen, und das wär's dann wohl mit der Beweislage für unsere Theorie. Und ändern würde es eh nichts mehr. Was auch immer Auslöser gewesen sein mag, das ist gegessen und geht jetzt seinen Weg, oben oder unten raus oder beides gleichzeitig.«

»Jakob! Hör auf damit!« Hannah kaut auf ihrer Lippe. »Trotzdem, wenn sie Keime nachweisen können, zum Beispiel im Hühnerfleisch, dann können sie den Infektionsweg verfolgen und weitere Verbreitung verhindern. Und dann würde sich niemand mehr anstecken, denkst du nicht?«

»Ja, Shirley Holmes, sicher. Aber lass doch die Seuchenleute in Ruhe ihre Arbeit machen. Mit Sicherheit werden die auch von alleine drauf kommen. Okay, vielleicht etwas langsamer.«

»Das ist kein Witz, Jakob! Wenn unsere Vermutung stimmt, können sie schneller passende Medizin herausfinden, und keiner muss so elend lange leiden!« Und jetzt taucht sie ab. Nur noch ein paar Locken schauen über den Tisch hinweg, während sie in der Handtasche unter ihrem Sitz herumkramt und unverständlich brummt.

Sie taucht wieder auf und hält ein steinaltes Exemplar von einem Handy in der Hand.

»Ich rufe jetzt an.«

»Vorausgesetzt, dein Teil da schafft es auch in unserem Jahrtausend eine Verbindung herzustellen«, sage ich, vielleicht eine Spur zu verächtlich.

Hannah zuckt mit den Schultern und betrachtet das klobige Handy mit dem miniwinzigen Display.

»Also, bei Mama hat es immer funktioniert. Aber bitte, von mir aus können wir auch deins nehmen!«

Dass wir mein Handy nicht nehmen können, das weiß sie ganz genau, dieses Biest, weil daran unsere Reise nämlich beinah gescheitert wäre. Meine Mutter bestand auf einem Handy für unterwegs, obwohl meins futsch ist, nachdem es mir vor einiger Zeit aus der Hosentasche gerutscht und ins Wasser gefallen ist. Und Mama weigert sich einfach, mir ein neues zu bezahlen, obwohl es eigentlich ihre Schuld ist, denn wenn sie mich an dem Tag nicht gezwungen hätte, meine Weste zu Hause zu lassen, wäre

es garantiert nicht passiert. Und Hannah bekommt erst zu ihrem Geburtstag ein eigenes.
Somit hat Hannahs Mutter-Telefon unsere Reise erst möglich gemacht. »Weißt du die Nummer von diesem Krisentelefon? Die war ganz einfach zu merken. Hatte so' ne Logik.
»Keine Ahnung.«
Hannah überlegt, murmelt Zahlenkombinationen vor sich hin, ist aber nicht zufrieden, stöhnt und wählt dann ziemlich zackig drauflos. Nach den ersten Worten verstehe ich, dass es ihre Mutter ist, mit der sie sich unterhält.
Ich schaue aus dem Fenster. Ohne die Geschwindigkeit zu drosseln, saust der Zug durch einen Bahnhof. Zu schnell, als dass ich Schilder lesen könnte. Soll ich mein Buch aus der Tasche holen? Die Lust, schon wieder in der Tasche zu wühlen, hält sich in Grenzen. Stattdessen blättere ich im Zugbegleiter: Wann kommt der Zug an? Hier: 8:28, lese ich. Dann hat er Anschluss an Linienbus Nummer 1047, steht hier, und der fährt sieben Minuten später ab. Hoffentlich reicht die Zeit, sonst schaffen wir die Fähre um 9:15 nicht. Fähre, bei dem Wort höre ich sofort Möwen kreischen, bekomme Meeresbrisengänsehaut, der Geruch nach Meer steigt mir in die Nase und mein Bauch wappnet sich schon gegen den Seegang. Ich zerknülle mein Brotpapier, stecke es in den Müll und ziehe einen Apfel heraus. Der könnte den Bauch beruhigen. Mann, über diese freie Woche auf der Insel freue ich mich so dermaßen riesig! Ferien an die Sommerferien drangehängt – dass es so etwas Geniales gibt!
Hannah packt das Mutterhandy wieder ein. Ich biete ihr einen Apfel an, doch sie winkt ab.
Sie setzt sich im Schneidersitz auf ihren Platz und schaut aus dem Fenster. Auch ich sehe mir die vorbeiziehende Landschaft

an. Ein Stoppelfeld reiht sich an das andere. Schwarzweiße Kühe grasen auf einer hubbeligen Wiese, eine weiße Badewanne steht an einem Zaun. Am Rand eines Getreidefeldes lauert ein Mähdrescher wie eine Riesenheuschrecke.
Mama hat mir gestern noch geholfen, meine Sachen in den Kisten aufzustöbern, damit ich die Tasche packen konnte, und heute früh ist sie noch zu mir hoch gekommen, um sich zu verabschieden, bevor sie zu ihrer Krankenpflegeschule musste, da war ich noch gar nicht richtig wach. Später bin ich mit Jan zusammen Hannah abholen gefahren. Als wir in den Hof einbogen, kam uns ihr Vater auf einem großen Trecker entgegen. Hannah wartete auf uns. Wie eine dritte Säule stand sie vor ihrer Haustür, ihre monströse Tasche neben sich. Alles ging ganz schnell, wir begrüßten Hannahs Mutter, luden die Sachen in den Kofferraum, es folgte ein Durcheinander von Danken und Wünschen und Verabschiedungen, und schon brausten wir wieder vom Hof. Aus dem Rückfenster konnte ich Hannahs Mutter mit Klemmbrett unterm Arm in einem ihrer Schuppen verschwinden sehen.
Wir mussten uns ganz schön beeilen, um den Bahnhof rechtzeitig zu erreichen. Ob es wohl noch so warm sein wird wie in den Sommerferien? Im letzten Moment ist mir nämlich die Badehose noch eingefallen, die ich, feucht wie sie war, in die Tasche gestopft habe. Ich hoffe nur, dass diese Tante wirklich grundsätzlich in Ordnung ist und nicht nur speziell für Mädchen. Müsste eigentlich schon, wenn Hannah mit ihr klarkommt … Mir fallen die Augen zu.

*

»Die Fahrscheine bitte!«
Laut und bestimmend weckt mich eine Stimme direkt neben meinem Ohr. Mann, hat die mich erschreckt. Und dann soll mir,

noch gar nicht ganz wach, sofort einfallen, wo diese Karte steckt. Ach, ich weiß! Ich beuge ich mich vor und ziehe sie aus der Rückentasche meiner Weste. Jetzt will sie die Bahn-Card auch noch sehen. Die steckt in der vorderen Innentasche.
»Danke«, sagt die Kontrolleurin und fordert schon an der nächsten Sitzreihe laut und energisch: »Die Fahrscheine bitte.«
Mir gegenüber raschelt es.
Hannah packt etwas Dickes, Kugeliges aus.
»Die Apfelwecken hat meine Mutter heute früh für uns gebacken. Möchtest du?«
»Echt? Direkt bevor wir gefahren sind? Hat sie heute Nacht durchgemacht?« Ich nehme mir einen und beiße hinein. Unglaublich, wie der schmeckt! Apfelzimtig, luftig und ganz leicht süß.
»Keine Ahnung«, sagt Hannah. »Irgendwie hat meine Mutter so eine Turboschaltung. Und Apfelwecken gibt es bei uns einfach immer, wenn einer verreist.«
Einen zweiten und sogar noch einen dritten dieser Turbo-Wecken verschlinge ich.
»Mann, kannst du viel essen!«
»Normal.« Aber eigentlich wundert es mich ehrlich gesagt selbst, wie viel ich in letzter Zeit esse.
Pappsatt und müde, ob immer noch oder schon wieder, weiß ich nicht, hänge ich auf meinem Sitz.
Hat die Fahrt mit Mama eigentlich auch so lang gedauert?
Als irgendwann endlich unser Bahnhof angesagt wird, schleppen wir Hannahs schwere Tasche gemeinsam zum Ausgang. Dann erst hole ich meine nach.
Wir fragen uns zum Bus durch und finden ihn gerade noch rechtzeitig, als der Busfahrer schon dabei ist, seine Gepäckklappen zu schließen.

»Auch noch rüber auf die Insel?«
»Genau.«
«Na, dann mal her damit«, sagt er und nimmt unsere Taschen entgegen.
Dann lässt er die Klappe ins Schloss fallen, hydraulisch gebremst, versteht sich, und verschließt das Gepäckfach mit einem Vierkantschlüssel! Ich sage doch, dass der Vierkant einer meiner genialsten Schlüssel ist. Meiner passt hier garantiert auch. Ich taste meine Weste ab. Aber da ist er nicht. Mist, ich habe vergessen, ihn mitzunehmen. Ausgerechnet! Jetzt baumelt er nutzlos zu Hause neben den anderen von der Decke!
»Und nun zu euch beiden Hübschen«, sagt der Fahrer und streckt die Hand nach unserem Fahrschein aus.
Er knipst ein Loch hinein.
»Keine schlechte Idee, jetzt auf die Insel zu fahren. Jetzt ist nämlich die schönste Zeit da drüben. Die meisten Touristen sind wieder weg, es ist noch schön warm und bisher fegt noch kein Herbststurm über die Insel.«
Noch einer, der wie Mama schwärmt!
»Also, rein mit euch«, sagt er und streckt mir bereits die Fahrkarte entgegen. Dann aber zögert er mitten in der Bewegung, mustert erst mich, dann Hannah, reibt sich die Nasenwurzel und schüttelt seinen Kopf. Was ist denn jetzt noch?
»Ähm, eine Frage noch. Ihr seid nicht etwa von zu Hause ausgebüchst und versucht grade, euch mit der Fähre aus dem Staub zu machen? Soweit ich weiß, sind die Ferien doch zu Ende. Und Geschichten in die Richtung hört man ja zur Genüge.«
Erschrocken schütteln wir beide, zeitgleich, wie abgesprochen, unsere Köpfe.
»Nein!«

»Wir sollen ...«
»... es ist, weil ...«
»... Seuchenschutz heißt das.«
»Genau!«
»Und drüben wartet schon eine Tante auf uns«, reden wir wild drauflos.
»Aha, und das soll ich euch glauben«, grummelt er und überlässt mir endlich, nach einer Ewigkeit, die Karte.
»Ja!«
»Dann fahrt ihr also für so eine Art Kur rüber, meint ihr das? Einer braucht ein paar Kilo drauf, der andere ein paar runter.«
Ich schiele zu Hannah, die ihn böse anfunkelt. Er scheint es nicht zu bemerken.
»Und dazu frische Seeluft, na von mir aus. Im Grunde geht es mich ja auch gar nichts an.«
Wir steigen ein und suchen uns Sitze ganz hinten.
»*Einer braucht ein paar Kilo drauf, der andere ein paar runter*«, äfft sie den Busfahrer nach. Aber kaum haben wir das Zentrum verlassen, ist Hannah abgelenkt und hat nur noch eins im Sinn: das Meer.
»Und riech mal, ich glaub man kann es sogar schon riechen!«
Wie aufgezwirbelt dreht sie sich hin und her, um bloß den ersten Blick aufs Wasser nicht zu verpassen.
»Und auf der Fähre, du wirst gleich sehen, da fühlt es sich an, als führe man bis ans Ende der Welt.«
Ich sehe nur plattes Land mit Gräben und weiter hinten einen Deichwulst. Und jetzt fällt mir die stürmische Überfahrt mit Mama wieder ein.
»Warst du schon mal seekrank?«, frage ich Hannah.
»Ne, nie, du etwa?«
»Ja, schon, und zwar richtig doll. Bei hohem Seegang. Auf einmal

wurde mir komisch, und als dann welche spucken mussten ... dieses würgende Geräusch, war echt schlimm. Und dazu kam noch der ekelige Geruch, überall war der, egal, wo man hinging. Auf einen Schlag war mir so sterbensschlecht, das kannst du dir nicht vorstellen. Und absolut nichts konnte mir helfen. Zum Schluss musste ich mich übergeben, wie alle anderen auch. Alles, was ich je in meinem Leben gegessen habe, kam wieder raus. So was von ekelhaft. Und danach hatte ich Schlotterknie, und die sind noch ganz lange geblieben.«

»Nicht gut. So was ist mir bis jetzt erspart geblieben. Na ja, ich schätze, das kann bei echtem Sturm jedem passieren. Ich hatte wohl einfach immer Glück mit dem Wetter.«

Der Bus hält. Unsere Taschen werden als Erste entladen.

»Na dann macht's mal gut!«, ruft uns der Busfahrer hinterher.

Und wo geht es jetzt zur Fähre? Einfach den anderen hinterher, ziehen wir mit unserem Gepäck los.

Ich schaue noch einmal zurück. Der Busfahrer steht noch immer dort und sieht zu uns herüber, beinah so, als hätten ihn unsere Argumente nicht wirklich überzeugt. Und trotzdem lässt er uns gehen.

»Jetzt komm schon«, sagt Hannah und zerrt an meiner Weste.

Über eine Metallbrücke betreten wir die Fähre. Kaum ein Lüftchen weht, das Wasser kräuselt sich nur ganz leicht, was mich sehr beruhigt, weil es bei mir keinen starken Sturm braucht, um seekrank zu werden. Aber so nenne ich es optimale Bedingungen für eine Seefahrt.

*

Das Motorengeräusch verändert sich. Es klingt sehr viel leiser und weniger angestrengt als während der Fahrt durchs Watten-

meer. Gedrosselt gleiten wir dem Fähranleger entgegen, an dem einige Menschen stehen und warten.
Wieder ändert sich das Geräusch. Laut und dröhnend und mit Schaumwassergeblubber werden wir seitlich an den Anleger gedrückt. Mit einem kurzen Stoß legt die Fähre an. Ein Tau wird hinübergeworfen, festgemacht, noch ein zweites gleich hinterher, dann wird die Gangway ausgefahren.
»Da drüben! Ich sehe sie schon«, ruft Hannah ganz aufgeregt und ist schon im Begriff loszurennen.
»Hey, Moment mal!«
»Oh, hab' ich glatt vergessen!«, sagt sie, als sie sich noch einmal umdreht und meinem Blick auf ihre Tasche folgt.
Vergessen! Ich glaube es nicht! Wie kann sie dieses Monsterteil bloß vergessen?
Sie greift danach, und beide ziehen wir unsere Taschen unter lautem Geschepper über die Metallplanke, mitten im Strom von Leuten mit Fahrrädern, Kinderwagen und Koffern. Vor uns schiebt ein alter Mann eine Sackkarre voller Kartons.
Hannah setzt ein paar Mal erfolglos zum Überholen an. Während sie es kaum erwarten kann, endlich bei ihrer Tante anzukommen, habe ich es nicht so eilig damit. Ein bisschen befürchte ich ja doch, sie könnte sich als *Mädchentante* herausstellen: »Oh-wie-süß!«, »Nein, ist das niedlich!«, auf zahm und artig programmiert. Das würde ich noch früh genug zu spüren bekommen – und dann bliebe mir eine ganze Woche Zeit der Reue, mich nicht auf Oma-Tage eingelassen zu haben.
Dann, ganz plötzlich, steht sie vor uns, diese Frau, zu der das Wort *Tante* so gar nicht passt.
»Wiebke!«, kreischt Hannah und fliegt ihr geradezu in die Arme. Groß wie sie ist, beugt sie sich zu Hannah hinunter, um sie in

Empfang zu nehmen. Ihre roten Haare sind zu einem Knoten hochgesteckt. Wie bei Hannah ist auch ihr Gesicht mit Sommersprossen übersät.

»Mein Ziepelchen!«, flüstert sie Hannah ins Ohr, die dabei kichert, als hätte das Wort sie gekitzelt.

Sie stellt Hannah wieder ab, betrachtet sie noch einen Moment mit einem bisschen Abstand, und wendet sich dann mir zu.

»Und du bist also Jakob«, sagt sie und drückt mir fest die Hand.

»Hallo«, begrüße ich sie.

»Glaubt mir, ich freue mich riesig, dass ihr mich besuchen kommt! Und Jakob, um eins gleich klar zu stellen, auch für dich bin ich Wiebke und nicht Frau Bornsen, klar?«

»Jo.«

»Gut, dann können wir. Auf geht's. Da hinten steht *Mattie Harcken*.

Mattie Harcken? Was soll das denn sein? Eine hingenuschelte Automarke? Oder hat mir Hannah verschwiegen, dass sie mit Pferd oder noch schriller, einem Esel namens *Mattie Harcken* unterwegs ist?

Hm.

Untergehakt gehen die beiden voraus, mit ihrer freien Hand zieht Wiebke Hannahs Tasche, die bei ihr längst nicht mehr so monströs wirkt wie bei Hannah. Ich zottle den beiden hinterher. Dieser riesige geteerte Platz erinnert mich an meine erste Ankunft auf der Insel, zusammen mit Mama. Nur wehte deutlich mehr Wind als jetzt, und ein Wagen hat auf uns gewartet. Ungefähr hier an der Ecke muss es gewesen sein. Ein Kombi mit der Aufschrift »Hus Barnstien«. Ich weiß noch genau wie seltsam ich es fand, dass Mama, anstatt gleich einzusteigen, nur da stand und rüber zum Leuchtturm starrte, der wirklich nichts Besonderes ist und noch nicht einmal eingeschaltet war. In dem Moment dämmerte mir, dass sie bestimmt nicht zum ersten Mal hier war. Und dass der Zeitpunkt, während Jan mit einer Jugendgruppe nach Schweden unterwegs war und keine Zeit hatte, uns zu begleiten, exakt gewählt und gar kein dummer Zufall war, kapierte ich genau da. Es wäre nämlich möglich gewesen, ihn nach Schweden zu begleiten und dort unsere Ferien zu verbringen. Aber nein, Mama legte Wert auf eine »Reise zu zweit«, bevor wir drei zusammenziehen würden, und zwar genau auf diese Insel. Und wenn Mama das so bestimmt, dann ist das so. Dagegen kommt keiner an. Höchstens vielleicht Oma, allerdings reden sie danach wieder wochenlang nicht miteinander. Wenn doch nur Jan unser Gespräch gestern nicht unterbrochen hätte, dann wüsste ich jetzt mehr darüber, warum sie diese Reise unbedingt ohne ihn machen wollte ...

»Jakob, kommst du?«, rufen Hannah und Wiebke im Chor. Sie stehen vor einem offenen Blechschuppen voller Fahrräder.

Na super.

Dann ist *Mattie Harcken* wohl ihr Drahtesel. Und das wird bedeuten, dass wir unsere Taschen zu Fuß zu Wiebkes Haus schleppen müssen. Wenn die wüsste, wie mein Kraul-Muskelkater von Minute zu Minute wächst. Hoffentlich ist es wenigstens nicht so weit!

Doch kaum bin ich bei den kichernden Beiden angekommen, biegt Wiebke um die Schuppenecke herum und bleibt vor einem schrillen Fahrzeug stehen. Na ja, von vorne bis dort, wo normalerweise die Hinterachse sitzt, sieht es aus wie ein ganz normales Fahrrad mit Gangschaltung. Gut, vielleicht ein bisschen stabiler als ein normales. Aber wenn man mit der Frage »Naben- oder Kettenschaltung« weiter nach hinten sieht, findet man eine Hinterachse mit zwei Rädern: Es ist eine Riksch a mit gepolsterter

Rückbank. Oben drüber ist ein rotes Verdeck gespannt, wie bei Kinderwagen, nur riesiger, und ganz hinten klappt Wiebke jetzt auch noch eine Plattform herunter. Selbst Hannahs Tasche findet darauf Platz und meine stellen wir obendrauf.

»Halt mal bitte«, sagt sie und drückt mir einen Spanngurt in die Hand. »Hier kannst du ihn einhaken, einmal hier herum ziehen und dann da festmachen.« Sie ruckelt noch ein bisschen daran herum. »Sitzt, passt und hat Luft«, sagt sie, knufft mich an die Schulter und geht nach vorne.

»Darf ich euch meine *Mattie Harcken* vorstellen?«, sagt Wiebke und tätschelt den Fahrradsattel. »Die kennst selbst du noch nicht, Hannah!« Sie verneigt sich vor uns und winkt einladend. »Wollen die Herrschaften jetzt einsteigen? *Mattie Harcken* lässt bitten.« Mein Staunen scheint sie zu amüsieren.

Mattie und darunter *Harcken* lese ich beim Einsteigen. Wie Vor- und Nachname und nicht wie ein Firmenname. Was das schon wieder bedeuten soll? Hat hier eigentlich alles eine Geschichte? Nein! Allein bei dem Wort *Geschichte* meldet sich der Ohrwurm schon wieder. Schluss! Weg damit! Ich habe frei! Und die Hausaufgabe samt Austauschphase ist auf unbestimmte Zeit verschoben worden.

*

Hannah und ich haben locker auf der Rückbank Platz, ganz ohne uns zu quetschen

»Eigentlich ganz bequem, oder?«

Das findet Hannah auch. Gemütlich legt sie ihren Arm auf der Seitenlehne ab.

»Wo hast du denn dieses Teil schon wieder aufgetrieben?«, fragt sie Wiebke.

»Darauf hat mich ein Freund gebracht. Er fährt mit so einer Rikscha Touristen durch die Stadt. Und ich fand, sie passt perfekt hier auf die Insel, weil ich damit meine Gäste abholen kann. Und wenn ich Zeit habe, biete ich zusätzlich Touren über die Insel an, habe ich mir überlegt, auch für fremde Gäste. Ökologisch einwandfrei, sage ich euch. Das einzig Bittere ist nur, dass ich ein kleines Vermögen für *Mattie Harcken* hinblättern musste, obwohl mein Freund mir natürlich einen guten Preis ausgehandelt hat.«
»Kenne ich den?«, fragt Hannah.
»Nö«, antwortet Wiebke und steigt auf.
»Aber falls es klappt, wie geplant, kommt er mich nächstes Wochenende besuchen, dann lernt ihr ihn auch kennen.« Sie dreht sich noch einmal zu uns, mit einem verschmitzten Lächeln, das sie gleich viel jünger wirken lässt. »Kann es losgehen?« Kräftig, wie im Übermut, tritt sie in die Pedale.
»Moin Harck«, ruft sie einem alten Mann mit Krückstock auf der anderen Straßenseite zu. Er tippt zum Gruß an seine blaue Kappe. Dann beschleunigt Wiebke, wechselt den Gang, gleich noch einmal, und wir sausen nur so über die Insel.
Dünen, der Leuchtturm, und immer wieder ziehen Reetdachhäuser an uns vorbei. Ich muss direkt für einen Moment meine Augen schließen, um den Geruch nach Meer einzusaugen. Weich gefedert rollen wir über Asphalt. So langsam fange ich an zu begreifen: Hier gibt es nichts als Dünen und Strand und Wasser: Ich bin wirklich und echt auf der Insel! Und ich habe keine Schule. Für eine ganze Woche nicht. Mindestens.
»Jakob, schläfst du?«, unterbricht Hannah meine Gedanken.
Ich schrecke hoch.
Ausgerechnet Hannah! Muss ausgerechnet sie als Erste an der neuen Schule mit dem verhassten ›Jakob, schläfst du?‹ anfangen?

Dabei war ich nach den ersten beiden Tagen ohne so froh und fing schon an zu hoffen, das hätte ein Ende.

»Alles gut?« Schön wär's. Ich fange an zu zittern und kann es gar nicht wieder abstellen. Ich zwinge mich, ruhig zu atmen, erteile mir Befehle: Hände lösen, Schultern runter. Hannah sieht mich besorgt an, ohne »*Bruder-Jakob-Grinsen*«. Eindeutig, keine Spur dieses verhassten Spotts.

»Fängst du jetzt mit Magen-Darm an?«

Spätestens jetzt ist klar, dass sie wirklich nichts weiß und dass ›Jakob-schläfst-du?‹ unbeabsichtigt, einfach reiner Zufall war. Aber Hannah lässt nicht locker. Sie will wissen, was mit mir ist.

»Geht gleich wieder ...« So allmählich gelingt es mir, die Schultern sinken zu lassen, die Hände zu entkrampfen, auch die Zehen entkräuseln sich.

»In Zukunft einfach nie mehr »Jakob, schläfst du, okay?«

»Okay«, antwortet sie mit tanzender Augenbraue. Eine Weile fahren wir still weiter.

»Geht's wieder?«, fragt Hannah noch ein bisschen später. Ja, die Jakob-allergische Reaktion ist überstanden. Ich fühle mich wieder gut, richtig gut.

»Mir geht's guuuuuuuuuuuuuut!«, rufe ich in den Wind. Hannah lacht und beide schreien wir, wie auf Kommando, ein »Jippiiiiiiiiihhhhhhhhh!« aus vollster Kehle heraus. Das feuert Wiebke an, noch schneller zu radeln.

»Jetzt kommt Wiebkes Dorf, gleich sind wir da«, meint Hannah, als wir an einem Ortsschild vorbeifahren und die Häuser um uns herum immer dichter stehen. Dann bremst Wiebke und biegt mit einem Mal ohne Vorwarnung scharf um eine Ecke, sodass ich auf Hannah geschleudert werde. Sie kreischt und ihr spitzer Ellbogen bohrt sich in meine Rippen. Ich sortiere mich wieder

zurück auf meinen Platz, während sie auf ihrer Seite gebannt den Asphalt beobachtet. Um mehrere Kurven herum, folgen wir einer kleinen Straße, doch jetzt bin ich vorbereitet und stemme mich der Fliegkraft entgegen. Ganz zum Schluss biegen wir auf einen kleinen Schotterweg und an einem weißen Lattenzaun hält Wiebke an und steigt ab.
Schade eigentlich, ich hätte noch ewig so weiterfahren können! Ob sie uns ihre Rikscha auch mal ausleiht? Das wäre klasse!
»Leute, ich kann euch sagen, meinen Trainingspuls habe ich erreicht«, sagt Wiebke und wischt sich Schweiß von der Stirn, bevor sie sich um unser Gepäck kümmert.
»Hier Jakob, deine Tasche.« Dann hebt sie Hannahs von der Plattform. »Mann, ist die schwer! Was hast du denn alles mitgeschleppt?«, stöhnt sie und geht damit voraus.
Auf dem Pfosten der weißen Gartenpforte sitzt ein Huhn, das den Kopf schräg legt und uns ganz genau beobachtet.
»Lucia, altes Haus, da bist du ja! Ich habe Hannah und Jakob mitgebracht. Schluss mit Trübsal blasen und Langeweile, die beiden werden Leben in die Bude bringen!«
Das dicke rotbraune Huhn, das farblich perfekt zu Hannah und Wiebke passt, flattert vom Pfosten herunter und rennt aufgeregt gackernd über die Wiese, um kurz vor der Haustür scharf links abzubiegen und im Gebüsch zu verschwinden.
»Ist das nicht Stines Huhn?«, fragt Hannah. »Komm Jakob, wir fangen es ein und bringen es ihr zurück!« Sie deutet auf das kleine, rot gestrichene Reetdachhaus, das um die Ecke herum über Sträucher und Gebüsch hinweglugt.
Ich sehe mich schon wie bescheuert hinter diesem Huhn herrennen, das den Teufel tun wird, sich von mir einfangen zu lassen. So blöd ist doch kein Huhn!

»Warte, Hannah!« Wiebke bleibt stehen, schüttelt den Kopf. »Du hast also noch nichts gehört, oder?«
»Was denn gehört?«, fragt Hannah, voll darauf konzentriert, sich vorsichtig an den Busch heranzuschleichen. Mich winkt sie zum möglichen Fluchtweg auf die andere Seite. Jetzt beugt sie sich, mit auf Hühnergröße gespreizten Händen, ganz langsam hinunter.
Mit lockender Stimme vertuscht sie ihre knallharte Absicht.
»Ja, bist ein gutes Huhn, gleich habe ich dich.« Und mir flüstert sie zu, dass man im richtigen Moment bereit sein muss, herzhaft zuzugreifen.
Wiebke räuspert sich.
»Warte, Hannah ...« Und noch einmal versucht sie ihren hartnäckigen Frosch im Hals zu verscheuchen, um weitersprechen zu können. »Stine, also, ich meine, weißt du, du wirst sie drüben nicht finden.«
Hannah lässt vom Huhn ab, stellt sich vor Wiebke, funkelt sie streng an und fragt genervt: »Was ist mit Stine? Warum ist sie nicht da? Jetzt sag schon. Das kann doch nicht so schwer sein! Ist sie weggezogen, oder was?« Wiebke schüttelt den Kopf.
»Nein. Also ... nicht richtig.«
»Stine wäre ohne ihr Huhn auch nie weggegangen. Lucia hätte sie immer mitgenommen, überallhin.« Erschrocken starrt Hannah auf ihre Tante. »Wenn nicht ... Wiebke, sag schon, heißt das, du meinst, willst du sagen, sie ist – ist sie? Nein, sie darf nicht, das will ich nicht, ich will nicht, dass Stine tot ist.«
»Hannah, nein! Warte, jetzt bleib doch mal hier!«
Aber Hannah hört nicht. Fluchtartig tobt sie davon und ist schon um die Hausecke verschwunden.
»Gut gemacht, Wiebke, vorbildlich, gleich zum Patent anmelden,

deine geschickte Art, schwierige Nachrichten zu übermitteln«, kommentiert sie ihre Glanzleistung. Resigniert lässt sie Hannahs Reisetasche ins Gras plumpsen.
»Für *Zurück auf Start* ist es jetzt wohl zu spät«, sagt sie und streckt mir einen großen Schlüssel entgegen. »Wenn du magst, kannst du ruhig schon reingehen, gleich rechts ist die Küche und im Kühlschrank findest du etwas zu trinken, Gläser siehst du schon auf dem Bord. Ich fürchte, ich habe da etwas geradezubiegen.«
»Ne«, sage ich und weise zum ersten Mal in meinem Leben einen mir dargebotenen Schlüssel zurück. Und dabei ist es noch so ein wunderschöner und geradezu einzigartig altmodischer! So ein riesiger Schlüssel fehlt in meiner Sammlung noch.
»Ich hole sie«, schlage ich vor.
»Aber, sie denkt doch jetzt ... Nein, Jakob lass, das muss ich selbst machen. Mist aber auch! Warte, Jakob, Stine lebt doch! Das muss ich ihr doch selbst ...« Aber da bin auch ich schon um die Ecke.

»Hannah?«
Keine Antwort. Und von Hannah keine Spur weit und breit.
Stattdessen wackelt plötzlich Lucia daher, ohne die geringste Notiz von mir zu nehmen. Sie steuert das Blumenbeet neben mir an und beginnt, energisch, zwischen den Pflanzen herumzuscharren.
Wohin mag Hannah nur gerannt sein? Richtung Wald hier links herunter? Von dort höre ich ein Rauschen. Meer oder Wind?
Das Rauschen wird auf der Rückseite des Hauses noch stärker, ohne dass der Wind zugenommen hätte. Doch zu sehen ist nichts, kein Weg, nur Büsche und Bäume. Ob sie hier querfeldein Richtung Dünen und Meer gerannt ist?
Plötzlich kann ich Hannahs Stimme hören, und aus der gleichen Richtung jetzt auch Lucias Gackern. Das kommt von dort drüben.

Aber Lucia hat doch eben noch das Blumenbeet bearbeitet. Oder gibt es noch mehr Hühner? Ich folge dem Geräusch, komme an einem Schuppen vorbei und treffe auf die Grundstücksgrenze. Hinter dichtem Gestrüpp verläuft eine Steinmauer. Hier geht es nicht weiter, obwohl ich genau hier hinüber müsste, um Hannahs Stimme zu folgen. Doch nicht die Mauer ist mein Problem. Ich taste nach meinem Taschenmesser in der Weste. Da fällt mir auf, dass ein Stück weiter schon jemand vor mir den Gedanken gehabt hat, sich einen Weg durch das Gestrüpp zu schneiden. Derjenige hat zusätzlich Steine von der Mauer abgetragen, sodass ein richtiger Durchlass entstanden ist. Rote Rosen ranken um einen Metallbogen und laden mich zum Hindurchgehen ein. Diesen Weg hat Hannah garantiert auch genommen!
Als ich unter dem Rosentor hindurchgehe, rieche ich für einen Moment nichts als herb-süßlichen Rosenduft. Und auf dieser Seite folge ich jetzt einem gepflasterten Weg aus Feldsteinen. Hannahs Stimme klingt schon viel näher.
Mein Weg führt mich an völlig windschiefen Apfelbäumen vorbei, deren dicke Stämme mit Flechten bewachsen sind.
Und dann ist es still. Und zu sehen ist von Hannah auch nichts. Ich stolpere über eine Wiese, ohne recht zu wissen wohin. Ärgerlich trete ich einen dieser dämlichen Hügel, der mich fast hingeschmissen hätte. Die Wiese ist voll davon. Nur auf den ersten Blick denkt man, es seien Maulwurfshügel, aber sie haben alle Spuren von Spatenstichen. Ich warte einen Moment, höre aber nichts mehr. Hannahs Stimme bleibt wie verschluckt.
Und jetzt versperrt mir auch noch eine dunkle, nach Qualm und Teer riechende Bretterbude den Weg. Um die kann ich ja noch mal herumgehen. Ich folge dem Verlauf des Gebäudes nach links, das im Bogen spitz zuläuft und auf der anderen Seite wie-

der ausschwingt. Kein einziges Fenster kann ich an der Bretterwand entdecken. Eine Ecke weiter, stehe ich vor einem breiten, offen stehenden Tor. Von drinnen kann ich jetzt Hannah wieder hören.
Hannah redet, ein Huhn gurrt.
Zu sehen ist nichts, außer einer Stange direkt neben der Tür und darunter Hühnermist. Lucias Schlafplatz, schätze ich. Und hierhin hat sich Hannah verzogen?
»Hannah? Bist du da?«
Rechts hinten raschelt es gewaltig.
»Hannah?«
»Mhm.«
»Wo steckst du denn? Ich kann überhaupt nichts sehen.«
»Hier hinten, hinter dem Räucherofen.«
»Wo? Was für ein Räucherofen?«
»Na hier!«
Ich taste mich vorsichtig tiefer in den Raum hinein, stoße mir natürlich den Kopf an etwas Hartem, was von oben herunter hängt, und ärgere mich gewaltig, dass ich meine Taschenlampe nicht bei mir habe. Ich reibe meinen Kopf. Okay, weiter geht's. Mein Fuß stößt gegen etwas Metallisches.
»Jetzt noch um die Ecke biegen, dann hast du's.«
Hannahs Stimme wieder, ganz nah jetzt und von unten. Ich gehe in die Hocke und taste mich über Stroh voran. Ich will wenigstens wissen, wo genau sie jetzt steckt, wenn dieses Dunkelschwarz schon nicht verrät, ob sie total verheult oder wütend oder biestig aussieht. Was ist das, was ich da fühle? Etwas Knorpelig-Kühles, Hornig-Dürres, das sich jetzt auch noch bewegt und – autsch! Etwas Spitzes hackt auf meinen Handrücken! Ich ziehe meine Hand in einem Ruck weg, verliere das Gleichgewicht, kippe um

und lande auf einem Knubbel, der mit einem Knack zerbricht. Ein Ei, super. Erst kühl, dann feucht und glipschig, weicht meine Hose durch.
»Jakob?«
Hannahs Hand berührt meine Schulter. Sie sitzt direkt neben mir. Na, immerhin das wäre geklärt.
»Weißt du, mit Stine ...«, beginnt sie zögerlich. »Ich wollte so gerne ... ich hatte mich so auf sie gefreut. Sie kann doch nicht ... nicht so einfach, ohne Abschied ... Und ich hatte doch gedacht, dass du sie auch mögen könntest. Sie war unglaublich schräg drauf, so außergewöhnlich, ganz anders als andere Leute. Du hättest das bestimmt verstanden. Und dann, jetzt das ...«
So klein habe ich ihre Stimme noch nicht gehört, seit ich ihr zum ersten Mal begegnet bin.
Ich höre genau hin, aber sie zieht keine Nase hoch. Muss sie nicht heulen, wenn sie traurig ist? Also, ich ...
Bäh, wenn doch dieser Glibber an meiner Hose nur nicht so eklig wäre. Ich reiße mich zusammen.
»Hannah?«
»Ja,«
»Warum denkst du eigentlich, dass Stine gestorben ist, obwohl das kein Mensch gesagt hat?«
»Wie? Aber Wiebke hat doch gesagt –«
»Gar nichts hat sie gesagt, konnte sie auch gar nicht, weil du einfach abgehauen bist. Mir hat sie erzählt, dass was du denkst, gar nicht stimmt, aber mehr weiß ich auch nicht.«
»Du meinst, Stine lebt? Wirklich?«
Aus dem Dunkel greifen mich zwei Arme und drücken mich und zwar ziemlich heftig. Ich weiß gar nicht, wie mir geschieht, und dann verschwinden sie so plötzlich, wie sie gekommen sind.

»Los, das muss ich genau wissen, jetzt sofort!«

Auf Knien schiebt sich Hannah an mir vorbei, ich krabble nach Gehör hinter ihr her, bis ich den Räucherofen umrundet habe, dann fällt grelles Licht herein. Voll geblendet halte ich die Hand über meine Augen und folge Hannah nach draußen. Hinter uns schließe ich die Tür und sehe, dass unten in der Ecke eine Öffnung in »Luciagröße« bleibt. Bei jedem Schritt hinter Hannah her, spüre ich den Ei-Glibsch durch meine Hose hindurch. Ich muss wirklich mal sehen, was da genau ist, und bleibe stehen. Ein klebriger, dunkler, nasser Fleck auf meiner Hose, direkt auf meinem Hintern, ist nicht zu übersehen.

Und etwas anderes fällt mir bei meinem Blick zurück noch ins Auge: Aus der Entfernung sehe ich, dass der Schuppen ein umgedrehtes Boot als Dach trägt. Das ist ja eine wilde Konstruktion. Jetzt kapiere ich auch die seltsam gebogene Form: Die gibt der Bootsrumpf vor! Wer kommt denn auf so eine Idee? Würde ja zu Stine passen, wenn sie so schräg drauf ist, wie Hannah sagt.

Hannah wartet am Rosentor auf mich.

»Hast du die scharfe Konstruktion mit dem Boot als Schuppendach gesehen?« Sie nickt.

»Sieht krass aus, oder? Stine hat mir erzählt, ihr Vater hätte das gebaut. Muss also schon irre lange her sein. Hält aber immer noch. Er hat ein gestrandetes Boot, das sonst keiner haben wollte, mit nach Hause gebracht, es umgedreht auf Seitenwände gesetzt, und schon war sein genialer Schuppen fertig. *Fast* fertig, er musste es nur noch wasserdicht zuteeren. Und Stine betont immer, was für eine große Bedeutung es in der kargen Zeit damals hatte, einen neuen Schuppen bauen zu können, ohne kostbares Holz fürs Dach verschwenden zu müssen.«

Ein lauter, lang gezogener Pfiff ertönt.
»Oh, das ist Wiebke, los komm!«
Hannah spurtet über die Wiese zum Haus. Und ich trotte – hilft ja nichts – im Glibsch-Trab hinterher.

*

»Also ist Stine gar nicht gestorben? Wiebke, sag doch endlich! Stine, sie lebt doch?«
Wiebke schaut Hannah ganz unglücklich an.
»Ja, Hannah, sie lebt. Es tut mir so leid, ich wollte dir alles besonders behutsam und schonend erzählen. Aber das ist leider gründlich schiefgelaufen.«
»Was *alles*? Und warum schaust du so kariert? Wenn sie lebt, ist doch alles gut, oder was ist los?«
»Also, mein Fehler war, dir zwischen Tür und Angel mal eben sagen zu wollen, was passiert ist. Den Fehler mache ich kein zweites Mal. Lass uns gleich in Ruhe beim Essen darüber reden, einverstanden?« Hannah nickt.

*

»Also«, fange ich an zu stottern, »ich müsste ... ich glaube, ich bräuchte ...«
»Oh, deine Tasche, meinst du Jakob? Die habe ich schon in dein Zimmer hochgetragen. Hannah, zeigst du Jakob die *Tide* und das Bad? Und dann gibt es Essen.«
»Komm mit«, sagt Hannah und steigt vor mir die steile Treppe hinauf. Ich schiebe mich seitlich an Wiebke vorbei und kann nur hoffen, dass meine nasse Hose im schummrigen Licht des Treppenhauses nicht zu erkennen ist. Oben biegt Hannah um die Ecke.

»Das hier ist Wiebkes Zimmer«, sagt sie an der ersten Tür. »Und das hier...« – sie öffnet die nächste, und sofort strömt Licht in den düsteren Flur,– »das ist meine *Wanderdüne*. Hier schlafe ich immer. Und dein Zimmer ist das da drüben, direkt neben dem Bad. *Tide* heißt es.«

Der Schlüssel steckt auf der Tür, als Schlüsselanhänger baumelt ein Stück Treibholz daran. Noch mehr Licht flutet den Flur, dazu schweben Staubkörnchen im Sonnenlicht, als ich meine Tür öffne.

Und hier steht meine Tasche, mitten im Raum.

»Ich bin schon mal unten«, meint Hannah, und gleich darauf höre ich sie – *pa-dam, pa-dam, pa-dam* – die Treppe hinunterhüpfen.

Ich schließe die Tür und schlüpfe, so schnell es geht, aus dieser ätzend schmierigen Hose. Während die Füße noch das Hosenbein abstreifen, öffne ich den Reißverschluss der Tasche und ziehe meine saubere Hose samt neuer Unterhose von ganz unten heraus.

Die Ersatzhose gleich am ersten Tag ist kein guter Schnitt. Falls die jetzt dreckig werden sollte, müsste ich die Eiglibschhose waschen. Während ich sie zum Trockenen über den Stuhl hänge, fällt mir die Stinkbombe im Kunstunterricht letztes Jahr wieder ein. Direkt neben mir ist sie zerplatzt und es stank in der ganzen Schule eklig nach faulem Ei. Irgendwie habe ich sogar selbst danach gestunken. Auf jeden Fall haben die Leute im Bus einen großen Bogen um mich gemacht. Und ich frage mich, ob das getrocknete Ei auf meiner Hose mit der Zeit auch zur Stinkbombe wird? Sicherheitshalber lasse ich frische Luft herein. Durch das geöffnete Fenster sehe ich Lucia auf dem Pfosten des Gartentors sitzen. Baumspitzen und Firste von Reetdachhäusern kann ich sehen, nur vom Meer weit und breit nicht das kleinste Tröpfchen. Von unten höre ich Hannah und Wiebke reden.

Das Auffälligste in meiner *Tide* ist die Möwe, die im Gleitflug über meinem Bett schwebt, in einem Rahmen aus lauter verschiedenen, sorgfältig aneinandergefügten Treibholzstücken. Mit nur ganz wenigen Strichen und kaum Farbe ist sie gezeichnet und dabei so gut getroffen, dass sie mit ihrem kräftigen Schnabel richtig kiebig aussieht. Mit der möchte ich mich nicht anlegen. Ansonsten ist das Zimmer schön hell, mit weiß gestrichenen Dielen. Auf einer Kommode steht eine Rose in der Vase. Und ich weiß auch ziemlich sicher, woher Wiebke diese Rose hat, nach der das ganze Zimmer duftet. Außer meinem Bett und dem schmalen Tisch mit dem Stuhl unter meiner Hose gibt es noch ein Regal mit ein paar Büchern drin.

»Jakob! Kommst du?«, höre ich Hannah von unten rufen.

Auch ich folge, wie Hannah vor mir, dem Rhythmus der Treppe – *pa-dam, pa-dam, pa-dam.*

»Wer hilft, das Essen hinauszutragen?«, ruft Wiebke aus der Küche. Schwer beladen ziehen wir wie eine Karawane zum gedeckten Tisch in den Garten.

Gemüsecurry kommt unter dem Deckel zum Vorschein. Der riecht ja gut! Und wie er erst schmeckt! Ein bisschen scharf nur, nicht zu doll, mehr nach allen möglichen fremden Gewürzen. Mamas Spezialitäten sind Quiche und Lasagne. Und Crème brûlée, seit ich ihr den Flammenwerfer dafür geschenkt habe. So ein Currygericht gibt es bei uns nur ganz selten, immer nur dann, wenn wir zu Frau Anghkangh essen gehen.

Ich wundere mich selbst, dass in meinem Bauch schon wieder Platz für Essen ist, und sehe, wie auch Hannah eine Riesenportion verdrückt. Gleichzeitig merke ich, dass Hannah es kaum

mehr aushalten kann, sich zu gedulden, bis Wiebke endlich damit herausrückt, was mit dieser Stine los ist.
»Also, was ist denn jetzt eigentlich mit Stine?«, frage ich an Hannahs Stelle, als ich meinen letzten Bissen heruntergeschluckt habe.
»Gut, dann jetzt«, sagt Wiebke nach kurzem Zögern, schiebt ihren Teller von sich und beginnt zu erzählen. Wie sie eines Morgens, als es nebenan bei Stine verdächtig lang verdächtig ruhig geblieben ist, rüber zu ihr gegangen ist, und wie sie nach ihr gerufen hat, ohne Antwort zu bekommen, nicht nur einmal, mehrmals.
»Und als keine Antwort kam, bin ich hineingegangen. Die Tür ließ sich öffnen, aber das heißt bei Stine nichts, weil sie ihre Tür nie abschließt. Zumindest nicht, seit ich sie kenne. Irgendwie wirkte das immer, als warte sie auf jemanden ...«
»Und was war? Erzähl weiter!«
Wiebke hebt die Thermoskanne vom Tablett und gießt sich Kaffee ein. Die Tasse dampfenden Kaffees zwischen ihren Händen, spricht sie weiter.
»Wo war ich? Genau, die Tür. Ich habe also die Tür aufgemacht. Wieder habe ich gerufen, und als Antwort bekam ich jetzt etwas zu hören, was wie ein Schlagzeug durchs ganze Haus hämmerte. Ich ging dem Geräusch nach und fand Stine in ihrem Schlafzimmer auf dem Fußboden. Mit ihrem Stock schlug sie gegen das Heizungsrohr.«
Wiebke zieht eine Schachtel Zigaretten aus der Tasche, nimmt eine heraus, zündet sie an und zieht ganz viel Rauch ein.
Als ich anfange mir Sorgen zu machen, wo der Qualm bleibt, strömt er beim Sprechen wieder aus.
»Sofort war mir klar, dass sie beim Aufhängen ihrer frisch ge-

waschenen Vorhänge gestürzt sein musste. Tritt verfehlt, ausgerutscht, jedenfalls ist sie gestürzt. Dabei muss sie sich mit dem Kopf gestoßen haben, denn ihr Gesicht war voller Blut. Und dann ihr Bein, schrecklich, das stand an der Hüfte ganz merkwürdig ab.« Wiebke greift mit der Hand an ihre eigene Hüfte. »Etwa hier ist sie gebrochen.« Sie nimmt einen Zug aus der Zigarette und fährt aushauchend fort. »Und wer weiß, ob sie nicht ohnmächtig gewesen ist und gar nicht gleich um Hilfe rufen konnte. Auf jeden Fall hat sie irgendwann mein Rufen gehört und sich daraufhin mit ihrem wilden Klopfen bemerkbar gemacht.«
Wiebke nimmt einen Schluck Kaffee, schüttelt den Kopf und zieht an ihrer Zigarette, bis sie endlich weiterspricht.
»Wahrscheinlich habe ich mich mit meiner *Ersten Hilfe* genauso geschickt angestellt wie mit meinem Gestotter vorhin. Auf jeden Fall stöhnte Stine auf vor Schmerz, als ich versuchte, sie bequemer zu lagern, stöhnte und jammerte ganz kläglich. Ich rief den Notarzt, der zum Glück ziemlich schnell kam. Das ist der Vorteil auf einer so kleinen Insel. Und der Arzt rief nach ein paar Handgriffen gleich den Helikopter. Der allerdings brauchte eine Weile, und die ganze Zeit lag Stine auf ihrem Schlafzimmerteppich. Immerhin konnte ihr der Arzt erklären, was seiner Meinung nach verletzt war und wie es weitergehen würde und verabreichte ihr ein starkes Schmerzmittel. Er war es, der ihre Hand hielt und es schaffte, sie zu beruhigen, während ich mich darauf konzentrierte, möglichst sinnvoll Sachen in eine Tasche zu packen. Irgendwann hörten wir den Helikopter landen, Sanitäter kamen angetrabt, lagerten Stine auf so einer Trage, die Tasche dazu, und ich konnte gerade noch versprechen, für Lucia zu sorgen, dann trugen sie Stine auch schon zu ihrem Fluggerät. Kurz darauf flog Stine über ihr Haus, von der Insel übers Meer

aufs Festland hinüber, zur Klinik in der Stadt, um dort operiert zu werden. Ich blieb mit Lucia zusammen zurück.

»Und jetzt? Wo ist sie jetzt?«, fragt Hannah.

Still drückt Wiebke ihre Zigarette aus, wirft sie in ein Glas, schraubt den Deckel zu und betrachtet den wabernden Qualm, als überlege sie, ob sie den Geist aus der Flasche lassen wolle.

»Wo sie jetzt ist?«, murmelt Wiebke.

Wir nicken.

»Na gut, aber langsam, der Reihe nach, okay?«

»Okay.«

»Aufgrund der Kopfverletzung gab es zunächst einen ganzen Rattenschwanz an Diagnostik. Keiner der Ärzte wollte natürlich etwas riskieren. Deshalb wurde Stine nicht sofort operiert. Das Ganze hat sich noch ganz schön hingezogen, finde ich, bis ihr endlich ein neues Hüftgelenk eingesetzt werden konnte. Und die ganze Zeit brauchte sie starke Schmerzmittel. Die Operation ist gut verlaufen, und medizinisch betrachtet, ist alles gut verheilt.«

»Aber?«

»Ich weiß auch nicht, die Heilung der Seele steht auf einem anderen Blatt. Mir kommt es beinah so vor, als sei durch Sturz, Knochenbruch und anschließende Operation eine alte Narbe aufgebrochen, von der keiner etwas wusste.«

»Was?«

Hannah schaut mich an, als sollte ich ihr übersetzen, was Wiebke da gerade Unverständliches erzählt. Dabei kenne ich diese Stine doch gar nicht. Ich zucke mit den Schultern. Wieso sollte ausgerechnet ich aus dem Ganzen schlau werden?

Wiebke zündet sich schon wieder eine Zigarette an. Dabei schätze ich sie eher so ein, dass sie im Normalfall der Typ heimliche

Raucherin ist, wie Mama, die denkt, ich würde nicht mitkriegen, dass sie sich gelegentlich versteckt eine Zigarette ansteckt.

»Bei meinem ersten Besuch machte sie gerade erste Gehversuche unter Anleitung, mit so einem Gehwagen«, erzählt Wiebke weiter. »Sie hat sich wahnsinnig gefreut, mich zu sehen, aber insgesamt machte sie einen ganz schön verstörten Eindruck auf mich. So hatte ich sie noch nie erlebt. Dabei freute sie sich wirklich über meinen Besuch. Vielleicht war sie einfach erschöpft, dachte ich mir, und als ich vor der Tür auf den Verbandswechsel warten musste, ergab sich die Gelegenheit, mit der zuständigen Ärztin zu reden. Die erklärte mir, dass bei alten Menschen häufiger eine Phase der Verwirrung auf eine Narkose folgt, sich in der Regel aber wieder gibt. Allerdings sind die Verläufe ganz unterschiedlich, auch von der Dauer her. Ich sollte versuchen, Geduld zu haben und Stine auf keinen Fall unter Druck setzen, sie also möglichst nicht verbessern, wenn sie Dinge verwechsle, weil das nur noch mehr Verwirrung hervorrufen würde.

Beim nächsten Besuch war alles anders. Sie saß strickend im Sessel und freute sich über das Ei und die rote Feder von Lucia, die ich ihr mitgebracht hatte, und erkundigte sich, ob es Lucia gut ginge. Ihr könnt euch vorstellen, wie froh ich war, sie so zu erleben, gerade weil ich diesmal auf eine verwirrte Stine gefasst gewesen war.«

»Aber wo ist sie denn jetzt? Und wieso ist sie nicht hier?«

»Na ja, das dauert alles. Ganz viele Dinge des Alltags muss man neu lernen mit so einer Ersatzhüfte. Und je älter jemand ist, umso mehr Zeit braucht es. Seit Kurzem ist sie immerhin schon wieder auf der Insel, zur Reha in der Strunwai-Klinik.«

»Aber das ist doch super, das bedeutet doch, dass sie wieder zurückkommt. Vielleicht schon ganz bald!«, freut sich Hannah.

Doch Wiebke sieht sie mit gequältem Blick an und seufzt tief.
»Hannah, das weiß ich nicht, und im Moment kann es auch sonst keiner sagen. Als ich das letzte Mal da war, hat sie die Blumen gar nicht wahrgenommen, die ich ihr mitgebracht habe. Sie saß nur traurig da, Tränen rutschten ihr die Wangen herunter und sie sagte ins Leere: ›Ich muss nach Hause, ich muss doch aufpassen, und er darf nicht verhungern.‹ Zu Fäusten verkrampft waren ihre Hände. Was sollte ich dazu sagen? Ich konnte ihr überhaupt nicht helfen, wie auch? Ich hatte ja keine Ahnung, wovon sie redete, und im Grunde war ich für Stine noch nicht einmal wirklich da. Als ich gerade beschlossen hatte, besser wieder zu gehen, hörte ich sie ganz leise weitersprechen: ›Ich finde den Weg nach Hause nicht.‹ Direkt vor mir saß sie, in ihrem Sessel, redete mit mir und war doch unbegreiflich weit weg.«
»Heißt das, sie ist seit dem Unfall noch gar nicht wieder in ihrem Haus gewesen?«
Wiebke nickt.
»Ich habe es nicht gewagt.«
»Aber wieso denn nicht? Vielleicht hat sie nur Heimweh.«
Heimweh« Dunkel taucht die Erinnerung an meine erste Klassenfahrt auf. Böses Kapitel. Nach einer Woche, ohne richtig schlafen zu können vor Heimweh, wusste ich damals auch kaum mehr, wie ich hieß. Wieso sollte das bei einem alten Menschen anders sein?
»Hannah, die Idee ist toll«, entgegnet Wiebke. »Aber hättest du es übers Herz gebracht, sie nach Hause zu bringen, und sie dann wieder wegzuschicken? Das hätte sie doch überhaupt nicht verstehen können. Wie grausam wäre das, das geht doch nicht.«
»Nein, so meine ich es nicht. Von mir aus wäre sie dann einfach da geblieben.«

»Wenn es so einfach wäre …«, erwidert Wiebke. Doch Hannah ist jetzt richtig in ihrem Element.
»Vielleicht muss sie ihre Rosen riechen und Lucia spüren und über ihre knarrenden Dielen gehen, im eigenen Bett liegen und den Apfelbaum vor dem Fenster sehen. Und dann …«
»Und dann wäre auf einen Schlag alles gut, meinst du?«
»Man muss es doch wenigstens probieren!«
Wiebke trommelt mit dem Feuerzeug auf den Tisch.
»So, muss man? Und wer ist *man*? Ich bin *man*, ich ganz alleine und sonst niemand.« Wiebke schnippt mit den Fingern. »Du kommst auf die Insel – *zack!* – und weißt sofort aus dem Bauch heraus, wie es geht. Besser als die anderen, ohne die geringste Erfahrung, ohne Ausbildung oder Studium oder was auch immer. Und vor allem, ohne mich zu fragen, was solch eine Verantwortung für mein Leben bedeutet, und ob ich nicht vielleicht ganz andere Pläne habe, als bis zum jüngsten Tag auf dieser Insel zu hocken.«
Sie steckt Feuerzeug und Zigaretten ein und steht auf.
»Du hast sie ja noch nicht einmal gesehen! Seit dieser OP zerbrechen sich Spezialisten den Kopf darüber, was ihr helfen könnte, und vor allem darüber, wo und wie Stine in Zukunft gut leben kann.«
Wiebke hebt das Tablett vom Boden auf und knallt es, dampfend vor Wut, aber vielleicht auch aus Verzweiflung, was weiß ich, auf den Tisch. Ich würde jetzt nicht darauf schwören, dass alles Geschirr, das sie darauf pfeffert, heil bleibt. Hannah steht auf. Mit dem Rücken zu uns, schaut sie zu Stines Haus. Musste Wiebke jetzt soviel Dampf auf Hannah ablassen? Erwachsene haben es doch sonst immer mit Verständnis und Zuhören und in Ruhe ausreden lassen.

»Und was wäre, wenn so viele Spezialisten auf einem Haufen betriebsblind geworden sind? Also, ich meine es geht doch nicht einfach nur ums Funktionieren, wie bei Schrauben oder Gewinden.« Mein Einwurf bringt mir von Hannah ein Lächeln aus ganz traurigen Augen.

»Genau, du sagst es. Es geht nicht um Schrauben oder Gewinde. Präzise gesagt, geht es hier um Tassen.« Jetzt grinst Wiebke schon wieder. »So hart es klingen mag, die einzig wahre Frage ist die, ob bei Stine noch alle Tassen im Schrank sind. Und ihr taucht hier auf, flockig, lockig, jugendlich ...« Wiebke macht alberne Hüpfer zwischen *flockig* und *lockig* und *jugendlich*, »und versucht mir einzureden, eure Ideen würden Stine besser helfen, als das, was ein erfahrenes Team von Spezialisten empfiehlt.« Sie hebt das Tablett hoch und brummelt auf dem Weg zum Haus vor sich hin.

Ich verscheuche eine schimmernde Schmeißfliege vom Curryfleck auf dem Tisch, die sich keine drei Sekunden später wieder darauf niederlässt. Hannah schickt Wiebke Grimassen hinterher. Die kommt gleich wieder zurück und wischt energisch auf dem Tisch herum. Jetzt hat sie dem Vieh seine Futterquelle geraubt und es verschwindet endgültig. Sorgfältig legt Wiebke den Wischlappen zusammen.

»Was ich euch jetzt sage, darüber habe ich noch mit niemandem gesprochen. Mir ist bei Stine seit einiger Zeit etwas aufgefallen. Schon vor ihrem Sturz, als sie noch hier war, meine ich. Einige Sachen, die sie machte, haben mich überrascht und kamen mir echt sonderbar vor. Das Skurrilste war, das muss so ein, zwei Tage vor ihrem Unfall gewesen sein, als ich die zierliche Stine, die man beinah umpusten könnte, mitten in der Nacht mit dem Spaten in der Nähe des Schuppens rumoren hörte. Aber als ich zu ihr ging und sie fragte, was sie denn da mache und ob sie Hilfe bräuchte, da rückte sie nicht raus mit der Sprache. Mit dem Finger auf den Lippen, ›Pssst!‹, und einem geflüsterten ›Das ist geheim‹, wimmelte sie mich ab und schaufelte das Loch wieder zu, das sie gegraben hatte. Sie steckte mich beinah schon an mit ihrer Sorge, wir würden beobachtet. Daran muss ich in den letzten Tagen immer denken.«

Ihre Wut scheint verflogen.

»Und warum ich darüber mit niemandem gesprochen habe? Macht nicht jeder von uns Sachen, die andere nicht verstehen? Nur bei den Alten liest man gerne alles als Zeichen von Altersverwirrtheit. Und Stine sollte nicht in diese Schublade. Aber jetzt kommt einfach noch mehr dazu. Wisst ihr, solange ihr Stine nicht gesehen habt, könnt ihr euch schlicht und ergreifend kein Bild davon machen, wie es ihr geht und schon gar keine ernstzunehmenden Ratschläge erteilen.«

»Dann weiß ich, was wir als Nächstes machen werden«, sagt Hannah und stiert Wiebke an. Wiebke stiert zurück.

»Das war zu erwarten.«

Flüchtig, als wäre gar nichts gewesen, streicht sie durch Hannahs Gesicht.

»Dann wollt ihr sie also besuchen?«

Hannah nickt sofort.

»Also, na ja ...«, winde ich mich.

»Ja!«, sagt Hannah schnell an meiner Stelle und dieses Ja haut sie einfach raus, ohne mich vorher gefragt zu haben. Das kann sie nicht machen. Was soll ich dort? Ich kenne diese Stine doch überhaupt nicht, und spontan fallen mir lauter andere Sachen ein, die ich lieber machen würde.

»Komm schon, Jakob, wir besuchen sie zusammen! Du bist doch

dabei, oder?« Ihr Blick schon allein, und dann rückt sie mir auch noch dicht auf die Pelle.

»Okay«, sage ich resigniert. Aber nur aus dem einen Grund, weil ich ihr vor Wiebke nicht in den Rücken fallen möchte, nur deshalb. Auch wenn sie denkt, sie hätte mich überredet.

»Super, ich schneide schon mal Rosen!«, ruft Hannah begeistert. Und ich? Ich ziehe auch noch glatt mein Taschenmesser aus der Westentasche und biete es ihr an.

*

»Wollen wir? Kommst du, Jakob?« Rosengebüsch zappelt an Hannahs ausgestrecktem Arm unter meiner Nase.

Die reinste Duftbombe ist das. Und selbst wenn Stine Rosen nicht mehr über die Augen wahrnehmen kann, sie nicht zu riechen, ist unmöglich.

»Wartet einen Moment, ich begleite euch«, sagt Wiebke. »Ohne mich werdet ihr kaum an der Pforte vorbeikommen, fürchte ich. Lasst uns *Mattie Harcken* nehmen.« Hannah mit Strauß, Wiebke mit einer Schachtel Kirschlikörpralinen unter dem Arm und ich mit gar nichts, stehen wir vor ihrer Rikscha.

»Tut mir leid, Lucia, aber Hühner in der Klinik gehen gar nicht.« Wiebke drückt mir die Pralinen in die Hand, hebt das zappelnde Huhn vom Rücksitz ihrer Rikscha und setzt es auf die Wiese. Gackernd wie unter Protest läuft es davon.

Hannah sieht dem Huhn hinterher, zwirbelt eine Locke um ihren Zeigefinger und ich ahne, dass sie in Gedanken einen Plan ausheckt!

»Fährst du, Jakob?«

Wiebke zieht mir die Pralinen aus der Hand und setzt sich in die Rikscha.

»Gern!« Das muss man mir nicht zwei Mal sagen. Auch Hannah wollte schon nach dem Lenker greifen, aber jetzt bin ich dran, wenn ich sie schon begleite. Unwillig überlässt sie ihn mir. Und wenn sie mich weiterhin so großzügig mit ihrem Strauß bürstet, kommen bei Stine Stängel ohne Blüten an.
Und schon erhalte ich die ersten Befehle: »Du fährst erst einmal immer geradeaus. Bis ich dir sage, wo du abbiegen musst.«
Mit aller Kraft versuche ich die Pedale anzutreten und – es bewegt sich nichts. Erst nachdem ich zwei Gänge zurückgeschaltet habe, schaffe ich es, das schwere Gefährt in Gang zu setzen. Aber wenn die Kiste erst einmal läuft, dann läuft sie gut und lässt sich super fahren, stelle ich fest.
Wiebke dirigiert meinen Kurs, ich biege brav an der Kirche ab, überquere die Nord-Südstraße, und von da an geht es nur noch geradeaus und dabei sogar leicht bergab. Auf das Ortsschild folgt eins mit dem Hinweis auf die Kurklinik Strunwai. Hier biege ich ein, lasse den großen Parkplatz links liegen und fahre auf einem schmalen Weg weiter. Knapp nur passen wir an einem Gespann aus altem Mann im Rollstuhl, geschoben von Pfleger in weiß, vorbei. Die beiden winken uns zu, als wir auf gleicher Höhe sind.
Da kommt mir die Idee: Während Hannah und Wiebke Stine besuchen, könnte ich Touren durchs Gelände anbieten! Fährt sich in so einer Rikscha doch garantiert cooler als im Rollstuhl mit Pfleger im Nacken. Frische Luft getankt für ganz umsonst! Klar hätte ich nichts gegen ein bisschen Trinkgeld einzuwenden, um mein Taschengeld aufzubessern. »Du braucht deine Schese nicht anzuschließen, wir passen auf.«
Wie? Wer redet da? Meinen die mich?
Die beiden alten Männer in Bademantel und Turnschuhen, die vor dem Eingang stehen, haben tatsächlich mit uns gesprochen.

Sie stehen in einer Rauchwolke, aschen in den Kübel vor sich und starren uns an. Sie erwarten eine Antwort.
»Moin Nils, Moin Fiete, gebongt, wir nehmen euer Angebot an«, sagt Wiebke, die beide zu kennen scheint. »Aber wehe, ihr brennt mir auch nur das kleinste Loch ins Polster mit euren Glimmstängeln! Ich versichere euch, den Ärger wollt ihr nicht haben!«
»Da mach dir mal keine Sorgen, Mädchen, und falls Gewitter kommt, lassen wir dir die Markise runter.«
»Gewitter? Wovon redet ihr? Wo soll das denn herkommen? Hebt den Blick von eurem Ascheimer und was seht ihr? Nichts als blauer Himmel!«
»Na wart mal ab, Mädchen, wirst schon sehen.«
»Genau, wir werden sehen. Und danke fürs Hüten. Ihr wisst aber schon, dass es dauern kann?«
»Geht klar. Wir haben Zeit. Visite war schon und Besuch kommt auch nicht, ne, Fiete? Und wenn was ist, finden wir dich bei der *Baarnmudder.*«
»So ist es.«
»Wie, ich denke ihr wollt zu Stine?«
»Wollen wir auch. *Baarnmudder* ist das friesische Wort für Hebamme. Und die Leute auf der Insel nennen sie immer noch so, obwohl sie seit einer Ewigkeit in Pension ist. Übrigens sind Hannahs Mutter und ich auch Kinder, denen sie auf die Welt geholfen hat.«
Hannah stupst mich an.
»*Ihr?* Wieso sagst du ›ihr‹ wollt zu Stine? Du kommst doch mit!« Ihr Blick passt zu dem Hundewelpen auf dem Schreibheft.
»Was soll ich denn da?«
Aber dann sehe ich diese Verzweiflung in ihren Augen.
»Na gut, ich komme mit.«

Also rein in diesen Kasten. Ganz gleich ob er Kurklinik heißt, sich Pflegeheim oder Seniorenheim nennt, auf eine Art sind diese Gebäude von innen doch immer gleich. Das weiß ich, seit ich Oma auf ihren Ich-suche-die-beste-Seniorenresidenz-Touren begleitet habe. Kein Wunder, dass sie ›die Beste‹ noch nicht gefunden hat. Im Gegenteil, Oma ist aktuell auf dem Weg zur Erkenntnis, dass ›die Beste‹ gar nicht existiert. Wir kommen an der Pforte vorbei, wo sie Wiebke, Hannah und mich freundlich durchwinken.
Als wir um die erste Ecke biegen, wundert es mich kein bisschen, dass mir auch hier dieser abartige Geruch nach eingesperrter Desinfektionsluft entgegenschlägt. Und ich fürchte, nach zig Kurven und Treppen, hier allein nicht wieder herauszufinden. Wen wundert's, wenn sich die Alten hier nicht mehr auskennen? Am Ende eines dieser langen, fußbodenglänzenden Flure, von denen zu beiden Seiten Türen abgehen, sind wir endlich angekommen.

*

Wiebke klopft an. Eine dünne Stimme bittet uns herein.
Im Sog der Tür weht eine Gardine, als wir hineingehen.
Still ist es im Raum. Hinter einer Tasse Kaffee und einem Stück roten Glibberkuchen mit einer Serviette groß wie ein Vorhang, sitzt eine schmale alte Frau am Tisch. Neben ihr parkt ein Gehwagen.
»Lassen Sie mir den Kaffee bitte noch ein bisschen stehen, Schwester, er war bisher zu heiß zum Trinken«, sagt sie, ohne aufzublicken. Wiebke tritt ein, Hannah schiebt sich gleichzeitig mit mir durch die Tür. Und komisch, sie rückt auch dann nicht ab, als es vom Platz her längst wieder ginge. Die Rosen pieksen.

Mit einem Mal startet Hannah durch.
»Hallo Stine, riech mal«, ruft sie und hält Stine den Strauß blühender Rosen entgegen.
Stine schaut erstaunt auf.
»Besuch?«
»Hab ich dir mitgebracht, riech doch mal, bitte!«, drängelt Hannah.
Und Stine riecht.
Ein Strahlen zieht über ihr Gesicht.
Sie hebt die Hand, faltige Finger streichen über Blütenköpfe.
»Euch erkenne ich! Und ihr blüht also noch immer?«
Sie schaut auf, tätschelt Hannahs Hand, sagt: »Ist das eine schöne Überraschung.« Ihre Augen glänzen. Ziemlich doll, als würden sie gleich überlaufen. »Danke mein Kind, vielen Dank. Du weißt, was ein altes Herz erfreut.«
»Wusste ich's doch!«, höre ich Hannah triumphieren.
Jetzt entdeckt Stine auch Wiebke und grüßt sie. Zurückhaltend und schüchtern ist der Blick, als wäre sie nicht sicher, wen sie eben gegrüßt hat.
Und jetzt fällt Stines Blick auf mich.
Ein Blick ist das!
Mir ist, als zöge er mich magnetisch an Stine heran, in sie hinein, und als müsste ich meinen ganzen Willen zusammennehmen, um mich dagegen zu stemmen, so sehr fixiert mich dieser Blick.
Und Stine spricht.
»Jakob, du?«
Jakob?
Wie bitte?
Habe ich richtig gehört?
Hat sie wirklich und echt gerade eben meinen Namen gesagt?

Oder habe ich mir das nur eingebildet? Hannah ... deine pieksiegen Rosen ... bitte einmal zustechen, ich muss wissen, jetzt auf der Stelle, ob das echt ist oder ob ich das nur geträumt habe.
Hannah und Wiebke, alle beide, schauen mich völlig verständnislos an.
Meine Schultern heben sich, meine geöffneten Hände wandern zur Brust. Sie meint mich?
Oder gibt es einen Doppelgänger, den Sohn der Klinikleiterin vielleicht?
Wieder höre ich Stine.
»Jakob! Bist du es wirklich?« Ihre Hand legt sich über ihren Mund. Und jetzt nickt sie.
»Du bist zu mir zurückgekommen. Endlich. Darauf habe ich immer gewartet, so sehr. Und mit einem Mal bist du da. Du bist es, und ich dachte, es wäre die Schwester, die den Kaffee abräumt.«
Sie lacht, was ein bisschen künstlich klingt. Dann strafft sich ihr Körper, wieder schaut sie mich direkt an. »Aber komm, zeig dich einmal näher.«
Sie schiebt Hannah samt duftendem Strauß zur Seite, stemmt sich aus ihrem Sessel hoch, greift den Gehwagen, löst die Bremse und geht mit vorsichtig tastenden Schritten, aber zielstrebig, auf mich zu. Meine Hand rutscht zu meinem Schlüssel auf der Brust. Wie kleine pulsierende Stromstöße fühle ich ihn unter meiner Hand. Beruhigend wirkt er momentan überhaupt nicht.
Keiner von uns sagt etwas. Hannah nicht, nicht Wiebke, und ich schon gar nicht. Wie gelähmt verfolgen wir die tastenden Schritte Stines und sind gebannt, was weiter geschieht.
»Du bist so jung geworden, Jakob, und so klein.«
Ich schlucke. Nein, echt jetzt. Ich neige mich zurück, weiche einen Schritt nach hinten aus.

»Aber was hast du, Jakob? Du brauchst dich nicht zu fürchten, ich tu dir nichts. Ich passe auf dich auf. Und wenn es das Letzte ist, was ich tue. Dir darf nichts passieren.«
So jung geworden? Ist das jetzt zum Lachen, zum Fürchten, oder einfach nur zum Heulen? Die Frau ist ja völlig verpeilt. So sieht es doch aus. Stine redet weiter, doch mit einem Mal ändert sich ihre Stimme. Sie wird ja ganz hektisch.
»Hat dich auch niemand gesehen? Wir müssen dich sofort verstecken, aber wo?« Sie dreht sich zum Schrank, geht einen Schritt in Richtung geöffneter Badezimmertür. »Wo sind hier gute Verstecke?« Sie wirft einen Blick unter ihr Bett und schüttelt den Kopf. »Nein, hier im Zimmer geht es nicht, auf gar keinen Fall. Hier bist du nicht sicher.« Sie lehnt sich vor, spricht leiser. »Morgens, immer genau dann, wenn ich im Badezimmer bin, kommt die Putzfrau, und ihr entgeht nichts, alles entdeckt sie, jeden Krümel. Das habe ich bereits getestet. Du musst hier weg … Aber du sollst doch nicht weg, ich muss dir doch so viel sagen und dich so viele Dinge fragen. Alles ist so lange her, und du bist schon wieder so jung geworden, fast wieder ein Kind. Ich habe das …«, sie dreht sich nach allen Richtungen, scheinbar unschlüssig, ob sie Hannah und Wiebke trauen kann. »Du weißt schon, ich habe es für dich aufbewahrt. In einem bombensicheren Versteck. Komm, schnell, lass uns gehen. Am besten, ich komme mit.« Verzweifelt rüttelt sie an ihrem Gehwagen. »Aber so geht das doch nicht!«
Die zierliche alte Stine, direkt vor mir, seufzt.
»Ach Jakob.« Jetzt hebt sie auch noch ihre Hand in meine Richtung, sieht mein Entsetzen und lässt sie wieder sinken. »Ich tu dir doch nichts.«
Das stehe ich nicht länger durch, echt nicht! Wer weiß, was ihr

noch alles einfällt! Ich will hier weg, auf der Stelle. Wie viele Schritte bis zur Tür?
»Sollen wir Jakob mitnehmen und bei dir zu Hause verstecken?«, fragt Wiebke.
Mitnehmen? Was wird denn jetzt gespielt? Niemand muss mich nirgendwohin mitnehmen. Ich verschwinde, augenblicklich und zwar ganz allein. Einen Schritt setze ich schon einmal in die richtige Richtung,
»Ja, zu Hause, das ist gut. Dort ist sein sicherstes Versteck. Das würdest du wirklich für mich tun?«, höre ich Stine, sichtlich erleichtert.
»Klar kann ich das machen«, sagt Wiebke, stellt sich neben mich und legt ihre Hand auf meine Schulter.
»Gut, und du wirst sehen, Jakob, alles ist noch da, gut versteckt, sehr gut versteckt. Kommt ihr auch bestimmt wieder und bringt Jakob mit, sobald die Luft rein ist? Versprecht ihr mir das?«
»Machen wir«, sagen Wiebke und Hannah, beide zugleich.
Von wegen *mitbringen*, da habe ich wohl auch noch ein Wort mitzureden! Was zieht Wiebke da für eine Nummer ab? Nein, so geht das nicht, man muss ehrlich zu Stine sein. Also nehme ich mir vor, ihr geradeheraus zu sagen, dass ich zwar wirklich Jakob heiße, aber noch nie älter gewesen bin als jetzt und deshalb gar nicht der sein *kann*, für den sie mich hält. Und da merke ich Wiebkes Hand auf meiner Schulter schwerer werden, sehe, dass sie den Kopf schüttelt, ganz leicht nur, aber deutlich genug, dass ich verstehe, dass ich lieber nichts sagen soll.
»Möchtest du die Blumen behalten?«, höre ich Hannah in dem Moment kleinlaut fragen.
»Aber gewiss doch mein Kind, ich freue mich sehr über deinen Strauß. Leg ihn mir erst einmal hier in den Korb. Das Wich-

tigste ist jetzt, Jakob sicher von hier fortzubringen. Ihr dürft keine Zeit verlieren, hört ihr? Wenn ihr weg seid, werde ich die Schwester um eine Vase bitten und meine wunderbaren Rosen in aller Ruhe ins Wasser stellen. Ihr müsst jetzt aber schnell machen, man weiß nie, wann eine Patrouille kommt.«

*

Mir ist schlecht.
Mit Sicherheit kein Magen-Darm. Aber vielleicht wäre mir Magen-Darm jetzt lieber als das, was ich hier erlebe.
So fühlt sich Schock an.
Ja, mit Sicherheit habe ich einen Schock.
Einen kleinen auf jeden Fall.
Den einen Arm um mich, den anderen um Hannah, schiebt uns Wiebke um Ecken herum, Treppen hinunter nach draußen.
Überlebt.
Das ist mein Gefühl.
Und was Wiebke mir auf dem Weg auch sagt, um mich zu trösten, dass Jakob nur ein Name sei und alles reiner Zufall – sie selbst wäre von Stine in letzter Zeit immer Göntje genannt worden und hätte keine Ahnung, wer *Göntje* sei – all das höre ich zwar, aber ohne dass es bei mir ankommt.
Hannah beginnt jetzt zu kichern. Sie kriegt sich nicht mehr ein vor Kichern. Die reine Hysterie.
Und Wiebke verstummt. Sie stiert vor sich, wie in Trance.
»Also, was uns betrifft, wir haben keine besonderen Vorkommnisse zu melden«, sagen die beiden alten Herren in Bademantel und Turnschuhen und räumen *Mattie Harcken.*
»Die Markise haben wir nicht gebraucht und wenn ihr euch beeilt, kommt ihr noch trocken nach Hause.«

»Gut, vielen Dank die Herren«, antwortet Wiebke aus ihrem Dämmerzustand heraus mit Navi-Stimme. Wie programmiert steigt sie auf, und ich beeile mich, die kichernde Hannah in die Rikscha zu zerren, ehe Wiebke am Ende noch ohne uns losfährt. Zuzutrauen wäre es ihr, und sie würde es noch nicht einmal bemerken. Ich werde hier keine einzige Sekunde länger bleiben als unbedingt nötig und Hannah, die sich gar nicht wieder beruhigt, lasse ich auch nicht zurück.

Ich sehe die winkenden Burschen im Bademantel immer kleiner werden, doch erst als das Klinikgebäude hinter der Biege verschwindet, kann ich aufatmen.

Mit Wahnsinnskraft treibt Wiebke *Mattie Harcken* voran. Hannahs Kopf lehnt an meiner Schulter. Ich sitze ganz still, damit sich nichts verändert, von weit weg höre ich Donner grollen.

*

Wiebke schließt das Schuppentor. Das Donnern kommt näher, Wind peitscht mir ins Gesicht, der Himmel ist blauschwarz.

»Hannah, kannst du schnell alle Fenster schließen?«

Sie nimmt Wiebkes Schlüssel und rennt zum Haus.

»Hilfst du mir mit den Gartenmöbeln?« Gemeinsam mit Wiebke staple ich Sitzkissen und Tischdecke und Hängematte und schleppe sie ins Gartenhaus.

»Alles zu!«, ruft Hannah schon von Weitem.

»Und was jetzt?«

»Wo ist Lucia?« Wir sehen uns an, keiner hat sie gesehen.

»Bestimmt drüben bei Stine. Ach herrje, Stines Haus! Da steht ja vom Lüften noch alles offen! Nichts wie hin.«

Wir sausen durchs Rosentor. Eben habe ich den ersten Blitz gesehen und der Donner dröhnt gleich hinterher.

Ist Lucia hier im Schuppen? Mit Mühe nur gelingt es Hannah und mir gemeinsam, die Tür des Bootsschuppens gegen diesen Hammerwind aufzustemmen. Lucia sitzt gleich vorne auf ihrer Stange und schaut uns mit schräg geneigtem Kopf erstaunt an. Sie hatte sich längst schon vor dem Gewitter in Sicherheit gebracht!

Fette Regentropfen klatschen auf uns herab, das sind die ersten paar, bis es im nächsten Moment richtig losplattert und dann wie aus Eimern schüttet.

»Hühner sind manchmal schlauer als Menschen!«, brüllt uns Wiebke im Sprint durch den Sturm zu.

Klitschnass stürmen wir in Stines Haus.

»Schuhe aus!«, kommandiert Wiebke im Flur und ist schon aus ihren Sandalen gestiegen. »Ich die Fenster oben, ihr die im Erdgeschoss, schnell!«

Noch ein Blitz, ein fürchterlich lauter Donner, Wiebke stürmt die Treppe hoch, ich schlüpfe aus meinen Turnschuhen.

»Du rechts, ich links?«, fragt Hannah, ich nicke, und durchstreife meine Seite. Im Wohnzimmer greife ich an Blumentöpfen vorbei geöffnete Fensterflügel, hake sie aus und verdränge den peitschenden Sturm mit jedem Fenster, das ich schließe.

In der Küche hat sich schon ein Riesensee unter dem Fenster ausgebreitet.

Im Flur treffe ich Hannah.

»Fertig?«

»Fertig!«

Und mit einem Berg von Handtüchern und Kleidungsstücken auf dem Arm, kommt Wiebke nach unten.

»Abtrocknen und trockene Sachen anziehen, Leute!«

Ohne Ende lässt der Wind die Fensterscheiben klackern, Regen-

tropfen prasseln gegen Glas, abfließendes Wasser gurgelt, immer wieder blitzt es und kracht dann gleich hinterher.
Ausgiebig rubble ich meine Haare trocken, bevor ich das nasse T-Shirt ausziehe und das Kleidungsstück nehme, das Wiebke für mich gedacht hat. Was ist das? Scheint ein antikes Nachthemd zu sein. Ich streife es nur deshalb über, weil nackt keine gute Alternative ist. Das Hemd schlackert nur so um meine Knie, immerhin, zum Glück ohne Spitze. Zum Schluss schlüpfe ich aus der triefenden Hose. Ersatz dafür gibt es nicht. Ich wickle mir das Handtuch um die Hüfte, damit fühle ich mich ein bisschen angezogener.
Wiebke und Hannah stehen beide in geblümten Kittelschürzen vor mir. Bei Wiebke fällt sie Mini aus, bei Hannah reicht sie bis fast an die Knöchel.
»Hat jemand von euch irgendwo Schrubber, Lappen und Eimer gesehen?«, fragt Wiebke.
Die beiden in Geblümt mit Wischmopp, ich dazwischen als Gespenst. Bei der Vorstellung, wie bescheuert wir aussehen müssen, pruste ich los und bin nicht der Einzige: Wir lachen uns alle drei schlapp, und sobald es bei einem abebbt, wird es bei den anderen wieder stärker. Immer noch kichernd, organisiert uns Wiebke Putzzeug und wir trocknen alle Pfützen unterhalb der Fenster.
Als wir damit fertig sind, hat das Gewitter noch längst nicht ausgetobt. Wir beschließen, zu bleiben, bis das Gröbste vorbeigezogen ist.
»Bis dahin suche ich Sachen zusammen, die ich Stine bringen kann«, sagt Wiebke auf dem Weg nach oben.
»Aber wenn sie doch ...« Ein verzweifelter Blick Hannahs trifft mich. »Ich meine, vielleicht muss sie nur ...«

Sie lässt unbeendet, was sie sagen wollte, und als hätten wir es so verabredet, spricht keiner über das, was wir eben in der Klinik erlebt haben.

*

Über mir knarren Wiebkes Schritte.

»Hast du auch Durst?«, fragt mich Hannah.

»Ja, ich könnte auch etwas trinken.«

»Immer, wenn ich sie besuchen kam, hat mir Stine von ihrem selbstgemachten Himbeersirup angeboten. Ob wir ... ich meine, es ist doch jetzt auch ein bisschen, als wäre ich zu Besuch, findest du nicht?«

»Wird schon in Ordnung gehen, sich ein Glas Saft zu nehmen.«

Ich bleibe alleine in Stines Wohnzimmer mit der niedrigen Decke zurück. Oben höre ich eine Tür ins Schloss fallen, nebenan klappert Hannah mit Glas.

In diesem Raum wurde jede Möglichkeit genutzt, ein Buch zu platzieren. Ich greife mir das oberste vom Tisch neben dem Sofa: *Erlebnisse und Beobachtungen eines Arztes im Urwalde Äquatorialafrikas*, blättere in dem alten Schinken herum, sehe auf einem Foto einen weißen Arzt, der ein mageres schwarzes Kind mit extrem dickem Bauch abhört, und auf einem anderen den selben Mann, mit Tropenhelm, ein schwarzes Baby auf dem Arm. Bei dem Versuch, herauszufinden, wer das ist und wo genau, scheitere ich an der alten Schrift und lege es wieder zurück. Die Wand voller Fotos gegenüber will ich mir mal näher ansehen. Stine, schätze ich, in verschieden jung, immer hager, immer mit streng zurückgekämmten Haaren. Ein Detail ist auf allen Fotos gleich: Auf jedem trägt sie ein Baby im Arm. Alle Babies sehen ganz frisch geboren aus. Ob sie von jedem Kind, dem sie auf die Welt geholfen hat, so ein Foto besitzt? Dann könnte man sie zählen und wüsste, wie viele Geburten sie betreut hat. Ob sie sich an jede einzelne erinnert? Hannah trägt drei Gläser mit hellrotem Inhalt herein.

»Ich sage Wiebke Bescheid.«

»Okay«, meint Hannah, und nimmt schon den ersten Schluck. Als ich die Treppe hinaufgehe, komme ich an noch mehr Fotos vorbei. Eine mittel-alte Stine mit einer sehr alten Frau, Stine mit einer großen Milchkanne, Stine umgeben von Hühnern, Stine mit dem Fahrrad und einem Hebammenkoffer, Stine mit einer Kuh, Stine als Kind mit Mutter und Vater und einem Jungen. Vielleicht hieß der Jakob, und als er klein war, musste sie immer auf ihn aufpassen, und mit ihm hat sie mich verwechselt! Wieder Mutter und Vater mit den beiden Kindern. Aber stopp – hier hat jemand mit schwarzer Tinte Namen darunter geschrieben: *Ricklef* unter dem Mann mit dem Kinnbart, *Göntje* unter der Frau mit den streng zurückgekämmten Haaren. Göntje? War das nicht der Name, mit dem Stine Wiebke angesprochen hat? Das muss Wiebke unbedingt sehen! Unter dem Mädchen mit geflochtenen Zöpfen und Kleid steht *Stine* geschrieben. Aber leider finde ich unter dem Jungen mit den geschorenen Haaren in kurzer Hose nicht den Namen Jakob sondern irgend so einen alten Namen, der mit A beginnt. Schade, somit wäre die Idee des Jakob-Bruders Fehlanzeige. Das nächste Foto zeigt Stine in einem Boot. Lässig steht sie in ihrem Kahn, der doch bestimmt ordentlich schwankt, lässt ein Fischernetz durch ihre Hände wandern und lacht einem entgegen.

Moment mal, dieses Boot, sein Name. Was steht da vorne am Bug? In großen Lettern geschrieben, kann ich eindeutig STINE lesen.

Ich stoße mit Wiebke zusammen, die eben um die Ecke gebogen kommt. Gerade noch kann ich mich am Geländer festhalten, um ein Haar wäre ich rückwärts die Treppe hinuntergestürzt.
»Jakob, alles in Ordnung? Tut mir leid, wenn ich dich erschreckt habe.«
»Himbeersirup«, sage ich, und »Göntje, da ... und Stines Boot.« Wie fremd meine Stimme klingt. Und wie seltsam mich Wiebke anschaut. Irgendwie misstrauisch.
»Göntje? Wieso fängst du jetzt auch noch mit Göntje an? Bitte, Jakob, es reicht mir, von Stine so genannt zu werden, mach du nicht auch noch Witze damit.«
Ich zwinge mich zu ganzen Sätzen.
»Göntje muss Stines Mutter gewesen sein, ihr Name steht dort auf dem Foto. Das wollte ich dir nur sagen. Und das Boot hier heißt Stine.«
»Stines Kahn, natürlich! Er gehörte ihrem Vater, und der hat ihn nach ihr benannt. Sie hing daran wie andere Leute an einem Oldtimer. Damit ist sie immer im Watt herumgeschippert und hat gefischt. Bis ihn vor ein paar Jahren ein Sturm mitgerissen und das Meer nie wieder hergegeben hat. Sie hat darum getrauert, als hätte sie einen Menschen verloren. Aber zeig, wo hast du das mit Göntje gelesen?«
»Hier, siehst du?«
»Okay. Und dieser Dame soll ich also zum Verwechseln ähnlich sehen?« Wiebke hält sich die nassen Haare aus dem Gesicht und schaut ganz grimmig. »So vielleicht? Na, vielen Dank. Mal ehrlich, die sieht doch aus wie ein Drache. Und so komme ich rüber?«
»Nein, also im Normalfall nicht, höchstens vielleicht, wenn du wütend bist«, antworte ich grinsend.

»Dir werd' ich helfen, du frecher Kerl!«, schimpft sie, aber da bin ich schon ins Wohnzimmer geflüchtet. Mein Glas mit rotem Inhalt halte ich wie ein Schild vor mich.

Wir prosten uns zu und ich trinke den leckeren Saft in einem Zug aus.

»Und was hat dich an Stines Boot so erschreckt?«, will Wiebke wissen.

»Wie? Was für ein Boot?«, fragt Hannah.

»Auf dem Foto im Treppenhaus«, sage ich.

»War es der Name?«

Ich nicke.

»Aber wieso denn?«, schaltet sich Wiebke ein. »Ich meine, weshalb sollte ein Vater sein Boot nicht nach seiner Tochter nennen? Wäre es nach dem Drachen *Göntje* benannt worden, hätte es sich der Sturm schon viel früher geholt.«

»Es gab mal ein Boot, das Stine hieß?«, fragt Hannah interessiert.

Wiebke nickt und trinkt den letzten Schluck Himbeersirup.

»Lecker«, sagt sie, «du bringst mich auf eine Idee. Ich werde Stine eine Flasche davon mitbringen! Das weckt doch garantiert Erinnerung, was meinst du?«

»Klar!«, sagt Hannah stolz, da Wiebke endlich anfängt, ihr zu glauben.

»Die Sache mit dem Boot«, sage ich.

»Stimmt, Stichwort Boot, erzähl weiter, Jakob.«

»Ich habe auch eins, und du kennst es schon, Hannah.«

»Meinst du das auf dem Regal mit der Schildkröte drauf?«

Ich nicke.

Wiebke schaut uns verständnislos an.

»Was redet ihr da? Könnt ihr mich mal aufklären?« Sie blickt in ihr leeres Glas. »War euer Saft etwa vergoren?«

»Quatsch«, sagt Hannah und drängelt. »Jetzt erzähl doch, was ist denn mit dem Boot?«
»Mein Boot, also mein Teil von einem Boot, das ich gefunden habe, hat Reste des Namens auf dem Rumpf stehen. Ein S und ein T. Und als ich eben das Foto mit dem STINE-Namen gesehen habe, da dachte ich, dass ich vielleicht die Überreste von Stines Boot gefunden habe.«
»Und wie soll das vor sich gegangen sein? Dass Stines Boot durch Elbe und Lühe bis zu euch nach Hause getrieben worden ist, das ist etwa so wahrscheinlich, als würde ein Wal dort stranden.«
»Nein, doch nicht an der Lühe, hier habe ich es gefunden.«
»Hier? Wie hier? Das verstehe ich nicht. Wann soll das denn gewesen sein? Ihr seid doch gerade erst angekommen.«
Wiebke legt ihre Fingerkuppen seitlich an die Stirn.
»Jetzt noch einmal, ganz ruhig«, sagt sie. Dabei ist sie überhaupt nicht ruhig, im Gegenteil, sie sieht aus, als würde sie gleich überkochen.
»Du meinst, als du in den Sommerferien hier gewesen bist?«, hilft mir Hannah.
»Genau«, sage ich, froh, dass wenigstens sie kapiert.
»Moment, du warst in den Sommerferien auf der Insel?«, fragt Wiebke.
»Ja.«
»Sag das doch gleich. Dann hast du vielleicht wirklich Stines Wrack gefunden. Und gleichzeitig hätten wir auch die Erklärung dafür, dass Stine dich erkannt hat! Sie muss dich im Sommer schon einmal gesehen haben. So einfach ist das.«
»Aber mir ist Stine noch nie zuvor über den Weg gelaufen.«
»Und selbst wenn, woher sollte sie vom Sehen allein deinen Namen wissen?«, kommentiert Hannah schlau. »Und laufen konn-

te sie sowieso nicht sofort nach ihrer Operation, und schon gar nicht am Strand.«

»Mist, die Operation, das kann ja gar nicht sein. Aber wisst ihr was? Dass sie meint, dich erkannt zu haben, muss genauso wenig mit einer Ähnlichkeit zu tun haben wie bei Göntje und mir.«

Hanna ist abgelenkt. »Hört ihr das?«

Wiebke und ich sehen, wie sie mit erhobenem Finger nach draußen lauscht.

»Ich höre nichts.«

»Ich auch nicht.«

Doch, jetzt, von ganz weit hallt noch ein Donnergrollen.

Aber dann bleibt es still.

Kein Regen prasselt mehr gegen die Fenster und kein Wind rüttelt daran, die Blitze haben sich entladen, der Donner ist verhallt.

»Hört ihr? Der Sturm hat sich gelegt, es hat sogar aufgehört zu regnen.«

»Tatsache! Na dann, lasst uns noch eben die Gläser spülen, und dann nichts wie rüber.«

Wiebke ist schon in ihre Sandalen geschlüpft, als ihr die gepackte Tasche für Stine wieder einfällt.

»Nicht so wichtig«, meint Hannah, »vielleicht brauchen wir sie ja gar nicht, weil Stine sowieso bald … «

»Hannah!«

»Ich hole sie!«, sage ich, bevor die beiden sich schon wieder in die Haare kriegen, und bin bereits auf dem Weg nach oben.

»Gleich im ersten Zimmer rechts«, ruft mir Wiebke hinterher.

Ich sehe die Tasche in Stines Schlafzimmer, das picobello aufgeräumt ist. Absolut nichts erinnert an Stines Sturz. Alles scheint bereit, damit Stine jederzeit zurückkommen und sich müde in ihr frisch gemachtes Bett legen kann. Von wegen, Wiebke kann sich

nicht vorstellen, dass sie bald wiederkommt! Ich greife mir die Tasche. Aus den Augenwinkeln bemerke ich ein Foto auf dem Nachttisch. Eine alte Stine in Farbe lacht einem Mann zu. Ihr Mann kann es nicht sein, dafür wäre er viel zu jung. Auch er lacht und beide tragen ein buntes Band um den Hals, mit einem kleinen Anhänger daran. Das Gesicht des Mannes kommt mir irgendwie bekannt vor. Bloß woher? Wer kann das sein? Die mandelförmigen Augen, die Lippen, das Grübchen am Kinn. Den habe ich noch nie gesehen, und mir ist trotzdem, als hätte ich doch. Ähnelt er dem Busfahrer, der uns hinterhergeschaut hat? Oder dem Mann von der Kartenkontrolle auf der Fähre, nur ohne Uniform?
»Kommst du, Jakob?«
Mit der Tasche in der Hand gehe ich zu den anderen nach unten. Wiebke trägt den Stapel mit unseren nassen Kleidern.
»Geht das mit der Tasche oder wollen wir tauschen?«
»Geht schon«, sage ich. Mit der freien Hand halte ich mein Handtuch.
Aus nassem Gras steigt leichter Dampf, Tropfen lösen sich von Blättern, überall verstreut liegen Blütenblätter. Drei Gestalten, Hannah und Wiebke bunt geblümt wie Waldelfen, gespensterweiß mit Reisetasche ich, stapfen wir zu Wiebkes Haus.

*

Von einem dumpfen Schlag gegen mein Fenster werde ich wach. Die Sonne scheint grell in mein Zimmer.
Über mir schwebt eine grimmige Möwe. Stimmt ja, die Möwe im Rahmen aus Treibholz! Jetzt habe ich es klar: Ich bin in Wiebkes Haus!
Und völlig still ist dieses Haus.
Wie spät mag es sein?

Von draußen kann ich Vögel zwitschern hören.
Und auf der Fensterscheibe erkenne ich deutlich die Umrisse eines Vogels. Der Schlag, der mich geweckt hat! Ob das arme Tier verletzt irgendwo liegt?
Ich schäle mich aus dem Bett und öffne das Fenster, kann aber weder auf dem Fenstersims noch unten auf der Erde einen Vogel sehen.
Mein aufgewühltes Bett lädt ein, mich noch einmal hinzulegen. Aber zuerst muss ich aufs Klo. Im Vorbeigehen nicke ich der energischen Möwe zu. *Moin!* Vorsichtig und möglichst leise drücke ich die Klinke meiner Tür herunter.
Beim Händewaschen schaue ich mir aus Augen mit dunklen Kringeln entgegen, die Haare völlig zerzaust. Wie gut, dass mich Oma so nicht sieht. Ich grüße den verpennten Jakob im Spiegel. Dann beuge ich mich zum Wasserhahn und klatsche mir kühles Wasser ins Gesicht. Mein Schlüssel verrutscht und kitzelt mich auf der Brust. Ich trockne mein Gesicht, bürste meine Haare und finde, ich sehe schon besser aus. Jakob: ausgeschlafen, frei habend. Meine Hand sucht das Band, zieht es aus dem Schlafshirt, meine Finger rutschen daran entlang zum Schlüssel. Das Foto auf Stines Nachttisch fällt mir ein, sie mit diesem Mann. Beide lächelnd, beide mit Bändern um den Hals, zwei Mal die gleichen Bänder mit Anhänger. Was für Anhänger das wohl sind? Mir wird ein bisschen komisch. Als verwandle sich das Badezimmer in einen Dampfer auf wogender See. Ich muss mich am Waschbecken festhalten. Diese Anhänger – was genau hängt an den Bändern? Das lässt mir keine Ruhe. Ich muss es wissen! Ich muss mir das Foto noch einmal ansehen und zwar sofort. Ich hole die Weste aus meinem Zimmer, zögere einen Moment, gehe zurück zur Kommode, ziehe die oberste Schublade auf, und wühle darin herum, bis ich

meine Lupe gefunden habe. Ich stecke sie in die Weste und verlasse leise mein Zimmer, taste mich vorsichtig die Treppe hinunter, öffne die Haustür und renne durchs Rosentor an Stines Ausgrabungshügeln vorbei zu ihrem Haus. Direkt davor steht Lucia und zieht einen Wurm aus einem klatschnassen Beet. Ich öffne Stines Haustür. Unheimlich, fremd und irgendwie unerlaubt fühlt es sich hier an, ganz anders als gestern. Ohne Zeit mit schlechtem Gewissen zu vergeuden, gehe ich schnell die Treppe hoch, an Stine mit dem Fischernetz vorbei und biege um die Ecke in ihr Schlafzimmer. »Ich muss mir nur schnell einmal das Foto anschauen, mehr nicht, dann bin ich auch schon wieder weg«, beruhige ich mich selbst. Und obwohl das schon nicht so schlimm sein wird, bleibt ein kleiner Rest des schlechten Gewissens übrig. Ich nehme das Foto in die Hand: eine glückliche alte Stine mit einem zufriedenen jüngeren Mann. Wem beide wohl entgegenlachen?
Aber mich interessieren ja die Anhänger, die wollte ich mir genauer ansehen. Dünn und länglich sind sie, auf jeden Fall, somit weder Amulett noch Herz. Alles Mögliche könnte das sein. Ohne Vergrößerung ist gar nichts zu erkennen. Ich setze mich auf die Bettkante, ziehe die Lupe aus der Weste und betrachte sie genau. Auf alle Fälle sind sie identisch, so viel ist schon mal klar. Sind das Kreuze? Nein, dafür sind sie nicht kantig genug. Blätter? Auch nicht, dafür ist das Rund zu löcherig. Aber Moment! Das ist ja ... also das *sind* ja ... ich bin mir ziemlich sicher. Nein! Ich schaue einmal weg, dann wieder hin, aber das Ergebnis bleibt dasselbe! Kann das sein? Was ich unter der Lupe vergrößert sehe, ist eindeutig: An jedem Band hängt ein Schlüssel, wirklich wahr! Beide, Stine und dieser Mann tragen einen, der ein bisschen, nein, der *genauso* aussieht wie meiner. Und ich dachte immer, meiner wäre einzigartig und besonders. Jetzt gibt es davon noch

weitere – wer weiß, wie viele noch? Und weshalb tragen beide Erwachsene solche Schlüssel?
Warum ich meinen trage, ist klar: Er verbindet mich mit meinem Vater. Aber die beiden? Gehören sie zu einer Sekte? Vom geheimen Schlüsselorden am Band, oder was?
Ich stelle das Foto zurück, stecke die Lupe in die Weste und verlasse das Haus, ohne genau zu registrieren wie. Auf dem Weg treffe ich Lucia, auch sie nehme ich nur am Rand wahr. Was hat das mit diesen Schlüsseln zu bedeuten? Das Foto scheint Stine wichtig zu sein, sonst hätte sie es nicht auf ihrem Nachttisch stehen. Ihr Mann kann es nicht sein, weil es vom Alter nicht passt. Ist es ein Verwandter? Vielleicht ihr Sohn? Spekulationen bringen mich nicht weiter. Stine müsste ich fragen, aber ob sich mit ihren Antworten etwas anfangen lässt, ist äußerst fraglich. Vielleicht kennt Wiebke den Mann.
Als ich durchs Rosentor komme, sehe ich Wiebke auf der Wiese zwischen Bäumen sitzen. Sie hat die Beine hochgelegt, liest Zeitung und raucht.
»Moin«, begrüßt sie mich kurz über den Rand ihrer Zeitung hinweg. »In der Kanne ist noch heißer Tee, kannst dir gerne davon nehmen.«
»Danke.«
Ihr nächster Blick rutscht langsam an mir herunter, dafür senkt sie sogar ihre Zeitung.
»Oh, du hast deine Hose gesucht, stimmt's?«
Beide betrachten wir meine karierten Schlafshorts, aus denen meine dünnen Beine herauslugen, das bisschen Bein, das man unter beängstigend starker Behaarung sehen kann. Ihr Blick hebt sich über die Weste hinweg in mein Gesicht.
»Ich meine, oben rum siehst du schon ganz amtlich aus.«

Ich spüre peinliche Hitze auf den Wangen.
»Also, mir macht das nichts aus, wie du hier rumläufst, aber wenn du auf der Suche nach deiner Hose bist, kann ich dir behilflich sein. Die findest du unten im Erdgeschoss, die erste Tür links, auf dem Wäscheständer, nicht zu übersehen.

*

In der sauber gewaschenen, sperrig trockenen Hose komme ich zurück. Ich schenke mir Tee ein, probiere davon, finde, dass er bitter schmeckt, streue Zucker hinein und rühre um.
»Hast du dir eigentlich mal das Foto auf Stines Nachttisch angesehen?«
»Foto?«, höre ich von Wiebke, und »Moment bitte, gleich ...«
Schon verstanden, Wiebke will beim Lesen nicht gestört werden. Ich lehne mich auf meinem Stuhl zurück und lege die Beine auf den freien gegenüber, genau wie Wiebke. Ich verschiebe das Kissen im Rücken, bis keine Holzlatte mehr drückt. Klasse, die Sonne scheint, ein Schluck Tee ganz in Ruhe, keine Schule, die wartet, so lässt sich's leben, was will man mehr? Schon gar nicht an Schlüssel und Anhänger und die beiden auf Stines Foto denken, eigentlich.
Mein Blick gleitet über die Zeitung, die hochkant vor mir aufragt. *»Tag der offenen Tür, Seenotrettungskreuzer für alle Interessierten geöffnet ...«* lese ich, überlege, ob ich »ein Interessierter« bin, dann blättert Wiebke weiter und ich habe eine neue Seite vor Augen.
»Magen-Darm-Erkrankungen in Niedersachsen bedingen erste Schulschließungen« steht da, und darunter ist ein Foto eines blassen, schlafenden Kindes mit Wärmflasche auf dem Bauch abgedruckt. An dessen Stelle würde ich mich ja bedanken, so fotografiert und später von allen angeglotzt zu werden.

»An einer Gesamtschule im Kreis Stade sind in den letzten Tagen laut offiziellen Angaben 72 Schüler und 7 Erwachsene an einer schweren Magen-Darm-Infektion mit Durchfall ...«
Das hört sich ja an wie unsere Schule! Ich setze mich auf und lese weiter.
»... Übelkeit und Erbrechen erkrankt. Zwar ist bislang nicht geklärt, wodurch die vermehrten Erkrankungen hervorgerufen wurden ...«
Dann hatte Hannah doch Recht damit, dass man denen mal ein bisschen auf die Sprünge helfen sollte! *»... doch die Experten vermuten, dass ein Noro-Virus die Ursache ist.«*
Noro-Virus?
»Laboruntersuchungen sollen Klarheit bringen, erläutert der Leiter des Fachbereichs Soziales und Gesundheit der Kreisverwaltung, Dr. H.C. Pluschiak. Die Schule wird geschlossen, und die Schulräume werden gründlich desinfiziert, um die Infektionskette zu durchbrechen, so Pluschiak weiter.
Das Gesundheitsamt hofft, durch die Pause einer weiteren Ausbreitung Einhalt gebieten zu können.«
Dieser Herr Pluschiak gefällt mir, gute Entscheidung, diese Pause, die bestmögliche finde ich!
Ah, jetzt kommt es. *»Noro-Viren sind den Angaben des Gesundheitsamtes zufolge eine der häufigsten Ursachen für akute Magen-Darm-Erkrankungen. Übertragen werden die Viren durch Schmierinfektion, das heißt auf fäkal-oralem Weg durch Erreger, die mit Erbrochenem oder dem Stuhlgang ausgeschieden werden ...«*
Das hört sich jetzt weniger appetitlich an. Desinfizieren, Abstand halten, Inkubationszeit, woher aber die Viecher dahin kommen, wo sie nicht hingehören, davon hat Herr Doktor Pluschiak auch noch keinen Schimmer. Vielleicht sollte ihn Hannah doch anrufen. Steht da keine Telefonnummer?

»Was wolltest du?«, fragt mich Wiebke und legt die Zeitung auf dem Tisch ab.
»Egal, aber lies mal das hier. Die schreiben von unserer Schule, den Infekten und der Schließung und so.«
»Wie bitte? Zeig mal.« Wiebke liest den Artikel und zwar laut, sodass ich das mit der Schmierinfektion noch einmal hören muss.
»Gruselig!«, sagt sie zum Schluss und legt die Zeitung weg.
»So unnötig wie ein Kropf, diese Viren, aber ihr seid jetzt hier und in Sicherheit!«
Vor Viren schon, aber vor anderen komischen Sachen anscheinend nicht!
Jetzt kommt Hannah aus dem Haus, fix und fertig angezogen, in komplett neuem Outfit. Auf Stirn und Wangen aber sehe ich noch Schlafstreifen.
»Moin Hannah, mein Ziepelchen«, begrüßt Wiebke sie.
»Aus dem Bett gleich in die Klamotten gefallen?«, stichle ich.
»Ihr hättet ja sagen können, dass ihr schon auf seid, anstatt mich brutal mit Durchfall, Übelkeit und Erbrechen in voller Lautstärke zu wecken!«, beschwert sie sich mit noch etwas kratziger Stimme. »Fällt Frühstück für mich aus?«
»Wieso das denn? Wir haben auch noch nicht gefrühstückt. Wir haben auf dich gewartet und in der Zwischenzeit den Artikel über unsere Schule gefunden. Die wissen jetzt was das für Keime sind, warte, hier steht's: Noro-Viren. Aber sie wissen immer noch nicht, woher sie kommen. Was meinst du, sollen wir nicht doch das Gesundheitsamt anrufen und von unserer Kantinentheorie erzählen?«
Hannah gähnt und rauft sich ihre Haare.
»Nö, ist bestimmt nicht mehr nötig, Mama weiß ja Bescheid, und die hat das sicher schon längst weitergegeben.«

Wiebke schenkt Hannah Tee ein.
In großen Schlucken trinkt sie die Tasse aus. Das Bittere scheint sie nicht zu stören.
»Wo ist eigentlich Lucia?«, fragt Hannah und sieht sich um.
»Vorhin bin ich ihr da hinten begegnet«, sage ich und deute Richtung Rosentor.
»Und jetzt kratzt sie, jede Wette, auf dem Kompost herum, weil sie weiß, dass ich jeden Morgen den Kücheneimer ausleere.« Wiebke streckt sich. »Wie wäre es jetzt mit Frühstück, was meint ihr? Die Zeitung mit den News zu euren Schulviren legen wir auch ganz weit weg.«
»Gleich.« Hannah will zuerst nach Lucia sehen. Sagt sie. Oder ist es ein taktisches Ausweichmanöver, um nicht helfen zu müssen? Ich werde es im Auge behalten.
Mich treibt der Hunger und ich folge Wiebke in die Küche. Ich hole Teller, Besteck und Gläser und sortiere alles auf das Tablett.
»Hast du dir das Foto auf Stines Nachttisch mal angesehen?«, frage ich sie nebenbei.
Wiebke legt Käse auf eine Platte, hält einen Moment inne.
»Das Foto auf Stines Nachttisch«, wiederholt sie gedankenverloren und packt noch ein weiteres Stück Käse dazu.
»Ach, du meinst das mit Stine und dem Mann, ich weiß, stimmt, das ist mir beim Aufräumen in die Finger gekommen. Und was ist mit dem Foto?«
»Weißt du, was das für ein Mann ist?«
»Keine Ahnung, Jakob, also von der Insel ist es niemand, ich kenne alle Leute hier. Ein Tourist vielleicht? Mit Begeisterung hat Stine von den Leuten erzählt, denen sie ihr ›Fremdenzimmer‹ vermietet hat. Durch sie habe sie enorm viel von der Welt erfah-

ren, meinte sie. Sonst fällt mir dazu nichts ein.« Wiebke deutet auf das Regal mit Marmelade und Honig. Ich stelle beides zu den Tellern auf das Tablett.

»Könnte das ihr Sohn sein?«

Leider zerschlägt Wiebke meine Sohn-Hypothese. Stine habe nie eigene Kinder gehabt. Als Hebamme sei ihr keine Zeit für Familie geblieben. Dafür gehörte sie bei allen ein bisschen dazu, immer mit dem nötigen Abstand, jeder Zeit wieder gehen zu können.

»Aber warte mal, der Mann könnte natürlich das Kind von Leuten sein, die nach Kriegsende in ihrem Haus einquartiert waren. Du musst dir vorstellen, wie die Insel damals ein einziger großer Unterschlupf für Flüchtlinge war und mehr fremde Menschen als Einheimische hier wohnten, bis nach und nach alle, über ganz Deutschland verteilt, ein neues Zuhause gefunden haben. Oder kommt das vom Alter her nicht hin? Vielleicht ... Mir fällt noch eine andere Möglichkeit ein, Stine hatte nämlich, das war ein paar Jahre später, während sie auf dem Festland wohnte um Hebamme zu lernen, ihr ganzes Haus an Fremde vermietet. Der Mann auf dem Foto könnte ein Kind der Mieter von damals sein. Das müsste vom Alter her passen. Nur kann ich es nicht sicher sagen, weil ich die Leute nicht kenne. Als ich geboren wurde, war Stine die Hebamme und wohnte längst wieder selbst in ihrem Haus. Ihre Mieter sind, soweit ich weiß, nicht auf der Insel geblieben.«

Stine. Zusammen mit ihrem Namen schiebt sie sich selbst als wacklige Gestalt hinter ihrem Gehwagen her durch meinen Kopf. Zielstrebig und immer weiter durch mich hindurch. Ich versuche vergeblich, das Bild abzuschütteln. Stattdessen höre ich sie noch einmal sagen, sie hätte so lange auf mich gewartet. Nein, ich will das nicht. Nichts wie raus in den Garten, frühstücken. Das schwere Tablett in der Hand, erlaube ich mir keinen anderen

Gedanken, als Schritt vor Schritt zu setzen und mich allein darauf zu konzentrieren, nicht zu stolpern, damit diese verwirrende Gestalt bloß wieder aus meinem Kopf verschwindet!
Tisch decken, Teller, Besteck, Marmelade, Honig – als ich die dickbauchige Tüte öffne, duften mir Brötchen entgegen. Lecker! Wann ist Wiebke denn bitte aufgestanden, um für uns Brötchen zu holen? Mann, bin ich hungrig, und ich weiß auch schon, welches Brötchen ich mir gleich als Erstes schnappen werde.
Und wo bleibt eigentlich Hannah?
»Wir sind fertig, kannst rauskommen!«, rufe ich. Wiebke legt zwei Finger an die Lippen, stößt einen lauten Pfiff aus und keine Minute später kommt Hannah angetrabt. Sie setzt sich, verzieht angeekelt das Gesicht, als sie die Zeitung mit dem Virenartikel vor sich sieht, und bedeckt sie mit dem leeren Tablett.
»Lucia macht Ausgrabungen«, berichtet Hannah, nimmt sich ein Mohnbrötchen, schneidet es auf, klaubt sich das Weiche heraus und formt eine Kugel.
»Natürlich nicht richtig, sieht aber wie ein Archäologenhuhn aus, wie sie da in ihrer ausgeschwemmten Grube steht und herumscharrt. Garantiert hat so tief unten noch nie ein Huhn nach Würmern gesucht. Wo kommen eigentlich diese Brötchen her?«
»Euch zu Ehren war ich ganz früh bei Bäcker Jensen.«
Wiebke nimmt sich ein Croissant, rupft sich ein Stück ab und tunkt es in ihren Kaffee.
»Na ja, die halbe Wahrheit, wenn ich ehrlich bin. Bettflucht nennt man wohl die andere Hälfte.«
Ein Klecks Kaffee tropft auf ihr Hemd, als sie das Tauchcroissant zum Mund führt. Viel zu Kauen bleibt nicht mehr.
»Eigentlich habe ich nur einen ausgedehnten Spaziergang über den Strand gemacht, ganz für mich. Außer mir war da kein

Mensch. Das Wasser war weit draußen, Schwärme von Wattvögeln standen in zurückgebliebenen Wasser-Gumpen, ein paar dicke Möwen haben sich daruntergemischt, ein schwacher Seewind blies, herrlich war das und geradezu ideal, um in meinem Gedankenladen aufzuräumen. Und ohne es zu merken, war ich so weit gegangen, dass ich auch gleich noch den Schlenker zu Bäcker Jensen machen konnte.«

»Kam Stine in deinem Gedankenladen vor?«

Wiebke nickt.

»Auch, ja. Aber in erster Linie ging es schon zunächst um mich und meine Pläne und um Veränderungen, die manchmal völlig überraschend kommen.«

In Gestalt eines Rikschafahrers, schätze ich und stupse Hannah unter dem Tisch an, deren Grinsen mir verrät, dass sie verstanden hat.

»Wer weiß, wie lange ich noch hier bleibe, und damit spätestens ist die Verknüpfung mit Stine da. Sie hat keine nahen Verwandten. Von allen bin ich ihr die nächste.«

»Und hockt jetzt verlassen in dieser Klinik! Los, kommt, ich finde, wir fahren zu ihr und holen sie ab!« Hannah ist schon wieder voll in ihrem Element.

Und ich verschlucke mich an meinem Brötchen, als ich das höre.

»Du glaubst wirklich, das wäre eine gute Idee?«, fragt Wiebke mit einer Stimme, als würde sie nebenher Gewichte heben.

»Wir können es doch einfach mal probieren«, entgegnet Hannah.

Wiebke klopft meinen Rücken, als ich gar nicht aufhören kann, zu husten.

»Was soll schon passieren?«

Mit ihrer pragmatischen Art geht mir Hannah so langsam auf die Nerven. Diese stumpfe Sturheit mag ich überhaupt nicht.

Ich schiebe Wiebkes Arm weg und springe auf.
»Was passieren soll? Brauchst du die Liste schriftlich? Reicht nicht, was wir zusammen mit Stine erlebt haben?«
»Wenn mir nur jemand sagen könnte, was richtig ist«, sagt Wiebke. Gibt sie jetzt Hannah am Ende auch noch recht?
»Ganz plötzlich ist alles anders, und natürlich müssen Entscheidungen getroffen werden, aber wer kann sagen, was richtig für sie ist, wenn Stine es selbst nicht mehr kann? Im Moment jedenfalls nicht. Und das mit Jakob gestern steckt mir noch immer in den Knochen.«
Was glauben die denn, wie mir das in den Knochen steckt! Gemeinsam und jeder in Gedanken für sich, laden wir die Frühstücksreste aufs Tablett.
»Mich findet ihr in meiner Werkstatt. Die Werkbank ist der zweitbeste Ort für mich zum Denken. Vielleicht kommt mir da der Geistesblitz.« Sie schnippt mit den Fingern.
»Ihr schafft das mit dem Wegräumen alleine?«
»Klar, schaffen wir«, sagt Hannah und ächzt, als sie das schwere Tablett hochhebt.
»Was arbeitest du in deiner Werkstatt?« Meine Frage hält Wiebke einen Moment zurück.
»Ich baue Rahmen. Rahmen aus Treibholz, das ich am Strand finde, für Bilder und Spiegel.«
»Wie der Rahmen um die Möwe in meinem Zimmer?«
»Ja, genau. Der war einer der ersten. Dafür habe ich noch ganz schön lange gebraucht. Gefällt er dir?«
Ich nicke.
»Mittlerweile habe ich den Dreh raus, bin geschickter und viel schneller geworden, und sie gelingen mir viel besser. Wenn du mal sehen möchtest …«

»Gerne.«
»Dann komm doch vorbei!«
Hannah und ich tragen die schweren Tabletts in die Küche. Wir sind äußerst kreativ im Finden von Orten für die Sachen, bei denen wir uns nicht vorstellen können, wo sie hingehören könnten. Leider dauert der Spaß nicht lange, weil Hannah schon wieder anfängt, auf mich einzureden: Wenn Wiebke schon nicht wolle, dann solle ich doch bitte, bitte mit ihr zusammen auf *Mattie Harcken* zur Strunwai-Klinik fahren, um Stine zu holen. Heimlich, versteht sich. Wir müssten es so geschickt anstellen, dass weder die in der Klinik noch Wiebke etwas davon spitzkriegten. Und wenn sie dann erst einmal da wäre ...
Das ist Hannahs aktueller Plan.
»Geht's noch? Vergiss es. Ohne mich. Lass mich damit in Ruhe.«
»Bitte-bitte-bitte-Jakob.«
»NEIN.«
Durch mich wird Stines Verwirrung sowieso nur schlimmer. Das muss doch auch Hannah merken!
»Ich will nicht. Schluss. Aus. Punkt. Ende. Und jetzt lass mich endlich in Ruhe damit.« Und damit verziehe ich mich aus der Küche und mache mich auf den Weg zu Wiebke.
Sie steht an der Werkbank unter dem Fenster und schleift. Als ich hereinkomme, schaut sie lächelnd auf. Sie hat einen länglichen Rahmen in die Werkbank gespannt, rund herum sind Treibholzstücke befestigt, nur noch kleine Lücken sind übrig. Wiebke passt ihr Hölzchen ein, murmelt »... immer noch zu lang« und schmirgelt weiter. Überall an den Wänden, einmal rund herum, lehnt Treibholz. Lange Bretter und kurze, dicke Hölzer und dünne, alle ordentlich sortiert. Ein kleiner Bollerofen mit einem Teekessel darauf steht in einer Ecke, auf dem Fensterbrett sehe ich zwei

Tassen, eine Schachtel mit Teebeuteln und eine Zuckerdose. Am freien Ende der Werkbank steht ein leerer Stuhl.
Wiebke folgt meinem Blick durch die Werkstatt. Sie nickt, dabei habe ich gar nichts gesagt.
»Ja, das war immer Stines Stuhl. Sie hat mich hier sehr oft besucht, mir Gesellschaft geleistet, mit mir Tee getrunken, einfach nur still zugeschaut, oder mir von früher erzählt. Mist!« Das Holzstück ist ihr aus der Hand gerutscht und zu Boden gefallen. Sie bückt sich und hebt es in zwei Teilen wieder auf.
»Wie soll man denn so arbeiten? Ich kann das nicht.« Sie schaut auf die beiden Hölzer, als wüsste sie keinen Rat, sieht mich an.
»Nein, Jakob, jetzt schau nicht so verschreckt, du bist nicht der Grund.« Sie lässt die Hände sinken. »Und überhaupt. Das mit Stine soll nicht eure Sorge sein. Wirklich nicht. Warum geht ihr nicht einfach runter ans Wasser und lasst es euch gut gehen? Ich an eurer Stelle würde baden gehen. Noch ist die See warm genug.«
Die Holzstücke landen im Korb mit Brennholz.
»Wenn ich bloß wüsste, was ich machen soll. Ich meine, keiner zwingt mich, ich muss nicht hierbleiben und mich kümmern, das verlangt niemand. Aber wenn ich weg bin und Stine drüben ganz alleine, das funktioniert einfach nicht. Nicht *mehr*, fürchte ich.« Jetzt redet sie, als hätte sie vergessen, dass ich da bin.
Sie greift sich ein anderes Stück Holz, nimmt Maß, schüttelt den Kopf und entscheidet sich für das nächste.
Still nehme ich die zerbrochenen Teile wieder aus dem Holzkorb. Längs der Maserung sind sie glatt gebrochen. Daraus könnte ich doch mit noch ein paar anderen Bruchstücken einen Minirahmen bauen! Einen wunderbaren Rahmen für einen kleinen Schlüssel.

»Darf ich?« Ich halte die Holzteile hoch und deute auf die Flasche mit Holzleim.
»Wie? Ach so, klar. Da drüben sind Latten für einen Trägerrahmen, den musst du dir zuerst bauen, und hier sind kleine Schraubzwingen.« Ich nehme mir, was ich brauche.

*

Die Tür öffnet sich und Hannah kommt mit hochgehaltenem Telefon herein. »Für dich, Wiebke, die Strunwai-Klinik.«
»Ist etwas passiert?«
»Weiß nicht, mir haben sie nichts gesagt, sie wollen mit dir sprechen.«
Hastig wischt Wiebke ihre Hand an der Hose ab und nimmt den Hörer.
»Bornsen, hallo?«
Wie groß soll mein Mini-Rahmen werden? Ich nehme meinen Schlüssel als Maß. Und weil die meisten Schlüssel größer sind als meiner, gebe ich ein bisschen Luft nach unten und nach oben dazu, markiere die Latten in der Gärungslade, spanne sie ein und beginne mit dem Sägen. Mit halbem Ohr höre ich, was Wiebke sagt. Das ist nicht wirklich spannend, weil sie eigentlich nur Ahas, und Mhms und Ohs, von sich gibt.
Jetzt wird's schwierig. Um die mit Leim bestrichenen Längs- und Querlatten zusammenzufügen und gleichmäßig in die Schraubzwingen zu spannen, fehlen mir mindestens zwei Hände. Jetzt müsste mir Wiebke zeigen, mit was für einem Trick sie das schafft. Doch Wiebke telefoniert.
Ich sehe zu Hannah, sehe meinen Schlüssel am Band in ihrer Hand, nehme ihn wortlos wieder an mich und hänge ihn mir um. Sie könnte mir auch helfen.

»Halten?«
Ich nicke und linse aus den Augenwinkeln zu ihr rüber. Sauer wegen grade eben scheint sie nicht zu sein.
»Ja, genau … hier und hier, dann kann ich die Schraubzwinge festdrehen.«
»Okay.«
Sie übernimmt die Latten und hält sie, ich bringe die Schraubzwinge auf die richtige Weite.
»Und danach hilfst du mir.«
»Du meinst jetzt aber nicht bei deinem Plan mit *Mattie Harcken* und Klinik und so?«
»Doch, exakt dabei.«
Ich lasse die Schraubzwinge sinken und sehe Hannahs Grinsen. So langsam wird auch mir klar, worin die Nachteile lägen, wenn man echte Geschwister hätte. Dabei habe ich mir immer welche gewünscht.
»Also, verstehe ich das richtig? Du hilfst mir nur, wenn ich mich verpflichte, dir bei deinem *Projekt* zu helfen?«
»Yes, Sir.«
Ich habe nicht vor, mich erpressen zu lassen.
Wiebkes Hörer klickt, sie hat aufgelegt.
»Und?«
Ich nutze den Moment, während Hannah abgelenkt ist und gar nicht merkt, dass sie die Latten noch hält, um mit schnellen Bewegungen die Schraubzwinge festzudrehen.
»Sieht so aus, als bittet Stine darum, dass wir sie heute besuchen kommen. Die Ärztin hält es für ratsam, dem Wunsch nachkommen, am besten in genau der gleichen Besetzung. Sie hat den Eindruck, dass sich seit unserem Besuch gestern bei Stine eine Veränderung abzeichnet, irgendetwas sei in Bewegung gekom-

men, was sehr positiv zu bewerten sei. Daran sollten wir mit neuem Besuch anknüpfen, sagt sie. Stabilisierend.«
Stabilisierend. Pfff! Worte können alles schönreden: Das war doch der Wahnsinn gestern, und wenn sich Stine nicht um 180 Grad gedreht hat, na ich weiß nicht.
Ein günstiger Zeitpunkt für einen weiteren Besuch wäre heute Nachmittag, wenn sie sich nach ihrem Mittagsschlaf von den morgendlichen Anwendungen ausgeruht hätte, höre ich.
Also, ich werde nachher an den Strand gehen, und die Sache mit Stine sollen sie in der Zwischenzeit ruhig ohne mich erledigen. Es ist doch nur reiner Zufall, dass ich und nicht Selin hier bin.
Wiebke schaut auf ihre Uhr,
»Sagen wir, wir treffen uns um 16 Uhr am Gartentor?«
Hannah ist einverstanden und ich zucke nur mit der Schulter, was Wiebke so interpretiert, als würde ich mir Sorgen machen, wann es denn dann Essen gäbe.
»Der Kühlschrank ist gefüllt, nimm was du brauchst. Und heute Abend kochen wir uns etwas Schönes. Einverstanden?«
Klar bin ich einverstanden.
»Ähm, kann ich den Rahmen hier trocknen lassen? Danach erst kann ich die Stücke hier anleimen.«
»Sicher, lehne ihn dort gegen die Scheibe, leg die Hölzer dazu, dann passiert ihnen nichts.«

Als ich mich zum Gehen aufmache, ahne ich, dass es schwierig werden wird, Hannah abzuschütteln. Aber das werde ich müssen, sonst hört sie nicht auf zu nerven, ich solle ihr bei ihrem Plan helfen.
Zügig schiebe ich mich an Hannah vorbei. »Bis später«. Draußen biege ich ohne groß zu überlegen, um die nächste Ecke, verdrü-

cke mich eilig durchs Rosentor auf die andere Seite und bringe mich hinter der Hecke in Deckung. Sobald die Luft rein ist, will ich runter ans Wasser gehen. Mama nennt das meine *Aus-den-Augen-aus-dem-Sinn-Taktik,* und die hat mich schon vor einigen Putz- und Hilfsjobs zu Hause bewahrt. Aber anders als Mama bleibt Hannah hartnäckig dran.

»Jakob?«, höre ich sie rufen.

Keine Chance, ich mache nicht mit dabei, eine verwirrte alte Dame aus der Klinik zu entführen. Hannah spinnt doch! Soll sie es doch alleine erledigen, wenn sie es unbedingt möchte. Oder heute Nachmittag schön brav mit Wiebke zusammen zu Besuch fahren. Aber ohne mich.

»Jaakoob!«, klingt es jetzt schon ein bisschen energischer.

Ich zwinge mich, nicht darauf anzuspringen, rede auf mich ein, dass es mich nichts angeht ...

»JAAAKOOOB!!!«

Jetzt ist sie richtig wütend.

»Jakob, verdammt, du musst mir helfen! Ich warne dich, wenn du mich jetzt hängen lässt, dann werde ich der ganzen Schule den Kanon beibringen! Du weißt, welches Lied ich meine.«

Beinah wäre ich aus dem Gebüsch und ihr an die Gurgel gesprungen. Zumindest, um ihr direkt meine Meinung zu sagen! Dieses Miststück! Aber dann höre ich, wie sie sich entfernt und gebe mein Versteck doch nicht auf. Ob sie ihre Drohung wahrmachen würde oder nicht, ist eigentlich egal. Dass sie mir damit gedroht hat, das sitzt und wirkt, und am liebsten würde ich meine Sachen packen und fahren. Kein Bock mehr auf das alles hier! Mir reicht's!

Jetzt kommen Schritte näher. Und genau jetzt will ich ihr erst recht nicht begegnen. Durchs Gebüsch kann ich Hannahs rote

Locken erkennen, die immer näherkommen. Ich drücke mich reflexartig tiefer ins Gebüsch, flacher auf den Boden, halte sogar die Luft an, noch dichter kommt Hannah, tritt durchs Rosentor auf meine Seite, den Blick geradeaus, und – geht vorbei.

Uff, sie hat mich nicht gesehen!

Still ist es.

Dann hat sie wohl aufgegeben, nachdem ihre Provokation nicht den erwünschten Erfolg hatte.

Jetzt höre ich sie sprechen.

Mit wem redet sie?

»Lucia«, höre ich sie sagen. Super, soll sie doch Plan B fahren und das Huhn mit in die Klinik schmuggeln. Das wäre auf jeden Fall besser als der Entführungsquatsch. Mich geht das eh nichts mehr an.

Und wenn sie jetzt mit Lucia beschäftigt ist, ist das die Gelegenheit, mich Richtung Dünen und Strand durch die Büsche zu schlagen. Aber da ruft Hannah schon wieder.

»Jakob, jetzt schau dir das mal an!« Das klingt allerdings ganz anders als ihre Rufe von vorhin. Ist für sie etwa schon alles wieder gut?

»Wie krass ist das denn?«, sagt sie jetzt, und: »Gut gemacht, Lucia.« Wovon redet Hannah? Ist das ein neuer Trick, um mich doch noch aus meinem Versteck zu locken? Ist sie so abgezockt? Sie unterhält sich immer weiter mit Lucia, und ich merke, dass ich schon gerne wissen würde, worüber, und mit eigenen Augen sehen möchte, was genau da los ist. Aber dafür muss ich mein Versteck aufgeben.

Die Neugier siegt, auch wenn ich mich dafür verachte! Ich stehe auf, biege meine steifen Knochen in Form und folge meinem Forschertrieb. Hannah kniet. Nein, es sieht nur so aus. Sie steht tief unten in einer ausgeschwemmten Grube neben Lucia, die klopfende Geräusche macht wie ein Specht. Worauf hackt sie bloß so rum? Und wo kommt überhaupt dieses Loch mit einem Mal her? Ich sehe die Regentonne, voll bis obenhin, das Regenrohr führt von oben hinein, eine breite Schwemmspur von dort zur Grube. Und darin steht Hannah und ringt mit Lucia.

»Lass mich mal ran da, Lucia«, höre ich sie sagen. Doch Lucia denkt nicht daran, von dem Gegenstand abzulassen, den ihr Schnabel metallisch zum Klingen bringt. Am Ende setzt sich Hannah durch.

Jetzt gräbt sie selbst mit bloßen Händen in der Erde weiter. Etwas Eckiges, das ungefähr die Größe meines Adlerheftes hat, nur dicker und aus festem Material, bringt sie ans Licht. Sie hat nicht geblufft. Da ist wirklich etwas, eine Kiste! Triumphierend hält sie das Teil in die Höhe, unter dem schrägen Blick von Lucia.

»Ich habe einen Schatz, ist das nicht der Hammer?«

Hannah strahlt mich an, jede einzelne ihrer Sommersprossen strahlt. Dieser Blick steckt an, die Wärme darin erreicht auch mich. Niemand sonst schaut mich mit solcher Wirkung an und dafür mag ich Hannah wirklich. Und komisch, weder scheint sie verwundert, dass ich so plötzlich aufgetaucht bin, noch sauer, weil ich sie habe hängen lassen. Aber ihre Drohung habe ich noch nicht verdaut, das braucht sie sich gar nicht einzubilden.

Beim Versuch, aus ihrer Kuhle zu steigen, rutscht sie ab und landet im dunklen Matsch. O-oh, das neue Outfit! Ich gehe ihr entgegen, reiche ihr meine Hand und ziehe sie am ausgestreckten Arm aus der Schwemmgrube. Gar nicht so einfach, auch ich komme ins Rutschen. Wir ringen zusammen, dann finde ich irgendwie wieder Halt und wir kommen beide auf festem Grund zum Stehen.

Mit dem Handrücken streift sich Hannah eine Haarsträhne aus dem Gesicht. Eine Spur von Erde, einmal schräg über das ganze Gesicht, bleibt zurück.
»Danke«, sagt sie vor meiner Nase, ihr Blick weicht meinem aus. Schwirrt der Kanon auch noch in ihren Gedanken herum? Sie räuspert sich.
»Schau Jakob, was ich gefunden habe!« Sie hält mir die Kiste hin. »Stark, oder? Mann, ich fass es nicht. Was da wohl drin ist?« Sie rüttelt ein bisschen daran. Schade, zu hören ist nichts.
»Warum lag das hier versteckt? Was glaubst du? Wer hat das eingegraben? Und warum bloß? Und wann? Derbe spannend, oder? Komm, wir waschen den Dreck ab und dann schauen wir nach. Ich bin so dermaßen gespannt, das glaubst du gar nicht, ob Stine ...« Immer weiter plappert Hannah auf dem ganzen Weg zum Haus.
An der Tür bleibt sie stehen – »Halt mal!« –, drückt mir die Schachtel in die Hand, reibt und schabt und schüttelt Erdkruste ab und zieht dann ihre Schuhe aus. Schwer liegt die Kiste in meiner Hand. Klar! Die ist aus Metall. Muss sie, wenn jemand auf Dauer etwas darin verstecken wollte. Pappe wäre im Nullkommanichts in der Erde vergammelt und Holz irgendwann auch. Ich rüttle ein bisschen daran und merke, wie etwas darin herumrutscht. Ob sich der Deckel heben lässt? Vorsichtig ziehe ich am Henkel.
»Warte!«, ruft Hannah empört.
»Alles gut, ich hab's doch nur mal probiert.« Wir biegen in Wiebkes Waschküche.
»Und jetzt? Ich weiß, wir stellen das Ding unter die Dusche und brausen die Erde einfach ab.«
»Schlechte Idee, das Wasser könnte auch in die Kiste laufen und

den Inhalt aufweichen, und im schlimmsten Fall wäre damit alles futsch.«

Ich besorge Küchenrolle, einen Teigschaber und ein Messer aus der Küche, und damit schaben, kratzen und reiben wir Erde und Sand von der Kiste.

»Jakob?«

»Mhm.«

»Vorhin, hast du mich da gehört?«

»Mhm.«

Die Dreckkruste aus dem Schlüsselloch herauszulösen, finde ich besonders schwierig.

»Das, was ich mit dem Kanon gesagt habe?«

»Mhm.«

»Dachte ich mir«

»Mhm.«

Vollständig von Dreck befreit, steht jetzt eine grüne Kiste vor uns. Der Deckel bleibt fest verschlossen, weder einen Riegel gibt es, noch Drehknopf oder Knauf, nichts – bis auf die von mir säuberlich freigelegte Öffnung für einen Schlüssel.

»Nimmst du mir das mit dem Kanon übel?«

Ich nicke.

»Das war auch mega fies und voll daneben. Und eigentlich wollte ich es nicht. Das kam einfach aus mir raus, weil ich so sauer auf dich war, kurz vor dem Platzen! Du hast dich einfach davongeschlichen!«

»Du warst sauer, weil ich nicht das getan habe, was du wolltest! Und davongeschlichen habe ich mich, weil es dich nicht im Geringsten interessiert hat, dass ich nicht machen will, was du willst. Die Idee, Stine heimlich herzuholen finde ich nämlich absolut bescheuert, falls du es wissen möchtest.«

So, das wäre gesagt.
Hannah nickt.
»Also, wenn ich könnte, würde ich das löschen, das mit dem Kanon. Das tut mir echt leid. Ähm, sorry. So was würde ich nie tun.«
Sie stupst mich an, damit ich sie ansehe.
»Kannst du mir beim nächsten Mal sagen, wenn du etwas nicht willst, statt dich zu verdrücken?«
Ich will schon zu einer empörten Antwort ansetzen, als sie schnell fortfährt: »Ich höre dann auch wirklich zu. Versprochen! Ich versuche es wirklich.« Da bin ich ja gespannt.
»Und wie sollen wir die jetzt aufbekommen?«, fragt Hannah mit Blick auf die Kiste. Ich taste die Öffnung ab, sehe mir die Form des Schlüssellochs an, gehe ganz dicht ran, überlege ... Da nimmt Hannah das Messer in die Hand, lässt es aber gleich wieder sinken.
»Ne, aufbrechen geht nicht, oder? Reinschauen können wir ja, immerhin haben wir die Kiste gefunden, aber kaputtmachen, das geht irgendwie nicht.«
Da gebe ich ihr recht.
»Wo könnte nur der Schlüssel versteckt sein?«
Wenn sie mich doch nur mal in Ruhe nachdenken ließe.
»Ich hab so ein Gefühl, als wäre der Schlüssel hier irgendwo in der Nähe. Überleg mal, du findest doch immer Schlüssel!«
Ich streife mit der Hand über das kühle Metall der Kiste. *Schlüssel, irgendwo in der Nähe,* hallt es in mir nach. Ich sehe das Foto mit Stine und dem Unbekannten vor mir, beide mit einem Schlüssel um den Hals, meinem unheimlich ähnlich ...
Komisch, der Funke von Hannahs Eifer springt nicht auf mich über. Im Gegenteil, langsam und unausweichlich stülpt sich etwas Schweres über mich. Wie eine riesige, wattierte Decke, die

jede Bewegung langsam und mühevoll werden lässt und mich ganz am Ende vielleicht noch erstickt. Ich muss mich setzen und lande auf etwas Eckigem, einem Hocker.
»Während du überlegst, gehe ich mir etwas Sauberes anziehen.«
Jetzt sitze ich allein vor der Kiste.
Ich nehme sie auf meinen Schoß.
Schwer, nicht sehr schwer, mittelschwer liegt sie auf meinen Beinen. Was wird bloß hier drin sein?
Eine Kiste mit einem mittelschweren Geheimnis.
Ich sehe mir das winzige Schlüsselloch an. Das Schloss dahinter wird auch zierlich und klein sein. Ich schätze, mit einem feinen, aber stabilen Draht müsste es sich knacken lassen. Genau, ich brauche eine Büroklammer oder eine Haarnadel, so etwas in der Art. Und jetzt bin ich mir sicher: Dieses Schloss knacke ich auch ohne Schlüssel.
Bei dem Gedanken *Schlüssel* fängt es in meinem Kopf an zu pochen, unangenehm und immer stärker werdend. Ein Klopfen ist das, ein Hämmern geradezu und ein Druck, als wolle er gleich zerbersten. Zum Glück lässt er, wie auf dem Höhepunkt einer Welle, allmählich wieder nach. Dafür pocht jetzt der Schlüssel auf meiner Brust. Mein Schlüssel, der zu mir gehört, seit ich denken kann. Mit ihm habe ich angefangen, Schlüssel zu sammeln, sammeln zu *müssen*. Dass er einzigartig sei, dachte ich, bis ich das Foto auf Stines Nachttisch gesehen habe. Meine Hand greift an den schmerzenden Kopf, die andere sitzt auf meiner Brust. Das Pochen beruhigt sich, stark abgeschwächt nur pulsiert es noch zwischen Kopf und Schlüssel auf und ab.
»Und?«, fragt Hannah, als sie zurückkommt. Als ich nicht gleich reagiere, beugt sie sich über mich – »Jakob?« – und rüttelt an mir. Alles an mir rüttelt willenlos mit. Dabei rutscht die Kassette

von den Knien und fällt mit lautem Krach hinunter. Millimeter von meinen Fußspitzen entfernt, landet sie auf dem Boden. Ich zucke zusammen.
»Mist.« Hannah hebt die Kiste auf.
Als ich ihr sage, dass ich keinen Schlüssel brauche, um sie zu öffnen, klingt meine Stimme seltsam rau.
»Echt?«
»Ja, ich brauche nur ein Stück Draht.«
»Draht?«
»Eine Büroklammer oder eine Haarnadel. So ein Draht.«
»Und das funktioniert?«
Ich nicke, und eine ganz andere Ahnung schiebe ich weit von mir.
»Okay, komm mit hoch, ich glaube, das finden wir in Wiebkes Schreibtisch.«
Als wir oben sind, schlüpft Hannah in Wiebkes Zimmer und kommt im nächsten Moment mit einer silberglänzenden Büroklammer in der Hand wieder raus.
»So eine?«, fragt sie.
»Ja, die müsste gehen.«
In meiner *Tide* stellen wir die Schatulle auf den Tisch. Ich biege die Büroklammer auseinander und nehme am Schloss Maß.
Hannah beobachtet mich von der Seite, sagt aber nichts. Heiß pocht der Schlüssel auf meiner Brust. Irgendwie ist die Luft hier drin stickig. Kein Wunder, bei geschlossenem Fenster. Hannah ist meinem Blick gefolgt.
»Soll ich das Fenster aufmachen?«
»Gute Idee, danke.« Sie öffnet beide Fensterflügel weit, lässt mich aber keine Sekunde aus den Augen, um nicht zu verpassen, wie ich das Drahtende in Form biege.

»Und das geht?«, fragt sie.

»Klar, ist nur eine Frage der Zeit. Höchstens ... also wenn das Schloss völlig eingerostet ist, dann haben wir ein Problem.«

»Irre, was du alles kannst.«

Macht sie Witze? So schwierig ist es jetzt wirklich nicht, einen Draht so zu biegen, dass ein Schloss bei richtigem Druck und Dreh davon aufspringt. Was gibt es noch Tolles, was ich kann? Außer Tauchen und Schwimmen vielleicht, okay. Aber das ist doch verschwindend wenig bei den massenhaft anderen Sachen, die ich nicht kann. Trotzdem tut es gut, das von Hannah zu hören, stelle ich fest.

»So was liegt mir nicht«, sagt Hannah. »Ich bin gut in Dingen, bei denen man schnell reagieren muss, ich meine Sachen, bei denen es nicht so viel zu überlegen gibt. Zu so was fehlt mir die Geduld ... Und? Kriegst du das wirklich hin?«

Das frage ich mich auch gerade. Ich weiß zwar nicht, woher sie jetzt wieder kommt, diese lähmende Schwere, aber auf jeden Fall ist sie zurück und legt sich auf meinen Arm, exklusiv nur darauf, sozusagen. Sie hindert mich daran, den Draht zu heben und in das Schloss zu stecken. Ich kann einfach nicht. Und diese komische Ahnung, warum das so ist, lässt sich nicht länger wegschieben.

Ich stehe auf, lasse den klasse gebogenen Draht auf dem Tisch liegen und gehe die paar Schritte zum Fenster. Unten im Garten sehe ich Lucia auf ihrem Stammplatz sitzen. Bäume rauschen und wiegen sich im Wind. Im Fenster von Wiebkes Schuppen nehme ich Bewegung wahr.

»Warum machst du nicht weiter? Du kannst doch jetzt nicht mittendrin aufhören. Ich will wissen was da drin ist. Jetzt schließ doch endlich diese Schatzkiste auf, komm schon!«

Heiß fühle ich den Schlüssel auf meiner Brust. Als würde er glühen und sein Zeichen in meine Haut brennen. Meine Hand möchte ihn von der Brust ziehen. Und dafür verschwindet die lähmende Schwere aus meinem Arm. Ich will aber meinen Arm nicht heben, um den Schlüssel zu nehmen, und hindere ihn daran. Aber mein Wollen kämpft gegen etwas mir Unbekanntes, Übermächtiges, das mich unbedingt zwingen will, das zu tun, was ich doch absolut nicht will. Und so sehr ich mich auch wehre, dieses Unbekannte ist am Ende stärker als ich, genau wie bei dem *Müssen*.

Also ergebe ich mich, hebe widerwillig meine Hand, ziehe das Band um meinem Hals unter dem T-Shirt hervor, streife den Schlüssel über den Kopf und reiche ihn Hannah. Brandheiß bleibt das Gefühl auf der Haut, wo er eben noch saß.

»Mach du, ich kann nicht.«

Hannah nimmt den Schlüssel, zieht ihre Augenbraue in die Höhe, wirft einen kurzen Blick darauf und schüttelt unwillig den Kopf.

»Was? Du glaubst doch nicht im Ernst ...«

Sie will mir den Schlüssel zurückgeben, aber ich weise ihre Hand ab.

»Nimm, er passt«, sage ich, und meine Stimme ist irgendwie nicht meine.

»Wir brauchen den Draht gar nicht, weil mein Schlüssel passt.«

»Was sagst du?« Hannah zieht die Hand zurück und schaut sich den Schlüssel an.

Warum ich so sicher bin, weiß ich nicht, aber dass ich es weiß, finde ich unheimlich und gruselig. Weg hier! Weg von Schlüssel und Schatulle. Und vor allem vor dem, was sie verbergen mag.

Ich stürze aus der Tür, renne ins Bad, schließe hinter mir ab, setze mich auf den Klodeckel und mache nichts.

Mein Herz klopft wild, unter der Haut tobt ein Kribbeln, und obwohl ich genauso neugierig bin wie Hannah, und darauf brenne zu wissen, was in der Schatulle ist, halte ich es einfach nicht aus, und ich weiß nicht warum. Es ist doch nur eine harmlose Schachtel. Etwas Lebendiges kann nicht drin sein, das wäre längst verhungert, und ein Gerippe kann es auch nicht sein, das hätte beim Schütteln geklappert.
Was ist los mit mir? Entwickle ich jetzt den gleichen Tick wie Mama, die bei jedem spannenden Film aus dem Zimmer läuft, obwohl sie keine Sekunde der Handlung verpassen möchte?
Durch die verschlossene Tür höre ich Hannah rufen.
»Jakob, du hattest recht, der Schlüssel lässt sich drehen! Das ist so abgefahren, dass er hier passt! Wie lange brauchst du denn? Beeil dich mal ... Lass uns die Kassette zusammen öffnen, los jetzt, sonst mache ich's alleine.«
Wie der Tiger im Käfig gehe ich auf und ab.
Hannah klopft gegen die Tür.
»Sag mal, ist alles klar bei dir?«
Nein, nichts ist klar. Sie rüttelt an der Klinke.
»Jakob, komm, mach auf!«
Ich öffne die Tür einen kleinen Spalt. Hannah greift hindurch, nimmt meinen Arm und zieht mich mit sich.
»Komm jetzt!«
Als wir vor der Kiste stehen, mustert sie mich einen Moment.
»Ich habe eine Idee. Wir machen es so: Ich hebe jetzt gleich den Deckel und du entspannst dich erst mal und wartest ab, während ich den ersten Blick hinein riskiere. Ich fasse auch nichts an, peile nur die Lage, für dich mit. Wenn du mich schreien hörst, ist eh alles klar, und wenn nicht, kannst du unbesorgt gucken kommen. Abgemacht?«

»Gut, abgemacht.«
In gebührendem Abstand zur Kiste stelle ich mich ans Fenster.
»*Er drehte einmal herum* ...«, sagt Hannah feierlich, wie in ihrem Märchen mit dem goldenen Schlüssel, lächelt mir aufmunternd zu und bewegt dann voll konzentriert den Schlüssel. »... *und nun müssen wir warten, bis er vollends aufgeschlossen* ...« Hannah schaut auf, zieht ihre Augenbrauen fragend hoch, und als ich nicke, fängt sie an, behutsam und ganz, ganz langsam den Deckel zu heben. Jetzt halte ich es auf meinem Platz nicht mehr aus. Das muss ich einfach sehen. Ich schaue ihr über die Schulter.
»... *und so erfahren wir, was für wunderbare Sachen in dem Kästchen lagen.*«
Und zack, ist der Deckel ganz aufgeklappt.

*

Zettel, eine unglaubliche Menge vergilbter Zettel liegt darin, sonst nichts. Sie sind zusammengefaltet mit dem Knick auf derselben Seite, beinahe so penibel ordentlich, wie Omas Wäsche im Schrank!
Hannah nimmt das oberste Blatt heraus und faltet es auseinander. In der Hand hält sie nichts, als ein mit Bleistift beschriebenes Papier, nichts als klitzekleine Buchstaben. Immer zwei Zeilen zwischen rote Linien gequetscht, so, als müsse möglichst viel auf eine Seite passen. Bei dem nächsten Blatt ist der einzige Unterschied, dass es mit Tinte beschrieben ist.
»Zettel! Einfach nur Zettel«, mault Hannah maßlos enttäuscht.
»Wer bitte hebt seine Schmierzettel auf und vergräbt sie dann auch noch im Garten?«
Ich blättere den Stapel durch. Na ja, verschollen geglaubte Kunstwerke haben wir jetzt nicht gerade zutage befördert, das ist wohl

wahr. Und richtig beeindruckend sind die Blätter wirklich nicht: Keine Aufdrucke oder Stempel, wir haben weder Banknoten noch Ausweise ausgegraben, es ist einfach nur beschriebenes Papier, vom ersten bis zum letzten Zettel. Die Schrift erinnert mich an Omas Haushaltsbuch, in das sie fein säuberlich Ausgaben und Einnahmen notiert. Das hier sieht aber nicht nach Listen aus, und einfache Schmierzettel, da täuscht sich Hannah, sind es auch nicht. Vielleicht könnte es ein Tagebuch sein, nur in einzelnen Blättern eben.

Ich stutze, sind das nicht ...

Ich halte zwei Zettel nebeneinander, einer ist mit Bleistift geschrieben, der andere mit Tinte, aber das meine ich nicht.

»Sieh dir das an, Hannah, das sind verschiedene Handschriften!«

Die eine ist eckig und steil, die andere rundlich und fließend.

»Und wenn schon, dann sind es eben keine Schmierzettel, sondern von mir aus Klassenaufsätze mit dem spannenden Thema: ›Mein Leben mit dem Wattwurm‹, die so unkorrigierbar schlecht waren, dass der Lehrer sie vergraben musste. Ist mir doch egal!«

Schon klar, so was ist nichts für Hannah. Was es auch sein mag, ein super geheimes Tagebuch, wie ich zuerst dachte, ist es schon mal nicht. Handelt es sich aber nur um zwei verschiede Schreiber oder um noch mehr? Ich könnte die Blätter ja nach den Handschriften sortieren. Wenn aber die Reihenfolge eine Bedeutung hat, bringe ich damit alles durcheinander, möglicherweise unwiederbringlich.

Es sei denn, sie sind nummeriert, oder gibt es vielleicht sogar ein Datum? Ich kann keine Zahlen finden, weder am Anfang noch am Ende der Blätter und auch nicht auf deren Rückseite. Hier, ein paar Kürzel, entdecke ich, e.A.N.z., z.A.N.z., d.A.N.z. Meine »Mama-Zettel-Entschlüssel-Künste« helfen hier leider nicht weiter. Selbst eine Dechiffriermaschine würde nichts bringen. Knick für Knick blättere ich bis ganz nach unten und finde keinen Hinweis darauf, warum beim Öffnen dieser Kiste alles in mir Alarm geschlagen hat! Wenn ich mehr erfahren will, muss ich mir wohl die Zeit nehmen und sie lesen. Ganz in Ruhe und mit System. Das wird eine längere Aktion werden.

Moment mal, was ist das? Der letzte Zettel ganz unten fühlt sich anders an als alle anderen. Irgendwie fester. Ist er aus dickerem Papier? Ich ziehe ihn heraus und falte ihn auseinander. Ein kleineres quadratisches Stück Papier fällt heraus und landet vor mir auf dem Tisch.

»Hast du etwas entdeckt?«, fragt Hannah sofort und schaut gespannt zu, wie ich das kleine Stück Papier aufhebe und drehe. Ein Foto halte ich in der Hand. Im Vordergrund, winzig klein, erkenne ich einen Tisch mit weißer Decke. Was darauf steht, ist mit bloßem Auge kaum zu erkennen, nur das Längliche kann ich als Kerzenleuchter identifizieren. Hinter dem Tisch stehen Menschen, vier Menschen, zähle ich. Eine Mutter vermutlich, ein Vater, ein Mädchen und ein Junge. Feierlich schauen sie in die Kamera. Was ist an diesem Foto jetzt so besonders, dass man es in einer Schachtel verschließen und im Garten vergraben muss? Wir schauen uns an, Hannah zieht ihre Schulter hoch.

Noch ein Einsatz für meine Lupe, die ich aus meiner Weste ziehe. Unter Vergrößerung erkenne ich, dass der Tisch gedeckt ist. Teller mit Servietten und viel Besteck, langstielige Gläser, eine Karaffe, eine Art Schale, die mit einem Tuch mit seltsamer Schrift bedeckt ist.

Und die Leute? Die Größte von allen ist die Mutter, kerzengerade, die Hände auf der Stuhllehne vor sich. Der Mann neben ihr, in schwarzem Anzug und Hut, reicht ihr gerade mal bis zum Ohrring. Die Tochter, an der anderen Seite der Mutter, setzt sich in ihrem weißen Kleid wie ein Lichtfleck von den anderen ab. Bald wird sie so groß sein wie die Mutter, geht es mir durch den Kopf, hübsch ist sie, finde ich. Am kleinsten ist der Junge, rechts neben seinem Vater, ungefähr so alt wie ich, höchstens ein kleines bisschen älter, schätze ich. Auch er trägt einen Anzug, genau wie sein Vater. Bloß, sein Gesicht, nein, das kann doch nicht sein ... Diese dunklen Augen, die Nase, der Schwung seines Kinns, überhaupt, der gesamte Gesichtsausdruck! Meine Knie werden weich, ich lege das Foto zurück.

»Zeig doch mal!« Hannah nimmt es in ihre Hand, ich gehe zum Fenster.

In meinem Schädel fängt das Pochen wieder an. Ich setze mich auf die Fensterbank, lehne mich an, mein Kopf sinkt zurück.

»Der Junge ...«, höre ich Hannah sagen, »... das gibt's ja gar nicht! Der sieht aus wie ...«

Ganz genau! Jetzt sprich es doch endlich aus, damit es frei heraus ist, statt in meinem Kopf zu dröhnen. Hannah schaut mich an, betrachtet das Foto, schaut wieder zu mir.

»Jetzt echt mal, das ist kein Witz, Jakob! Der sieht wirklich genauso aus wie du! Bis auf die Haare – den schicken sie wohl öfters zum Friseur als dich. Aber sonst, genau wie du. Ist das irre!«

Sie stellt sich zu mir ans Fenster und hält mir das Foto hin.

»Krass, Jakob! Du hast einen Doppelgänger in der Vergangenheit.«

Ich schiebe ihre Hand beiseite.

»Ein Doppelgänger, ist es das?« Ich klinge nicht nur bedrückt, ich fühle mich auch so.

»Hey, was ist daran so schlimm? Ist doch spannend! Wenn es bei mir so etwas Besonderes gäbe, fänd ich es cool.« Sie boxt mich

auf den Oberarm. »Jetzt komm, du siehst ja aus, als hättest du eine Morddrohung erhalten. Das hier ist nichts als ein Foto, ein harmloses, sogar ziemlich langweiliges altes Familienfoto. *Alle mal herschauen – knips*. Kannst du mir mal verraten, warum dich das so aus der Spur bringt?«
»Das ist nicht nur ein harmloses Foto. Und mich verwirrt das alles. Ich kapier das nicht.«
»Hmm.« Hannah zupft sich am Ohrläppchen. »Du meinst nicht nur das hier, sondern auch noch Stine, die auf dich zukam, als würde sie dich richtig gut kennen, inklusive deines Namens?«
Ich nicke.
»Verstehe.«
Und das mit dem Foto auf Stines Nachttisch weiß Hannah noch gar nicht.
Sie wippt auf den Füßen vor und zurück, bleibt in der Mitte stehen, greift sich eine Haarsträhne und wickelt sie langsam und sorgfältig um ihren Zeigefinger.
»Alles zusammen genommen ist schon merkwürdig, da gebe ich dir recht. Und dass dein Schlüssel dann auch noch zu unserer Kiste passt, ist oberschräg. Schon seit wir versucht haben, die Kiste zu öffnen, warst du ganz komisch, als hättest du bereits gewusst was kommt, dabei war das ja gar nicht möglich. Und was machen wir jetzt damit?«
»Keine Ahnung. Das wüsste ich auch gerne.«
Hannah schaut aus dem Fenster.
»Wir werden alles herausfinden. Auch wenn es eine Weile dauert. Die Frage ist nur, wo wir anfangen, das Knäuel zu entwirren.«
Ich deute auf die Kiste. »Mit dem, was da drin steht vielleicht?«
»Nicht diese dämlichen Wattwurmzettel jetzt.« Hannah stöhnt auf. »Lass uns bei der Person beginnen, bei der alles zusammen-

läuft, bei Stine. In ihrem Garten war das hier vergraben und hey, wer weiß, vielleicht hat sie neulich danach gesucht, als Wiebke sie mit dem Spaten überrascht hat. Sie *muss* sich einfach erinnern. Unsere heißeste Spur ist das Foto hier, und Stine ist bestimmt die einzige Person, die sich erinnern kann. Und wenn Stine weiß, was das für Zettel sind, kann sie uns erzählen, was drin steht, dann sparen wir uns eine Menge Arbeit. Und wenn nicht, dann nehmen wir sie uns irgendwann später ganz in Ruhe vor.«
»Stine in ihrer Verwirrtheit soll uns weiterhelfen können?«
Obwohl ich heftige Zweifel habe, ob wir bei ihr etwas erreichen, denke ich auch, dass wir es zumindest versuchen müssen. Etwas Besseres fällt mir jedenfalls nicht ein. Wenn das stimmt, was die aus der Klinik gesagt haben, und ihr Blick auf die Welt heute klarer ist als gestern, kommen wir vielleicht doch bei ihr weiter. Aber komisch, obwohl ich alles wissen will, ist gleichzeitig etwas in mir, ganz tief drin, das sich beinah wünscht, Stine würde sich an nichts mehr erinnern. Vor all dem, was mit ihrer Erinnerung Gestalt annehmen könnte, habe ich – glaube ich – so etwas wie Angst.
»Los! Komm schon!«
»Warte, die Blätter müssen wieder zurück in die Kiste.«
»Lass liegen, aufräumen können wir später!«
Na, von mir aus.
Das Foto stecke ich in meine Weste. An der Tür bleibe ich stehen.
»Und du glaubst, dass Stine verstehen wird, wovon wir reden? Vielleicht ergreift sie nur schreiend die Flucht. Wundern würde es mich nicht.«
Ich öffne die Tür zum Flur.
»Ich *weiß* einfach, dass Stine weiter hinten im Erinnerungstunnel klar sieht. Auf jeden Fall klarer als ganz vorne, hier in unserer

Zeit. Und da unsere Kiste nicht von gestern, sondern viel älter ist, kann uns Stine bestimmt weiterhelfen. Warum glaubt ihr mir nicht, Wiebke und du? Ich werde euch beweisen, dass ich recht habe.«

»Und wenn nicht?«

Hannah zuckt mit den Schultern.

»Das wird man dann sehen. Was soll ich mir jetzt schon einen Kopf darum machen? Klar kann es sein, dass ihre Wirklichkeit verrutscht bleibt. Dann haben wir ein Problem. Möglich ist aber auch, dass ihr alles immer mal für eine kurze Zeit verrutscht, und dazwischen ist sie so wie immer. So what? Vielleicht ist am Ende alles gar nicht so wirr, wie wir denken. Und um deinen Doppelgänger würde ich mir an deiner Stelle keine Sorgen machen. Falls wir nämlich bei Stine nicht weiterkommen, können wir immer noch deine Eltern fragen, ob sie irgendeine Erklärung dafür haben, dass dieser Typ dir so ähnlich sieht.«

»Du meinst Mama und Jan?«

Hannah nickt.

»Aber Jan ist nicht mein Vater.«

»Nicht?«

Ich schüttle den Kopf.

»Und wer ist dein Vater?«

»Meinen Vater kenne ich nicht.« Vor Erstaunen bleibt Hannahs Mund offen stehen.

»Der Hammer!«

Unwillkürlich greife ich mir an die Brust. Mein Schlüssel! Wo ist er? Da, er steckt noch in der Kiste. Ich gehe zum Tisch, ziehe ihn ab und hänge ihn mir um den Hals.

»Soll das heißen, du kennst nur die Familie deiner Mutter, und die deines Vaters nicht?«

Ich nicke.
»Na, vielleicht hast du ja jetzt deinen ersten Verwandten aus der männlichen Linie kennengelernt!«
Hannah piekst mich in die Seite. Ich kann das überhaupt nicht witzig finden. Dass ein Verwandter von mir hier in der Kiste verbuddelt sein soll, ich meine jetzt das Foto von ihm – der Gedanke ist einfach zu abwegig. Der hat nichts mit mir zu tun. Wenn er mir doch nur nicht so sehr ähneln würde!
»Aber hat deine Mutter dir nichts von deinem Vater und dessen Familie erzählt?«
Ich verneine.
»Gar nichts?«
»Gar nichts.«
»Gar nie?«
»Nein, also höchstens mal ein paar Worte, so ganz beiläufig.«
Meine Finger lassen den Schlüssel hin und her rutschen.
»Und du hast kein einziges Foto gesehen, nie?«
»Nie. Nur von Mama und Oma und denen allen, das war immer meine Familie. Da fehlte nichts, es war normal so, als ich klein war. Ich hätte von meinem Vater den Namen und den Schlüssel, hat meine Mutter gesagt, und dass er dadurch immer bei mir sei, anders wäre es ihm leider nicht möglich. Irgendetwas hat mich immer davon abgehalten, nachzubohren. Erst in der Schule, als mich die anderen lauter Dinge über zu Hause gefragt haben und ich darauf keine Antworten hatte, begriff ich langsam, dass meine »Mama-Oma-Einheit« eine kleine Nebenvariante von Familie ist, nicht der Normfall. Von da an wollte ich mehr wissen.«
»Aber warum hat sie dir dann immer noch nichts erzählt?«
»Sie hat mich immer auf später vertröstet, wenn ich irgendwann alt genug sei, das alles zu verstehen. Keine Ahnung, ich habe

mich auf jeden Fall immer weiter vertrösten lassen. Vielleicht besser so, habe ich gedacht. Und genau an dem Abend, bevor wir hierhergefahren sind, wäre es beinah dazu gekommen, dass sie erzählt. Da fehlte nur so viel.« Ich zeige einen winzigen Abstand zwischen Daumen und Zeigefinger. »Ich glaube übrigens, sie hat es schon in den Sommerferien vorgehabt. Bestimmt wollte sie deshalb mit mir alleine verreisen. Aber ...«

Aber nicht nur *alleine,* schießt es mir durch den Kopf, sondern unbedingt hierher. Hier sollte es passieren, weil nämlich genau diese Insel eine wichtige Rolle spielt. Stammt mein Vater vielleicht von hier? Und dann hat er die Kiste mit dem passenden Schloss hier vergraben?

»Aber«, unterbricht Hannah meine Gedanken. »Warum hat sie die Gelegenheit in den Ferien dann nicht genutzt?«

»Keine Ahnung, irgendetwas ist wohl mal wieder dazwischengekommen.«

»Mütter!« Hannah schnaubt verächtlich. »Na ja, bestimmt ist es schwer, einen Anfang zu machen, wenn man sich die ganzen Jahre vorher nie getraut hat, davon zu sprechen, glaubst du nicht? Überleg mal, warum sollte es ihr jetzt, wo du älter bist, leicht fallen? Du bist ja nicht blöd und würdest alles ganz genau wissen wollen. Und bestimmt hat sie genau davor Manschetten.«

Hannah kann jetzt von mir aus auch wieder aufhören, in dem Thema rumzustochern. Aber wenn sie erst einmal in Fahrt ist ...

»Mütter, echt. Die denken immer, sie müssten einen vor der Welt beschützen. Wenn die wüssten, wie nervig das ist!« Mitten im Flur bleibt sie stehen. »Und hast du dir dann ausgedacht, wer dein Vater sein könnte und wo er ist und welche Gründe ihn davon abhalten, bei dir zu sein?«

»Klar.«

»Und?«, meint Hannah und bekommt einen verträumten Ausdruck im Gesicht: »Ich könnte mir vorstellen, dass er Journalist ist, weißt du, im Einsatz in Krisengebieten, davon gibt es ja genug. Und dauernd ist er unterwegs, in Ägypten, Syrien, Somalia, Israel, überall. Überleg mal, wenn du das genau wüsstest, dann würdest du dich doch ständig um ihn sorgen, permanent hättest du Angst und würdest Nachrichten auswendig lernen und deine Zeit damit verbringen, die Zeitungen auf seinen Namen hin zu durchforsten.«
»Vielleicht arbeitet er auch für den Geheimdienst, das habe ich mir schon mal überlegt«, deute ich ganz vorsichtig an. In Wahrheit habe ich mir meinen Vater ganz oft bei geheimen Einsätzen vorgestellt. Vor dem Einschlafen meistens!
»Du meinst jetzt aber nicht, er wäre so ein Action-Typ wie James Bond oder so.«
»Nein, natürlich nicht«, aber das ist nicht ganz ehrlich. »Eher Spionage, Abhören und so.«
»Okay. Und wenn er ein berühmter Schauspieler wäre? Ein echter Promi, der seine Familie nur vor den Paparazzi schützen könnte, indem er sie geheim hält und jeden Kontakt vermeidet.«
»Schauspieler? Na, ich weiß nicht. Ne, dann glaube ich eher noch, dass er ein Forscher sein könnte, der jahrelang an einem Projekt arbeitet, mit höchster Geheimhaltungsstufe, und sich völlig von der Außenwelt abschotten muss.«
»Seit deiner Geburt, oder was?«
»Na ja, okay.« Dass er ganz in der Nähe wäre und ich ihn nur nicht erkennen würde, so was dachte ich natürlich zwischendurch auch. Und dann mochte ich irgendwann den Dickbauchigen, der in zerschlissenen Klamotten auf der Parkbank saß und mir im Vorbeigehen freundlich mit der Bierflasche zuprostete,

gar nicht mehr sehen. Dass ich den nach dem Umzug nicht mehr treffe, vermisse ich nicht gerade.
Leise sage ich Hannah, was ich insgeheim noch für eine Vermutung habe:
»Oder mein Vater sitzt im Knast, lebenslänglich. Oder ...«, hänge ich ganz schnell noch hinten dran, »oder er wurde in eine Psychoklinik eingewiesen, steht unter starken Medikamenten und kann da nicht weg, so sehr er es auch möchte.«
»In der geschlossenen Abteilung der Psychiatrie meinst du? Lebenslänglich? Wie kommst du denn darauf? Du hast sie doch echt nicht alle. Weiß deine Mutter dass du so etwas denkst?«
»Nein, natürlich nicht. Keiner weiß das.«
»Hm. Das glaubst du aber nicht im Ernst, oder?«
Tu ich schon.
»Für alles gibt es Erklärungen und gute Gründe. Mandela zum Beispiel, weißt du eigentlich, wie lange der im Gefängnis saß? Warte, ich habe noch eine Idee: Ganz vielleicht ist er ja der Papst.«
Ich zeige ihr den Vogel. Sie kichert und boxt mich am Arm.
»Lasset uns gehen, du Sohn Eurer Heiligkeit. Die Frage ist nur, nehmen wir *Mattie Harcken* oder in dem Fall das Papamobil?«
Glucksend geht sie vor mir her und hüpft, *padam-padam-padam,* die Treppe hinunter.
So ein bescheuerter Witz, aber es tut gut, darüber zu grinsen, statt sich an den vergitterten Fenstern im Gefängnis festzubeißen.
Könnte sein, dass Hannah Dinge leichter nehmen kann als ich. Kann man das lernen oder ist es angeboren, und dann bleibt das für immer?
»Psssst! Jetzt mach doch nicht so einen Krach!«

»Hättest dich mal trampeln hören sollen!«
»Jetzt sei doch mal leise, Jakob. Ich muss erst sehen, ob die Luft rein ist!«
Was soll denn das Geheimagentengetue? Hier gibt es niemanden. Nur Wiebke, und die müsste noch mit ihren Rahmen beschäftigt sein. Hannah winkt mich weiter, woraufhin wir uns zur Rikscha durchschlagen. Schön vorsichtig öffnen wir das Tor, schieben *Mattie Harcken* heraus und verschließen den Schuppen, als wäre nichts gewesen. Als ich gerade aufsteigen will, hält mich Hannah am Arm.
»Was ist?«, frage ich leicht genervt.
»Weißt du, das mit dem Fantasieren kenne ich, so ging es mir früher oft, nachdem Oma mir das Schlüsselmärchen erzählt hatte, abends im Bett«, sagt sie. »Mir fielen unzählig viele tolle Sachen ein, die in der Kiste sein könnten, wenn es mir gut ging. Aber wehe, wenn ich mich vor etwas fürchtete, oder ich nicht wusste, mit wem ich über Sachen reden sollte, zum Beispiel darüber, dass mich mein Bruder immer geärgert hat, dann waren garantiert nur lauter furchtbare Sachen darin. Als ich das begriffen hatte, versuchte ich einen Trick: An den ungünstigen Tagen lenkte ich mich ab, um bloß nicht an schlimme Sachen in Kisten denken zu müssen.« Hannah sucht meinen Blick, als müsse sie sich versichern, dass ich nicht lächerlich finde, was sie da sagt. »Aber ich habe bald kapiert, dass alle Ablenkmanöver nur kurz wirken und nicht so wirklich helfen.« Sie räuspert sich, und ich weiß auch nicht so recht, wo ich gerade hinschauen soll. »Und in deinem Fall müssen jetzt mal Fakten her. Los, auf geht's. Und mit deiner Mutter redest du später!«
So jemanden wie Hannah habe ich mir immer gewünscht: Jemand, der mit anpackt und zu einem hält, auch wenn man nicht

in jedem Moment der absolut tolle Typ ist. Auf die Idee, dieser *Jemand* könnte ein Mädchen sein, wäre ich allerdings nie gekommen. Und jetzt kann ich mir niemanden vorstellen, mit dem zusammen man besser Pferde stehlen könnte. Auch wenn wir aktuell kein Pferd von der Weide holen, sondern Stine aus der Klinik entführen wollen. *Hannah* will, genauer gesagt, ich nicht. Ich könnte meine Fragen auch in der Klinik stellen und danach wieder gehen, ohne Stine. Aber weil es Hannah so wichtig ist, helfe ich ihr, auch wenn sie das Wort *Entführen* natürlich sofort streichen und durch *Retten* ersetzen würde.

*

Ich sitze auf *Mattie Harcken* und strample, was das Zeug hält. Freiwillig.

Gründe genug, zu Stine zu fahren, habe ich jetzt selbst.

Am Abzweig zur Klinik folge ich erst dem Hauptweg und schwenke dann in den schmaleren Nebenweg. Das ist zwar ein kleiner Umweg, hat aber den Vorteil, dass wir nicht zu auffällig direkt vor dem Gebäude ankommen. Ich parke unsere Kutsche in der Deckung einer Hecke, dem Eingang gegenüber.

Da wären wir also, im Gebüsch vor der Klinik, und haben nicht den Hauch eines Plans.

Einfach durch den Haupteingang hineinspazieren und mit Stine am Händchen wieder heraus, das können wir vergessen. Und selbst wenn wir ganz offiziell hineingingen und so täten, als wollten wir Stine besuchen, würden sie sofort eins und eins zusammenzählen, wenn Stine nachher fehlen würde. Damit wäre Ärger vorprogrammiert. Es sei denn ... ja, genau, das könnte funktionieren: Die Diensthabenden sehen uns kommen, ganz offiziell, dann kommt der Schichtwechsel. Keiner denkt mehr an uns, alles ist gut und wir verschwinden durch eine Seitentür oder ein Fenster oder irgendeine Art von Durchschlupf im Erdgeschoss, vorausgesetzt, Stine mit ihrem Gehwägelchen passt hindurch.

»Sag mal, wann haben die hier Schichtwechsel?«, frage ich Hannah.

»Keine Ahnung. Warum?«

»War nur so eine Idee.«

Hannah boxt mir auf den Arm.

»Da!«

Ich sehe jemanden auf den Seiteneingang zukommen. Vor sich her schiebt er eine Schubkarre mit Pflanzen. Der Gärtner. Super, sobald der drin ist, schlüpfen wir einfach auch durch die Tür! Was macht er denn jetzt? Er setzt die Schubkarre ab und tippt etwas auf einer Tafel neben der Tür ein.

»Vergiss es, um da reinzukommen bräuchten wir den Code. Hast du nicht ein Fernglas in einer deiner Taschen? Halt, warte!«, flüstert Hannah und deutet in Richtung des Gärtners. Er hat seine Karre durch die geöffnete Tür geschoben und sie dort abgesetzt. Wieso geht er nicht weiter? Er gibt seinem Käppi einen Schups, kratzt sich am freigelegten Hinterkopf und – kehrt um! Seine Schubkarre lässt er in der geöffneten Tür stehen.

»Der hat wohl was vergessen!«

»Das ist unsere Chance, los komm!«, zische ich ihr zu.

Wir schlendern erst wie zufällig los, und sobald wir den Gärtner um die Hausecke verschwinden sehen, spurten wir das letzte Stück an seiner Karre vorbei ins Gebäude.

Wir nehmen die Treppe. Zweiter Stock, das weiß ich noch. Und wie weiter? Auf gut Glück biegen wir um eine Ecke, dann erkennt Hannah den Weg und führt uns durch die verwinkelten Gänge direkt

zu Stines Zimmer am Ende des Flurs. Ich klopfe an, höre nichts, klopfe noch einmal. Keine Reaktion. Langsam öffne ich die Tür. Stines Platz am Tisch ist leer. Mein Blick wandert weiter. Neben dem Bett entdecke ich ihren Gehwagen, und auf dem Bett liegt Stine, komplett angezogen, die Beine in eine leichte Decke gewickelt.
Sie liegt ganz ruhig und schläft.
Schläft sie wirklich?
Ein ungutes Gefühl steigt in mir auf. Doch dann erkenne ich, wie sich ihr Brustkorb hebt und senkt. Ganz deutlich, ruhig und gleichmäßig.
Erleichtert gehe ich hinein. Hannah kommt mit. Sie schließt die Tür. Wir schauen uns an.
Und jetzt?
Warten? Wer weiß, wie lange sie noch schläft. Und wenn in der Zwischenzeit jemand kommt?
Wir sollten sie besser wecken.
Wir gehen näher ran. Aber wenn wir sie damit erschrecken? Ich habe keine Ahnung, was so ein Schreck mit einem alten Menschen macht. Am Ende bleibt einfach ihr Herz stehen, für immer. Oder wenn nicht, dann schreit sie bestimmt laut um Hilfe.
Ne, besser nicht wecken.
Zäh tropft ein Wasserhahn. Sonst ist der Raum still. Das Einzige, was ich noch höre, außer diesem *Plöpp-plöpp* aus dem Badezimmer, ist das Ansaugen von Luft, immer dann wenn Stines Brustkorb sich hebt, und das leise Auspusten, wenn er sich wieder senkt. Komisch, dass sie dabei so verkniffen aussieht. Ob sie Schmerzen hat? Hat man Schmerzen im Schlaf?
Da! Was war das? Eine leichte Bewegung, ein Zucken. Nur einmal kurz.

Und da! Schon wieder. Das kam von den Augen: Sie hat eben durch das eine Auge geblinzelt, ich hab es genau gesehen, das andere musste sie dazu fester zusammenkneifen.
Das bedeutet doch ganz klar: Stine stellt sich schlafend! Von wegen verwirrt, mir sieht das knallhart nach Plan aus! Ich tippe Hannah an, beuge mich zu ihr und flüstere ihr ins Ohr. Hannahs Mund verzieht sich zu einem Lächeln. Und da, schon wieder, jetzt hat es auch Hannah gesehen.
»Das wurde aber auch Zeit«, sagt Stine auf einmal in die Stille hinein und erschreckt uns fast zu Tode, als sie ohne Vorwarnung ihre Tarnung aufgibt.
»Man muss sich felsenfest aufeinander verlassen können, sonst kann es nicht gutgehen. Kann ich mich auf euch verlassen?« Sie stiert an die Decke und wartet auf Antwort.
»Ja.«
»Ähm, klar.«
»Gut, dann können wir gehen.«
Woher weiß sie, dass wir sie mitnehmen wollen? Ich schaue Hannah an, halte meine Faust wie einen Hörer ans Ohr. Hannah versteht meine Frage sofort.
»Nein, ich habe nicht angerufen.«
Stine strampelt die Decke von den Beinen. Geschickt zieht sie sich an dem Griff über ihr hoch, dreht sich seitlich, lässt die Beine zum Bett heraushängen, rutscht auf die Füße und stellt sich hin.
»Ich muss dich etwas fragen«, sage ich, um es möglichst schnell hinter mich zu bringen, und greife nach dem Foto.
»Später, Jakob, jetzt nicht. Für Fragen haben wir jetzt keine Zeit. Wir müssen schnell verschwinden. Und vor allem unbemerkt. Du da«, sie deutet auf Hannah, »leider ist auf Namen kein Ver-

lass mehr heutzutage, die kommen und gehen, wie sie wollen, und momentan ist deiner weg.« Daran hat Hannah zu schlucken, das kann ich deutlich sehen, obwohl sie versucht, es sich nicht anmerken zu lassen.
Stine fordert *Du-da* auf, ihre Sachen aus dem Schrank zu holen. Ich stupse sie an, als sie an mir vorbei zum Schrank geht, und hoffe, dass sie mein »Kopf-hoch« versteht. Hannah öffnet die Schranktür und zieht einen prall gefüllten Bettbezug heraus.
»Es ist viel, ich weiß. Lauter Sachen, die mitmüssen, für die es aber keinen Koffer gibt. Da blieb nur der Bettbezug. Mülltüten hätte ich noch gehabt, aber die knistern zu auffällig. Geht das, Kind, oder ist das Gepäck zu schwer? Hannah ächzt und schultert den Riesenklumpen. Stine löst die Bremse ihres Gehwagens, ich überhole sie und öffne die Tür. Auf der einen Seite kommt nur noch das Fenster, sonst nichts, auf der anderen überblicke ich den langen, menschenleeren Flur. Ich will schon Zeichen geben, dass die Luft rein ist, höre dann aber irgendwo eine Tür zuschlagen und sehe gleich darauf jemanden mit einem Wäschewagen um die Ecke biegen. Als er verschwunden ist, scheint unser Moment gekommen.
»Hannah, geh du vor, dann folgen wir in der Deckung deiner Wäschebeule.«
»Hannah«, wiederholt Stine den Namen, als teste sie, ob der Klang ihr irgendetwas sagen könnte.
»Okay.« Hannah quetscht sich durch die Tür. Zügig rollert Stine hinterher den Flur entlang. An der Treppe übernehme ich ihren Gehwagen. Ich trage ihn die Stufen hinunter. Stine schafft es ganz alleine, sich am Treppengeländer nach unten zu hangeln, ist aber schwer außer Atem, als sie unten ankommt.
»Hier kenne ich mich gar nicht aus«, sagt sie und lässt sich auf

die Treppenstufe sinken, anstatt sich das Wägelchen zu greifen, das ich direkt vor ihr abgestellt habe.

»Kinder, ich kann nicht mehr. Ich weiß, dass du meine Hilfe brauchst, Jakob, aber ich kann nicht mehr. Ich muss mich erst einmal ausruhen. Und ...« Sie klopft auf das Treppengeländer. »... wo sind wir hier überhaupt? Ich verstehe das alles nicht. Sind wir hier eingesperrt? Ich will hier nicht weitergehen. Das bringt mich noch ganz durcheinander. Lasst uns einfach morgen weitermachen, dann kenne ich mich bestimmt wieder aus. Bitte, ja? Und so lange warte ich hier.«

Sie legt ihre Hände in den Schoß. Hannah dreht sich zu uns um. Damit hat sie wohl nicht gerechnet. Und was machen wir jetzt? Das kann ja heiter werden.

Ich habe gleich gesagt, dass so was nicht funktionieren kann. Hannah stellt die Bettkugel auf den Boden und setzt sich zu Stine auf die Treppenstufe.

»Dann warten wir eben gemeinsam.«

Höre ich recht?

»Das ist aber nett, mein Mädchen.« Sie tätschelt Hannahs Bein. Die haben sie doch beide nicht mehr alle!

»Jakob, hol mal *Mattie Harcken*.« Hannah macht eine Geste in meine Richtung, als wolle sie das Huhn aus dem Gemüsebeet scheuchen. Es soll wohl heißen, dass ich mich beeilen soll. Wohl besser, ich gehe, bevor Stine auch noch anfängt, um Hilfe zu rufen. Und Hannah wirkt, als hätte sie schon wieder einen Plan. Doch ich bezweifle, dass er funktionieren wird. Im Ernst, wenn Stine beschlossen hat, auf der Treppe zu warten, dann wird sie ganz sicher nicht fünf Minuten später aufstehen und mit hinauskommen. Und schon gar nicht wird sie am Ende noch in unsere Kutsche einsteigen. Das mit meinen Fragen kann ich wahrscheinlich eh in

den Wind schreiben. Ich drücke die Klinke herunter, vergeblich, die Tür nach draußen ist verschlossen und den Code kenne ich nicht. Läuft alles super, echt! Jetzt sind wir wirklich eingesperrt. Das bedeutet wohl: Alles zurück. Zum Glück fällt mir die grüne Lampe mit der Aufschrift EXIT und dem flüchtenden Männchen ins Auge. Also muss es hier irgendwo eine Vorrichtung geben, um in Notfällen die Tür zu entriegeln. Jepp, ich finde den Hebel und lege ihn um. Im Hintergrund höre ich die ganze Zeit Hannah und Stine reden. *Mattie Harcken,* der Name komme ihr bekannt vor, sagt Stine grade. Es sei eine Freundin ihrer Oma, und die hätte früher immer so viel gelacht. Wie würde sie sich freuen, *Mattie Harcken* wiederzusehen, so lange hätte Stine sie nicht gesehen ...
Ich öffne die Tür und spurte los.
Als ich mit Wiebkes Rikscha zur Seitentür zurückkomme, warten Hannah und Stine schon auf mich. Wie hat Hannah das denn hinbekommen?
Stine fasst an den Lenker, zieht die Bremse, drückt auf die Klingel und kichert, als sie den hohen scheppernden Ton hört.
»Mädchen fahr du, ich bin ganz aus der Übung, seit ich mein Fahrrad für die Wehrmacht abgeben musste.«
Wehrmacht? Dann ist ihre *Jetzt-Zeit* also der Krieg?
»Stell dir vor, mit meinem schönen, stabilen Fahrrad fährt jetzt ein Soldat irgendwo im Osten durch den Krieg. Oder er fährt schon nicht mehr. Vielleicht liegen Fahrrad und Soldat auch zusammen im Graben. Wie mein Bruder, Gott hab ihn selig. Gut, dass du dein Rad nicht abgeben musstest, Mädchen. Wollten sie es nicht haben, weil es so komisch aussieht? Vielleicht zu sperrig für Krieg, wer weiß. Oder aber zu bequem.«
Sie lässt sich auf die Rückbank sinken. Das hat sie ganz alleine geschafft.

Hannah und ich schauen uns an. Bloß weg hier und keine Zeit verlieren. Wir stopfen die Bettzeugbeule auf die Gepäckstütze, dann nehme ich mir den Gehwagen vor, der sich ganz unkompliziert schmal zusammenklappen lässt. Sorgfältig verspannen wir alles mit Gurten. Dann greife ich mir den Lenker und schwinge mich auf den Sattel, als mich Stines laut kreischendes NEIN! zusammenzucken lässt. Mann, wir wollen uns heimlich aus dem Staub machen! So wird daraus garantiert nichts.

»Jakob! Du doch nicht!«, flüstert sie jetzt, als hätte sie ihr Gekreische selbst erschreckt, und legt ihre Hand auf meinen Rücken. »Du darfst nicht gesehen werden, sonst ist alles aus. Alles!«

»Ich mache das«, sagt Hanna. Und ich räume den Sattel, damit sie aufsteigen kann. Notgedrungen setze ich mich auf den Platz neben Stine. Und dann, man glaubt es kaum, rollen wir endlich davon.

*

»Herrlich, diese Luft«, sagt Stine mit seligem Lächeln und nimmt eine große Brise. Und ich hoffe, dass Hannah es trotz Gegenwind auch mitbekommt. Immer noch ist uns niemand begegnet, und so nähern wir uns ganz und gar unbemerkt der großen Straße.

Und dann, aus heiterem Himmel kreischt es plötzlich wieder, lauthals, direkt neben meinem Ohr: »ANHALTEN!«

Den absoluten Schreck meines Lebens jagt mir das ein, und mein Trommelfell hat garantiert einen bleibenden Schaden genommen. Was ist denn jetzt schon wieder los?

Hannah bremst, was das Zeug hält, und springt ab.

»Stine, was ist? Geht es dir nicht gut? Willst du, dass wir dich zurückbringen?«

Wild schüttelt Stine den Kopf, legt den ausgestreckten Zeigefin-

ger an die Lippen, schaut sich um und sagt dann, mit Panik in der Stimme und völlig gehetzt: »Nicht die große Straße nehmen. Auf gar keinen Fall. Hier ist viel zu viel Verkehr.«
Trotz der Regel, Stine nicht aus ihrer Welt zu reißen, will ich schon widersprechen. Weit und breit, Straße rauf, Straße runter, ist kein Auto zu sehen, keine Fahrräder, nicht mal ein einziger lahmer Spaziergänger, einfach nichts. Doch mit Stine kommt man nicht zu Wort. Aufgeregt redet sie weiter.
»Die große Straße ist viel zu befahren. Der ganze Verkehr muss hier durch. Von allen Richtungen ist sie einsehbar. Und mit diesem komischen Gefährt sind wir doch viel zu auffällig! Glaubt mir, hier fährt regelmäßig die Patrouille vorbei, und die hält uns sofort an, sobald sie uns im Visier hat.«
Voller Panik ballt sie Fäuste vor ihrem Mund und schaut uns hilfesuchend an. Womit richten wir jetzt mehr an: Wenn wir ihr sagen, dass die Patrouille schon vorbei ist, oder wenn wir ihr erklären, dass der Krieg seit ein paar Jahrzehnten vorbei ist? Anlügen finde ich voll daneben. Aber ich vermute, dass sie mir eher die Lüge abnähme, als an das Kriegsende zu glauben.
»Wenn sie uns erwischen, glaubt mir, dann gnade uns Gott. Ich schwöre euch, die kennen kein Pardon, nicht im Dienst und bis unter die Zähne bewaffnet. Und auch sonst nicht, wenn sie einem etwas zum Trinken spendieren wollen oder einen zum Tanz auffordern, vom Frieden schwärmen, Gedichte aufsagen und einem das Blaue vom Himmel versprechen. Nichts darf man glauben, nichts und niemandem. Jakob, du darfst denen nicht in die Hände fallen, glaubt mir!«
Von Weitem höre ich Motorenlärm. Bestimmt nur ein Trecker auf einem Feld, doch Stine hat mich schon angesteckt mit der Vorstellung, es könnte auch ein Militärfahrzeug sein.

»Schnell weg hier, wir dürfen auf keinen Fall stehen bleiben, das ist das Schlimmste. Über den Feldweg dort müssen wir rüber bis zum Watt. Zwischen den Hügeln werden wir einigermaßen sicher sein. Fahr bloß weiter, Mädchen!«
Hannah dreht sich zu mir. Ich nicke ihr zu, weil auch ich finde, dass wir einfach nur schnell weiter sollten. Dann nehmen wir eben den Weg, der Stine am wenigsten aufregt.
»Okay«, sagt Hannah und folgt Stines Anweisungen.
Hoffentlich gibt es Stines Pfad überhaupt noch.
»Kannst du dich denn gar nicht an diesen Weg erinnern, Jakob? Hier entlang habe dich doch geschoben, in meiner Karre, noch gar nicht lange her.« Eindringlich fixiert sie mich. Ich schüttle den Kopf.
»Ich weiß nicht ...«
Hannah schaltet einen Gang zurück und müht sich heldenhaft ab, uns über diesen holprigen Feldweg zu fahren. Als wir durch eines der zahlreichen Löcher rumpeln, stoße ich mir den Kopf an der Stange des Verdecks. Die Vorstellung dieses anderen Jakob, zusammengekauert in einer ungepolsterten Karre, auf und ab und hin und her geschleudert, drängt sich mir auf.
»Natürlich kannst du dich nicht erinnern«, sagt Stine neben mir. »Wie konnte ich das vergessen, du warst ja bis obenhin zugedeckt. Das musste sein, damit dich keiner sieht. Mein Gott welche Not, ich darf gar nicht daran denken!«
Ihre Augen sehen gefährlich glasig aus. Sie soll jetzt bloß nicht anfangen zu weinen. Und was mache ich, wenn doch? Der Gedanke erübrigt sich, denn schon fordert etwas Neues ihre Aufmerksamkeit.
»Duck dich, Jakob! Schnell, da ist der Leuchtturm!«, ruft sie, als wir eine Linkskurve fahren. »Womit soll ich dich bloß zudecken,

damit dich keiner entdeckt?« Sie klingt völlig verzweifelt. »Hier gibt es nichts, nicht einmal Ölzeug wie auf einem Boot!« Hastig zieht sie die Markise herunter und beugt sich schützend über mich. Eine Mischung aus Lavendel, Harz und Kräutersalbe steigt mir in die Nase.

»Der Leuchtturm ist gefährlich«, klingt es dumpf durch Stine hindurch. Mit Mühe nur bekomme ich frische Luft. Jetzt auch noch gefährliche Leuchttürme!

»Sie haben ihn wegen der feindlichen Flugangriffe ausgeschaltet. Aber denkt nicht, der wartet still auf den Frieden. Rund um die Uhr sitzen Soldaten von der Flugabwehr da oben, ausgerüstet mit ihren Suchscheinwerfern. Die beobachten Insel und Watt genau und zwar durch riesige Ferngläser. Glaubt nicht, dass sie nur nach feindlichen Flugzeugen suchen. Das große Geschütz, das sie mit sich führen, findet auch Menschen, ihr tut gut daran, mir zu glauben.«

Hinter der nächsten Kurve lässt mich Stine wieder los. Jetzt kann ich wieder frei atmen! Ich ertappe mich dabei, wie auch ich mich schon nach möglichen Soldaten umsehe.

Wie abgedreht ist das eigentlich alles? Ich helfe Hannah dabei, ihre alte Freundin zu befreien oder zu entführen, je nachdem, wie man es betrachten möchte, und zwar jetzt, in diesem Moment, während Stine direkt neben mir, anscheinend ausgelöst durch eine Narkose, im absolut selben Moment in einem längst vergangenen Krieg auf der Flucht ist, zig Jahre zurück. Und das ist nicht alles. Der Jakob, der aus ihrer Sicht neben ihr sitzt, bin nicht ich, sondern der andere, den ich noch nicht einmal kenne. Vielleicht ist es der Junge auf dem Foto, der so aussieht wie ich, was weiß ich. Vieles spricht dafür. Wenn ich Glück habe, werde ich während unserer Zeitreise ja noch erfahren, wer dieser an-

dere Jakob ist, warum er beschützt werden muss und vor wem sie ihn versteckt. Ich hoffe nur, dass ihn das große Geschütz, von dem sie sprach, nicht noch erwischt und Stine ihm ein Grab schaufeln muss, in das ich stellvertretend für den anderen hinein muss. Mir rauscht der Kopf. Ich bekomme Lust abzuspringen und zu verschwinden.
»Halt!«, ruft Stine neben mir jetzt schon wieder.
Folgsam hält Hannah an. Stine versucht auszusteigen, was ihr nur mit unserer Hilfe gelingt.
»Da rüber will ich«, sagt sie und zeigt auf den Deich. Na, hoffentlich steigt sie nachher wieder mit ein, sonst haben wir ein richtiges Problem. Und warum wir jetzt auf einmal zu Fuß über den Deich müssen und nicht ihren Geheimweg weiter fahren können, verrät sie uns nicht.
Immerhin versperrt kein Zaun den Zugang, und trotzdem frage ich mich, wie sie den Anstieg auf die Deichkrone schaffen will, mit ihrer noch nicht optimal getunten neuen Hüfte.
Wie selbstverständlich hakt sich Stine bei uns ein. Gemeinsam steigen wir schräg und ganz langsam hinauf. Nur eine kurze Pause zum Verschnaufen, dann steigen wir auf der anderen Seite hinunter. Unter den Ästen eines Baumes gut geschützt, steht eine Bank, und auf die setzt sich Stine und streckt ihre mageren Beine aus.
»Setzt euch«, sie klopft mit den Händen auf die freien Plätze neben ihr. »Ist das nicht schön hier? Hier zieht es mich immer hin. So oft es mir möglich ist, halte ich hier Rast.«
Zu dritt sitzen wir auf der Bank und schauen aufs leicht gekräuselte Wasser vor uns. Gar nicht weit weg schaukeln kleine Boote am Steg. Am Horizont kann ich Land sehen. Interessiert schaut Stine zu, wie zwei Männer eines der Boote besteigen. Der Motor

fängt an zu tuckern, Leinen werden losgeworfen, das Boot fährt um den Steg herum aufs Meer hinaus, wird immer kleiner.
Stine nickt.
»Ja, die fahren aus zum Angeln. Aber so wie die darf man es nicht machen, wenn man die Insel heimlich verlassen möchte. So wie wir ihnen zusahen, können auch alle anderen sie beobachten.« Sie wendet den Blick Richtung Leuchtturm.
»Man muss sich auskennen mit dem Watt, mit Wetter und Tide, dann weiß man Wege. Das konnte mir Vater noch alles beibringen«, sagt sie und legt ihre kühle Hand auf meine. Ziemlich lange schaut sie mich an und gleichzeitig wie durch mich hindurch. Dann rutscht sie plötzlich zur Kante nach vorn und streckt ihre Arme aus, bis wir ihr von beiden Seiten aufhelfen.
»Wenn man doch nur vorher wüsste, ob alles gut geht«, murmelt sie vor sich hin.
Zurück auf dem Kamm bleiben wir kurz stehen, Stine richtet sich gerade auf und schaut Hannah direkt in die Augen.
»Und du wirst uns bestimmt nicht verraten?«, sagt sie. »Ich kann mich wirklich auf dich verlassen, Kind ... Hannah?«
Hannah stutzt, fängt an zu strahlen und nickt wild mit dem Kopf.
»Du weißt meinen Namen!«
»Natürlich weiß ich deinen Namen, jetzt werd' nicht komisch. Du hast ihn mir doch vorhin erst genannt.« Unwirsch gibt sie das Kommando zum Weitergehen.
Hannah kann sich kaum zurückhalten, laut zu jubeln, weil Stine ein erstes Zeichen von *Erinnern im Jetzt* gegeben hat! Wie klasse, wenn Hannah wirklich recht behielte! Meine Chancen, Antworten auf meine Fragen zu bekommen, scheinen zu steigen!
Den letzten Rest der Strecke, erst noch weiter nordwärts, dann in Deckung von Büschen und kleinen Hügeln auf die andere Seite

der Insel hinüber bis nach Hause, schaffen wir sicher und ohne weitere Störung. Wir halten direkt vor Stines Haus, helfen ihr beim Aussteigen und warten, mit dem Weitergehen, bis sie grade steht und ihren Kopf in Richtung ihres Hauses heben kann. Mit einem Lächeln, das sie richtig schön aussehen lässt, sagt sie: »Zu Hause.«
»Siehst du«, zischt mir Hannah zu und drückt einmal schnell meine Hand. Dann nimmt sie eine rote Haarsträhne, wickelt sie um ihren Finger, entwickelt sie, rollt sie erneut auf, immer wieder. Uns ist beiden klar, dass sich ab jetzt zeigen wird, ob das Haus und alles Gewohnte es schaffen wird, Stine wieder im *Hier und Jetzt* ankommen zu lassen oder nicht.
»Jetzt stress dich nicht«, sage ich, »und lass deine Haare dran! Du hast doch selbst gesagt, dass es Geduld braucht.«
Hannah pustet die Strähne aus ihrem Gesicht. Und Stine lässt ihren Blick durch den Garten wandern, ganz in Ruhe, als sauge sie das Bild jedes einzelnen Strauchs und sogar jedes Grashalms in sich auf. Wie Stunden kommt mir das vor.
»Ach Kinders«, seufzt Stine jetzt und strahlt über das ganze Gesicht. Und dann ruft sie plötzlich begeistert: »Göntje!«
Hannah und ich ziehen gleichzeitig den Kopf ein.
Wenn wir gedacht haben, unbemerkt zum Haus gelangt zu sein, und Stine ganz in Ruhe ankommen lassen zu können, haben wir uns gründlich getäuscht. Mist, das riecht nach Ärger.
Und der Ärger ist Wiebke in Person.
Wütend, mit gekreuzten Armen steht sie vor uns.
»Was soll das?« Ihre Stimme verrät, dass sie sich mit aller Kraft zwingt, nicht loszuschreien. »Seid ihr noch zu retten?«
Hannah und ich sehen uns an. War ja nicht anders zu erwarten.
»Aber Göntje, jetzt sei nicht böse. Wir haben ein bisschen län-

ger gebraucht, weil wir eine Rast eingelegt haben. Du machst dir immer zu viel Sorgen. Jetzt komm erst einmal mit hinein, ich koche uns einen schönen starken Tee. Mit Kluntjes«, fügt sie spitzbübisch hinzu und greift Wiebke am Arm. Dicht zu Wiebke geneigt flüstert sie: »Kein Aufsehen erregen hier draußen, man weiß nie. Komm, wir reden drinnen!«

Schnaubend und mit zusammengekniffenen Augen hilft Wiebke Stine über die Schwelle ins Haus.

Hannah und ich lösen ganz in Ruhe Stines Gehwagen vom Gepäckträger, nehmen den Bettbezug herunter und lassen uns Zeit damit, den beiden ins Haus zu folgen.

Sie stehen in Stines Wohnzimmer.

»Wie kann es sein, dass ich so lange nicht hier gewesen bin? Ich war schon einmal lange weg, wann war das denn noch gleich? Hilf mir ...« Stine sieht Wiebke unsicher an. »Ach, jetzt fällt es mir wieder ein, ich weiß, damals, da durfte ich zur Hebammenlehranstalt. Ja, genau! Erst habe ich dort alles gelernt und dann bin ich wieder zurückgekommen, um zu arbeiten. Als ich Göntje nicht mehr pflegen musste, konnte ich das alles tun. Wie lange mag das her sein, dass Göntje nicht mehr lebt? Aber Göntje –« Erschrocken sieht Stine hoch. »Göntje, du bist ja wieder da! Ich verstehe das alles nicht.«

Stine reibt sich die Schläfen, schließt die Augen und lässt den Kopf in den Nacken sinken.

»Kinders, bin ich müde. Vielleicht habe ich heute keinen Mittagsschlaf gehalten. Wisst ihr was, ihr kocht euch euren Tee selbst und ich lege mich ein bisschen hin.«

Auf Tischkante und Stuhllehne gestützt, tastet sie sich an der Wand entlang, dann durch die Tür und hält plötzlich inne. Ich halte die Luft an. Als hätte sie nur kurz verschnaufen müssen, stakst sie zielstrebig weiter, biegt mit einer Hand an der Wand um die Ecke, greift sich den Handlauf und steigt die Treppe nach oben.

»Siehst du, sie weiß, wo sie ist!«, flüstert mir Hannah zu. Noch ein weiteres winziges Fünkchen Klarheit in diesem Durcheinander, da stimme ich Hannah zu. Oben hört man Stines Tür zuschlagen. Jetzt dürfen wir Wiebkes exklusive Aufmerksamkeit genießen, und wie zu erwarten war, lässt sie erst einmal massenhaft Dampf ab. Bis ins Kleinste zerpflückt sie unsere Schnapsidee. Aber das geht schon in Ordnung, finde ich, und mit leicht auf Durchzug gestellten Ohren ist es auch zu ertragen. So richtig ungemütlich wird es aber, als sie sich auf Stines Sessel sinken lässt, in sich zusammensackt und aufzählt, was ihr alles Sorgen macht, wenn Stine in ihrem momentanen Zustand hier im Haus alleine lebt. Am Ende wird selbst Hannah klar, dass alles, so wie es jetzt ist, nicht mit einem Mal gut sein kann. Dann ist es einen Moment ganz still. Bis Wiebke aufsteht, ziellos herumgeht wie der Tiger im Käfig und eine beklemmende Unruhe verbreitet. Vor dem Fenster bleibt sie irgendwann stehen.

»Und was machen wir jetzt?«, spricht sie ins Leere.

»Heißt das, du schickst Stine nicht gleich wieder zurück?«, ruft Hannah. Wiebke rupft sorgfältig und gründlich Blätter von einer Topfpflanze, formt eine Kugel daraus und schaut sie sich an.

»Ja bin ich denn ein Unmensch?«, zischt sie und pfeffert die Kugel in den Papierkorb. »Als Erstes brauchen wir einen Dienstplan.«

»Dienstplan?«, fragen Hannah und ich fast gleichzeitig.

»Ja, was denkt ihr denn?«

Also, genau darüber habe ich mir jetzt ausnahmsweise keine Gedanken gemacht. Eigentlich war es doch Hannahs Idee, und

mir blieb nichts anderes übrig, als ihr zu helfen. Doch Hannah schaut genauso überrascht wie ich.
»Gut, dann kommt jetzt meine Ansage. Als Erstes gehe ich rüber und telefoniere mit der Klinik. Mal sehen, ob ich die Aktion als Urlaub deklarieren kann. Ich werde versuchen, sie davon zu überzeugen, dass Stine unbedingt mitkommen wollte und alles etwas überraschend kam. Ich behaupte einfach, es wäre ihrer Heilung absolut zuträglich, da es ihr eigener Wunsch war. Sie sollen die Urlaubsformulare, die ich rückwirkend unterschreiben muss, schon einmal vorbereiten. Die Verantwortung für das alles werde ich übernehmen müssen. Es gibt eine Menge zu bedenken, ihre Medikamente dürfen wir nicht vergessen, Gymnastik, alle Anwendungen. Sie müssen mir haarklein erklären, was noch alles zu beachten ist, denn woher soll ich das alles wissen, ich bin ja keine Krankenschwester. Und ich werde in Erfahrung bringen, was ich besorgen muss. Aber eins ist klar: Während ich weg bin, rührt ihr euch nicht von der Stelle hier. Keinen Millimeter. Ihr lasst Stine nicht allein, habt ihr das verstanden?«
Wir nicken beide.
»Und falls einer Hilfe holen muss, bleibt der andere auf jeden Fall hier. Kann ich mich darauf verlassen?«
»Ja«, sagt Hannah langgezogen und genervt. »Wir sind doch keine Babies«, schwingt mit, unausgesprochen.
Wiebke wartet, bis sie auch von mir die Bestätigung bekommt, dann erst zieht sie los.
»Und den Dienstplan machen wir, wenn ich zurückkomme«, ruft sie noch im Gehen.

*

Draußen wird es langsam dunkel. Stürmisch ist es, selbst durch das geschlossene Fenster höre ich Bäume rauschen. Licht leuchtet von Stines Haus herüber, ein Schatten schiebt sich über Büsche und wieder zurück. Garantiert geht Hannah drüben auf und ab, um sich während ihrer ersten Schicht wach zu halten. Es muss gähnend langweilig sein, als ich ging, schlief Stine schon. Wiebke hat den Rat der Klinik befolgt und ein Babyphon neben ihr Bett gestellt. Wenn Stine Geräusche macht, kann Hannah es auf dem zweiten Apparat hören. Super langweilig, wenn sie eh schläft. Na ja, vielleicht schnarcht Stine ja zur Abwechslung oder erzählt im Schlaf. Ich schaue auf die Uhr. Ich habe noch Zeit, bis ich Hannah ablösen muss. Mich wird irgendwann Wiebke ablösen kommen. Jetzt schläft sie nebenan vor. Vorschlafen hat bei mir nicht geklappt, das habe ich bis eben ernsthaft versucht. Eigentlich hätte ich auch gleich mit Hannah zusammen drüben bleiben können. Was soll so ein bisschen Schlaf schon bringen, wenn man nur darauf wartet, dass man gleich wieder aufstehen muss?
Vielleicht erledige ich das mit dem Mama-Anruf jetzt? Ich nehme mein Bereitschaftstelefon vom Tisch.
Mein Herz klopft kräftiger als normal und meine Finger sind überhaupt nicht ruhig, als ich die Nummer eingebe. Ich höre den Freiton, und während es immer wieder tutet, überlege ich mir, wie ich das Gespräch am besten anfange.
Doch keiner geht ran. Und als die Mailbox anspringt, lege ich schnell wieder auf. Bitte, ich habe es versucht! Und bin im Grunde froh, nicht jetzt durchs Telefon mit Mama reden zu müssen.
Im Zimmer wird es langsam zu dunkel. Ich knipse das Licht an und lege den Hörer zurück auf den Tisch. Dort steht immer noch die grüne Kiste, genauso, wie wir sie heute Mittag zurückgelassen haben. Das Foto habe ich noch gar nicht zurückgelegt!

Ich nehme es in die Hand und sehe mir meinen Doppelgänger von früher an. Er ist fein gekleidet, wirkt aber trotzdem nicht wie hineingezwungen, eher so, als wäre es für ihn normal, so aufgerüscht zu sein. Aber möglich, dass es ihn doch zwickt und drückt, seine dunklen Augen wirken jedenfalls ziemlich traurig. Als hätte er keine Wahl. Und mit den Haaren ist es wahrscheinlich dasselbe. Er hat sich doch ganz bestimmt nicht freiwillig die Haare so rattenkurz schneiden lassen. Andererseits lacht auch sonst keiner auf dem Foto oder schaut auch nur im Geringsten fröhlich. Eine ernste Angelegenheit, diese Familienaufnahme. Man könnte meinen, jemand sei vor Kurzem gestorben, wer weiß. Aber die mit Abstand traurigsten Augen von allen hat er, der aussieht, als wäre er ich.
Ich lege das Foto zurück. Eines weiß ich ganz sicher: Morgen werde ich es Stine zeigen. Am besten wie zufällig, und dann warte ich, was sie erzählt. Direkte Fragen, zumindest zu Themen, die in einem anderen Film spielen als ihrem, bringen nichts, die verwirren sie bloß. Aber mein Plan ist gut. Funktionieren kann er natürlich nur, wenn Stine den Inhalt dieser Kiste wirklich kennt. Sicher ist das noch nicht!
Meine Hand streicht über das oberste, eng beschriebene Blatt. Ohne weiter nachzudenken, nehme ich es heraus und halte es unter meine Nase und rieche daran, wie an Büchern, bevor ich anfange, darin zu lesen – und bin enttäuscht, als Metallgeruch und Mief von altem Keller in meine Nase steigt. Ich will das Blatt schon zurücklegen, überlege es mir dann aber doch anders und nehme es samt grüner Kiste mit ins Bett.
Ich stopfe mir meine Decke in den Rücken, lehne mich gemütlich zurück und setze mir die Kiste auf meinen Schoß. Die biestige Möwe hinter meinem Rücken habe ich schön ausgetrickst.

Soll sie doch versuchen, mir mit ihrem grimmigen Blick auf die Nerven zu gehen!
Diese winzige Schrift vor mir – ich bin mir immer noch nicht sicher, ob ich wirklich wissen will, was ich durch sie erfahren kann. Und Hannah wird bestimmt sauer sein, wenn ich ohne sie anfange. Obwohl, sie war doch eh nur genervt von den Zetteln.
Ich greife mir meinen Schlüssel.
Fest umschließt ihn meine Hand. Wenn ich nicht lese, werde ich dem Geheimnis nie näherkommen. Und Geheimnisse sind doch dazu da, gelüftet zu werden, und was kann denn schon Schlimmes da drinstehen?
Irgendwie traue ich mich trotzdem nicht.
Feigling!, beschimpft mich eine innere Stimme.
»Nein, ich bin kein Feigling«, widerspreche ich mir selbst.
Und um mir genau das zu beweisen, werde ich jetzt lesen. Der Schlüssel rutscht zurück. Ich nehme den ganzen Stapel auf einmal heraus, zack, bevor ich es mir anders überlegen kann, und falte das erste Blatt auseinander.
Ob die Reihenfolge stimmt? Ich hasse es, das Ende einer spannenden Geschichte zuerst zu erfahren, noch bevor ich den Anfang gelesen habe. Mal sehen, was da steht ...

Alles ist getan. Alles was ich tun konnte – konnte und nicht durfte, aber tun musste, weil ich nur so handeln konnte. Noch zittern meine Hände, das Herz klopft mir bis zum Hals.

Von wegen langweilig! Schon diese ersten Zeilen sind spannend wie ein Krimi, wo man auch immer weiterlesen muss, um zu erfahren, was kommt, was war und vor allem, wer es war! Ich stopfe meine Decke ein bisschen höher, schnell weiterlesen!

Was habe ich bloß getan? Angst, noch nie hatte ich so schreckliche Angst wie ich sie jetzt habe. Wenn ich doch nur sicher wäre, richtig entschieden und das Richtige getan zu haben. Kein Weg führt zurück. Wem kann ich mich mit meinen Fragen anvertrauen? Schrecklich, aber mir fällt niemand ein! Gibt es wirklich niemanden? Bis auf die Soldaten kenne ich doch alle auf der Insel, seit ich klein bin, und alle, nicht nur die Verwandten und Kameradinnen, alle waren und sind nett zu mir. Beinah alle. Doch hier geht es noch um jemand andern, nicht nur um mich, und das könnte ich niemandem, keinem einzigen von ihnen anvertrauen. Wenn doch Vater noch lebte …

Aber nein, da gibt es doch jemanden, Pastor Pehlkow. Unser stiller, hagerer Pastor. Er hat Albert und mich konfirmiert. Er war für uns da, nach Vaters schrecklichem Sturz vom Dach, so wie er immer für alle da war, wenn sie Hilfe brauchten, ohne Unterschiede zu machen. Sogar für die Kinder aus dem Kurheim, mit denen keiner etwas zu tun haben sollte, als sie von einem Tag auf den anderen ausziehen mussten, ohne dass ihre Eltern vorher Bescheid bekommen hätten. Warum musste ausgerechnet er die Insel verlassen? Er habe sich freiwillig an die Front gemeldet, heißt es. Von ihm ist mir nur das Buch über den Arzt mit dem Urwaldhospital in Afrika geblieben. Ich weiß noch nicht einmal, ob er es mir geschenkt hat, oder ob ihm keine Zeit geblieben ist, es mitzunehmen, so schnell war er verschwunden. Könnte ich ihn doch jetzt fragen, was tun, mit *ihm,* den ich gefunden habe. Pehlkows Rat wäre mir Hilfe. Schluss damit, er ist nicht mehr hier. Schreiben, das ist das Einzige was mir bleibt. Diesem Blatt Papier, das alles geduldig aufnimmt, ohne mich zu unterbrechen, und mich nicht verraten kann, wenn ich es gut genug verstecke, diesem Blatt werde ich alles anvertrauen, vielleicht sogar mehr, als ich je zu sagen wagen würde. Denn von *ihm* darf niemand erfahren. Nicht von *ihm* und nicht davon, dass ich Hilfe geleistet habe. Und ich weiß noch nicht einmal, wer er ist! Nichts weiß ich. Kein wer, kein woher, kein warum. Nicht einmal, ob ich ihm trauen kann. Und wenn er mich im nächsten Augenblick verrät? Ich habe keine Wahl. Dafür ist es zu spät. Und an wen sollte er mich auch verraten, ohne sich selbst mehr zu schaden als mir? Zivilist, keine Uniform, kein Stern, keine Armbinde. Und wenn er ein feindlicher Fallschirmjäger, zwecks Tarnung in Zivil, wäre? Hat er ein Verbrechen begangen, vor dessen Bestrafung er flüchtet? Was kümmert es mich, denn was habe ich anderes vor mir als einen Menschen, nicht viel älter als ich, völlig abgemagert, schwach, ja wehrlos und voller Angst. Diese furchtsamen und traurigen Augen! Und ich kann mir nicht helfen, ich sehe Albert vor mir, an der Front. Wer weiß, ob er nicht irgendwo liegt und Hilfe braucht. Und es ist wie ein Handel: Wenn ich *ihm* hier helfe, könnte doch jemand für Albert im fremden Land Gleiches tun. Und warum soll *er* nicht genau so viel oder so wenig Schuld wie Albert tragen? Was gilt denn in diesem Kriegsgewirr? »Egal was uns Gesetze befehlen, die Pflicht, seinem Gewissen zu folgen, gilt immer«, hat Pastor Pehlkow zu mir gesagt, als er die verängstigten Kleinen aus dem Kurheim mit nach Hause führte und gemeinsam mit seiner Frau versorgte, bis die Eltern ausfindig gemacht waren und sie nach Hause zurückkehren konnten. Wenn man sich an das Gebot der Nächstenliebe hielte und dadurch die Not anderer Menschen linderte, sei es auf alle Fälle das Richtige. Das hat er zu mir gesagt. Und wenn ich es so sehe, dann habe ich richtig gehandelt, auch wenn es meine

Mädelschaftsführerin als Unrecht bezeichnen würde. Wenn es nach ihr ginge, müsste ich *ihn* ausliefern. Aber das bringe ich nicht über mich. Und helfen Albert an der Front vielleicht die Lieder, die wir hier im BDM singen?
Jetzt ist Schluss mit dem Zweifeln, ich habe mich entschieden: Ich werde mich an Pastor Pehlkows Worte halten. Es ist jetzt, wie es ist. Und das gibt mir Frieden und meine Hand wird langsam ruhiger. Und wenn das Schreiben solche Kraft zu helfen besitzt, dann soll mich Schreiben auch fortan begleiten.

Was ich hier gerade gelesen habe, hat mich absolut gepackt. Zwar weiß ich immer noch nicht, was wirklich passiert ist, aber vielleicht erfahre ich durch das zweite Blatt mehr. Ohne Zeit zu verlieren, lese ich weiter.

Lieber Unbekannter. Nach längerem Zögern habe ich beschlossen, dir zu schreiben. Ich hoffe, du verstehst meine Sprache, denn gesprochen haben wir noch nicht. Du liegst und schläfst, zu mehr fehlt dir jegliche Kraft. Also schreibe ich dir alles auf, von dem Moment an, seit ich dich gefunden habe. Auch meine Zweifel will ich dir nicht verschweigen. Diesen Brief, einen leeren Bogen Papier und einen Stift werde ich neben dein Lager legen und darauf warten, dass du die Kraft wiedererlangst zu lesen, mir aber auch von dir zu berichten.
Wie hat es dich nur hierher verschlagen? Und warum? Mit welchem Ziel? Lauter Fragen, die mir keine Ruhe lassen. Lass mich dir erzählen, wie ich dich gefunden habe: Ich fuhr aus, nicht anders, als ich es immer tue, und eigentlich verlief alles

ganz normal. Kein Wachsoldat hielt mich auf, kein Alarm zwang mich vorzeitig umzukehren, ungestört legte ich die Netze aus und holte sie später wieder ein. Wie bitter zu schreiben, alles sei normal! Denn ich fahre doch nur aus, weil Vater nicht mehr da ist! Jetzt wäre es Alberts Aufgabe, doch seit er in den Krieg musste, liegt es an mir allein, unsere Mutter und mich zu versorgen. Und das bezeichne ich schon als normal? Dass ich einen kleinen Teil des Fangs an den Wachsoldaten abgeben muss, damit er mich überhaupt ausfahren lässt, auf eigene Gefahr versteht sich, das ist normal? Die ständige Angst vor feindlichen Fliegern, vor Minen oder Torpedos, das soll normal sein? Wir arrangieren uns alle mit dem Krieg, der zu unserem Alltag gehört, auch hier bei uns, nicht nur an irgendeiner Front. Mein Fang war gut. Genug für Mutter und mich, morgen werde ich sogar räuchern können, die Wache hat ihren Teil und ich hatte genug, um Fisch gegen Naturalien tauschen zu können. Ich war spät, auf der Rückfahrt lief das Wasser mit großer Kraft auf. An den Sandbänken war Vorsicht geboten. Bald gänzlich von der Flut bedeckt, würde ich sie nicht mehr sehen können. Als ich die Boysen-Bank vor mir hatte, wurde mein Blick von etwas angezogen, das ich für Treibholz hielt. Es lag auf der höchsten Stelle der Sandbank. Ich ruderte darauf zu, warf meinen Anker und watete hin. Im Näherkommen erkannte ich, dass es kein Holz war, was dort lag. Reglos zwar, gekrümmt, blassgrau wie angeschwemmtes Holz, und doch musste es ein Lebewesen sein, das spürte ich. Unaufhaltsam näherte sich der Flutsaum. Eile war geboten. »Ein verlassenes Seehundjunges!«, schoss es mir durch den Kopf. Tot? Oder so schwach, dass es sich nicht regte und Hilfe brauchte? Schon einmal habe ich eines mit der Flasche großgezogen. Zu Friedenszeit. Daran soll der Krieg mich nicht hindern! Vorsichtig ging ich näher heran. Das auflaufende Wasser ließ ich nicht aus den Augen. Dieses schmale mit Sand beklebte Bündel vor mir, völlig durchnässt, ganz und gar reglos, das war ein Mensch!

»Nicht schon wieder ein Toter am Strand!«, war mein erster Gedanke. Schrecklich, dass es so ist, doch werden in der letzten Zeit immer wieder welche gefunden. Bisher hatte ich Glück immer hatten andere bereits angepackt, als ich dazu gekommen bin. Mir graute. Was sollte ich ganz alleine bloß tun? Ich traute mich nicht, das Bündel zu berühren, sah mich hilfesuchend um, doch weit und breit kein Boot in Sicht, und niemand, der mir helfen konnte. Die Flut drängte, sollte ich nicht besser sofort zurückkehren? Dann nahm ich eine Bewegung wahr, ganz leicht nur, ich spürte mehr, als ich sah, dass das Bündel atmete. Ganz flach und schnell. Dann, Sekunden später, schauten mich deine dunklen, großen Augen an, grad als hätte mein Blick dich geweckt. Wie viel Schreck und wie viel Angst in einem einzigen Paar Augen Platz finden!

»Hier kannst du nicht bleiben, schnell, komm.« Mehr sagte ich nicht. Und bis jetzt weiß ich nicht, ob du verstehst. Ein Zittern legte sich über dich, ganz leicht erst, doch wurde es immer stärker, am ganzen Leib. Das zu sehen, war mehr als ich ertragen konnte. Du hattest nicht einmal die Kraft, mir die wenigen Meter zum Boot zu folgen. Es blieb keine Zeit. Also packte ich dich unter den Schultern und zerrte dich zum Boot, hievte den Oberkörper über die Bootskante, die Beine hinterher. Rasch holte ich den Anker ein.

Vom Grund des Bootes schauten mich dunkle Augen an. Dieses grässliche Zittern! Wärme, ich musste für Wärme sorgen,

nur wie? Ich nahm das Einzige, was ich hatte. Mit dem Ölzeug, das immer bereit liegt, deckte ich dich zu und packte noch Netze darüber, Mund und Nase frei. Ich legte mich in die Riemen, die letzte Spitze der Sandbank verschwand unter der Flut. Und ich ruderte, Schlag für Schlag, und nur darauf konzentriert, um bloß nicht nachzudenken.
Ich war völlig außer Atem, als ich anlegte. Der Wachposten kam zum Steg, ich gab ihm seine Ration. Außer einem kurzen Dank sagte er nichts. Konnte ich sicher sein, dass er nichts gesehen hatte? Oder gehörte es mit zu unserem Handel, dass er tat, als hätte er nichts bemerkt? Er hob den Arm, schlug die Hacken, drehte sich und ging davon, so wie immer. Nur in mir war nichts wie immer. In mir war solch große Angst.
Was sollte ich als nächstes tun? Wenn sie dich in meinem Boot fänden, wäre ich verloren, nicht anders als du. Das stand fest. Beispiele dafür gab es genug. Ohne einander zu kennen, sind unsere Schicksalswege ab jetzt unlösbar miteinander verknüpft. Ich hatte gar keine andere Wahl, als dich an einen sicheren Ort zu bringen und dich dort zu verstecken, ohne die geringste Ahnung, wo das sein sollte. Und jetzt, bei Tageslicht und vor aller Augen, war es viel zu gefährlich, ja unmöglich! Ich ordnete die Netze und überlegte, nahm schließlich den Korb mit Fisch, sagte leise, ich würde später wiederkommen, und ging. Auf der einen Seite bangte ich, ob ich dich noch am Leben finden würde, und ich gebe zu, auf der anderen wünschte ich sogar, du würdest dir in der Zwischenzeit allein weiterhelfen und wärst bei meiner Rückkehr einfach nicht mehr da. Auf dem Heimweg tauschte ich im Deichkroog Fisch gegen Mehl und Zucker und streute das Gerücht von meinem stattlichen Stück Treibholz, das ich gefunden hätte.

Den ganzen Fußweg zurück grübelte ich, wohin ich dich bringen könnte. Wo gab es einen sicheren Ort? Bei uns im Haus ging es auf keinen Fall. Selbst wenn ich keine Kontrolle fürchtete, durfte dich Mutter nicht sehen. Sie hat viel zu viel Angst. Schlimmer, seit Vater nicht mehr ist und jetzt, wo auch noch Albert wer weiß wo friert und hungert und dem Feind vor dem Zielfernrohr steht, ist sie nur noch ein fahriges Bündel. Und wozu Mutter in der Lage wäre, mit dem geballten Hass auf alles Feindliche, das will ich lieber nicht wissen. Also muss ich dich vor ihr verbergen. Nur wo? Außer Pehlkows wusste ich niemanden, zu dem ich dich bringen könnte. Ich ganz allein musste für dich sorgen. Aber wo? Ich entschied mich für Vaters Schuppen, den Mutter seit Vaters Tod nicht mehr betrat, weshalb ich allein die Ziege darin versorgen musste. Sobald ich zu Hause war, fing ich an, Vorkehrungen zu treffen. Ich organisierte Kerze und Streichhölzer und aus Alberts Schrank trockene Kleidung, eine Decke, einen Becher, einen Nachttopf und brachte alles heimlich dorthin. Beim Abendbrot gelang es mir, unbemerkt ein Stück Brot in meine Schürzentasche verschwinden zu lassen. Doch erst als Mutter im Bett war und ihr Licht gelöscht hatte, wagte ich mich auf den Weg zu dir. Kühl blies der Wind, immer wieder verdeckten Wolken den Mond. Ich konnte keinen Menschen sehen, und doch war mir unsagbar mulmig zumute. Unbeschreiblich groß war meine Furcht, jeden Moment aufgegriffen zu werden.

Doch unbehelligt stieg ich ins Boot, alles blieb ruhig. Bang griff ich die Netze. Was erwartete mich? Lebtest du noch? Oder warst du etwa verschwunden?

»Ich bin wieder da«, flüsterte ich, und da lugtest du unter dem Ölzeug hervor. Verwundert stellte ich fest, wie viel leichter mir auf einmal ums Herz war. Ich griff in meine Schürzentasche und hielt dir das Brot entgegen. Du nahmst es aus meiner Hand, hast daran gerochen, hineingebissen und es verschlungen, als gäbe es nichts anderes auf der Welt als dich und dieses Brot. Wie lange hattest du nur gehungert?

Ich horchte in die Dunkelheit. Die Boote tänzelten klatschend auf kleinen Wellen, ein Tau knirschte. Sonst blieb alles ruhig. Schließlich half ich dir vom Boot auf den Steg, direkt in die Karre. Schnell legte ich Ölzeug und Netze über dich. Immer und immer wieder betete ich mir meine Ausrede vor, ich nähme die Netze mit nach Hause, damit mir Mutter beim Flicken helfen könne.

Still schob ich den Wagen, kein Wort haben wir gewechselt, den ganzen Weg bis nach Hause nicht. Mir schien, wir brauchten ewig. Wie konnte einer, der so dünn war nur so schwer sein? Und alles ging gut. Ich machte die Tür zum Schuppen weit auf und schob meine Karre ganz hinein. Dann zündete ich die Laterne an, schloss die Tür hinter mir und wartete. Draußen rührte sich nichts. Nur Liese rieb sich den Rücken an ihrem Gatter. Neugierig sah sie auf, als du dich vom Wagen zum Verschlag auf dein Strohlager schlepptest. Ich hielt dir Alberts Sachen hin, du nicktest. Vor Erschöpfung fielen dir die Augen zu, und sofort schreckte dich dein Zittern wieder auf. Ich begriff, dass du sogar zu schwach warst, deine Kleider zu wechseln, ohne meine Hilfe. Als du schließlich in Alberts trockenen Sachen im Stroh lagst, legte ich die Decke über dich. Dann sammelte ich deine feuchten Habseligkeiten auf.

Wohin damit? Sie mussten weg, denn sie könnten uns verraten. Verbrennen musste ich sie, dies schien mir die einzige Lösung. Später würde ich das tun, bei Tag, im Räucherofen, beschloss ich, und würde sie schon jetzt hineinlegen. Ich öffnete die Ofentür. Schrecklich laut, lauter als je zuvor, quietschte sie. Ich hielt inne, doch draußen blieb alles ruhig. Du öffnetest die Augen, wehrtest ab, als wolltest du nicht, dass ich deine Sachen verbrenne.

»Wir müssen sie verschwinden lassen, es geht nicht anders!«, flüsterte ich. Dich beruhigte das nicht. Du hattest nichts, außer diesen Kleidern, das konnte ich ja verstehen. Aber du wehrtest dich mit einer Kraft, die du nicht mehr besaßest! Gab es da noch etwas? War noch etwas in den Taschen versteckt? Hilflos bist du auf dein Lager gesunken, deine Augen waren geschlossen. Teil für Teil hielt ich hoch, griff in sämtliche Taschen. Ein paar Münzen fand ich, einen Umschlag, eine Sicherheitsnadel, einen Knopf, einen beschriebenen Zettel, ein Taschenmesser und ein Foto. Ich legte alles zur Kerze und den Streichhölzern neben dich. Wieder rollte ich die Kleidung zu einem Bündel zusammen und merkte, wie an der Jacke etwas sperrte. Ich hatte doch alle Taschen geleert! Ich ertastete eine Verdickung, das Futter? Ich borgte mir dein Messer und fand einen Umschlag mit dänischen Kronen, ein Stück Landkarte und ein beschriebenes Blatt. Vielleicht gab es noch mehr? Noch einmal ging ich jedes Kleidungsstück durch, die Schuhe hatte ich ganz vergessen! Die Sohle am Absatz wackelte und ließ sich drehen. In einem Hohlraum darunter lag ein gefalteter Zettel mit einer Zahl. Mehr fand ich nicht. Ich legte ihn zu deinen anderen Sachen, die Kleidung versteckte ich im Ofen. Zum Schluss drehte ich die Laterne aus, tastete mich hinaus und verriegelte die Tür. Falls Geräusche nach draußen dringen sollten, könnte ich es auf die Ziege schieben.

Jetzt ist es ruhig. Ich bin erleichtert, dass ich alles niedergeschrieben habe, erschöpft bin ich auch – und fürchte doch, keinen Schlaf zu finden. Wenn mich nur die Zuversicht nicht verlässt, richtig zu handeln.

Der Brief bleibt ohne Namen. Stattdessen ist mit wenigen Strichen eine Rose darunter gezeichnet: ein Stiel, zwei Blätter, eine Blüte, mehr nicht.

Gänsehaut habe ich. Ganz benommen lege ich das Papier in die Kiste zurück. Von wegen dämliche Zettel! Das ist auch keine frei erfundene Gruselgeschichte oder ein cool konstruierter Krimi. Das ist echt! Wirklich geschehen und geht unter die Haut, obwohl alles schon irre lange her sein muss! Aus Jux hat das bestimmt niemand versteckt. Da hatte jemand Angst um sein Leben! Und wir sind die ersten, die das Versteck entdeckt haben! Was erwartet uns wohl in den anderen Briefen noch? Gerade einmal zwei davon habe ich jetzt gelesen. Wer hat diese Rose gezeichnet? Und wer ist der Fremde? Das muss ich Hannah –

Das Telefon klingelt. Schnell, bevor Wiebke davon geweckt wird, greife ich zum Hörer.

»Jakob? Hast du verschlafen? Du solltest mich doch ablösen! Könntest du dich vielleicht mal so allmählich in Bewegung setzen und mich von diesem lächerlichen Job erlösen? Oder soll ich zur Strafe die ganze Nacht hier alleine Wache schieben, weil ja alles meine Idee war?«

Was, wie spät ist es denn? Mist, ich habe meinen Einsatz verpasst, und dabei habe ich doch nur ein bisschen gelesen. Und das hat so lange gedauert?

»Nein, sorry, hab voll verpennt, bin schon unterwegs«, rufe ich in den Hörer und lege auf. Weste an, noch schnell Blätter und das

Foto in die Taschen gestopft, die Taschenlampe nicht vergessen und dann, *padam-padam-padam*, die Treppe runter und im Schein meiner kleinen Lampe durch den Garten nach drüben gewetzt.
»Übergabe«, sagt Hannah, sobald ich durch die Tür bin. Sie zeigt auf das Babyphon.
»Nichts, alles total ruhig, Stine schläft und das sollten wir auch tun, wir alle drei, statt uns einer nach dem anderen künstlich wach zu halten. Absolut vertane Zeit, falls du mich fragst. Das Einzige, was dabei rauskommen wird, ist schlechte Laune morgen. Das verspricht jetzt schon ein super Tag für die arme Stine zu werden.«
Und schon ist Hannah verschwunden, und ich bin allein. Ich wollte ihr doch noch von den Briefen erzählen!
Auf dem Tisch im Wohnzimmer steht das Babyphon, die grüne Lampe leuchtet ordnungsgemäß, alles ist still. Ich mache einen Kontrollgang durchs Haus. Nur meine Schritte sind zu hören, dann das Knarren der Treppenstufen. Ich muss jetzt aber nicht die ganze Nacht durchs Haus patrouillieren, oder? Außerdem ist mir kalt. Ich wickle mich in eine Decke und mache es mir im Ohrensessel gemütlich. Jetzt bin ich mit Stine allein im Haus. Nur drüben im Schuppen schläft noch Lucia.
Lucia überhaupt! Die hat Stine noch gar nicht gesehen! Das ist das Erste, was wir am Morgen nachholen müssen!
Inzwischen ist mir angenehm warm und ich stelle mir vor, wie Stine sich voller Wiedersehensfreude mit Lucia unterhält und wundere mich gar nicht, dass Lucia sprechen kann und amüsiere mich über ihre witzige Art zu reden, als ich plötzlich aufschrecke. Ein lauter Krach! Hilfe! Wo kam der her?
»Oioioi ...«
Irgendwo jammert jemand. Ich schaue mich um, Licht brennt

von der Decke, weißes Licht, das ist nicht meine Tide. Auf dem Tisch liegt das Babyphon – Stine, klar, jetzt erinnere ich mich: Ich halte Wache bei Stine! Mist, ich muss eingeschlafen sein. Ohrenbetäubend laut kracht es jetzt aus dem Babyphon, als schlüge jemand mit einem Hammer drauf.

Mist, Mist, Mist!

Was ist da oben los? Hoffentlich ist Stine nichts passiert! Ihre Hüfte ist doch eben erst operiert worden. Typisch, so was muss natürlich in meiner Schicht passieren.

Ich stoße die Decke weg und renne die Treppe hinauf, immer zwei Stufen auf einmal, hoch, in die Dunkelheit. Als mir etwas Knöchernes an den Hals fasst, bleibt mir das Herz fast stehen. Nicht mal schreien geht, weil mir dieses Etwas den Hals abschnürt. Ich klammere mich am Treppengeländer fest, nur ein Röcheln kommt aus meiner Kehle.

»Wer da?« Ich erkenne Stines Stimme.

»Jae...oeb«, krächze ich unter Mühe, und sofort lässt Stine ihren Knochengriff los.

»Warum schleichst du hier durch die Gänge?«, fragt sie mich. Das Gleiche könnte ich sie fragen! Doch natürlich ist es ihr Haus, und dass wir ihretwegen Nachtdienst machen, kann sie nicht ahnen. Ich biege und drehe meinen Hals in alle Richtungen, es scheint alles heil geblieben zu sein. Ob ich für Stine immer noch der Jakob von früher bin? Mann, ist das kompliziert und das mitten in der Nacht.

»Jetzt mach doch endlich mal Licht, oder hast du etwas zu verbergen?«, schimpft Stine.

Ich taste nach dem Schalter.

»Danke, so ist es besser, Jakob. Jetzt kann ich dich wenigstens sehen, du bist es wirklich!«

»Ich bin von Lärm wach geworden. Der hat mich richtig erschreckt, und da wollte ich nachsehen, ob bei dir alles in Ordnung ist.«
»Ja?«, sagt Stine. »Das ist nett von dir, aber verwechselst du da nicht etwas? Eigentlich müsste doch ich auf *dich* aufpassen. Und überhaupt, solltest du denn nicht im Schuppen sein? War das nur früher und jetzt nicht mehr? Ich kann mich nicht mehr erinnern.« Sie verzieht ihr Gesicht, als hoffe sie dadurch Antworten in den hintersten Ecken ihres Gehirns zu finden.
Dann macht sie eine wegwerfende Geste mit der Hand.
»Egal. Ich bin auch wach geworden. Aber bei mir war kein Lärm. Ich glaube, das kam von einem seltsamen Leuchten in meinem Zimmer. Sofort dachte ich natürlich an eine Brandbombe. ›Schnell, bevor alles in Flammen aufgeht‹, war mein einziger Gedanke. Deshalb bin ich, so schnell ich konnte, aus dem Bett, und dabei gegen etwas gestoßen, das direkt davor stand. Stell dir vor, jemand hat, während ich schlief, einen Stuhl direkt vor mein Bett gestellt, und den habe ich mit meinem Schwung umgeschmissen! Eine komische Brandbombe war das und kein Sandeimer und keine Feuerklatsche zur Hand. Deshalb bin ich immer wieder draufgetreten, bis nichts mehr glühte. Ich nahm sie mit meinem Kissen auf und habe beides im hohen Bogen aus dem Fenster geworfen, so weit weg wie möglich. Jakob?« Stine fasst meine Hand. »Tust du mir den Gefallen und schaust nach, ob sie auch wirklich gelöscht ist? Irgendwo vor der Tür muss sie liegen, zusammen mit dem Kissen. Das Reet, auf dem Dach, damit müssen wir vorsichtig sein!«
Von mir aus, wenn es sie beruhigt.
»Mach ich.« Ich ahne es schon, aber sagen darf man ja wieder nichts dazu, was in ihren Augen eine Brandbombe war.

»Danke, Jakob. Wenn das Dach erst einmal Feuer fängt ...« Sie tätschelt meine Hand. »Es ist doch gut, dass du hergekommen bist, auch wenn ich zuerst verärgert war über deinen Leichtsinn.« Möglichst unauffällig ziehe ich meine Hand zurück.

»Und jetzt habe ich Durst. Mit solch grässlichem Durst kann doch keiner einschlafen!«

Gemeinsam gehen wir nach unten.

»Du auch?«, fragt mich Stine. Ich nicke. »Ich mache schon, schau du nur nach, ob sie wirklich gelöscht ist, ja?«

»In Ordnung.«

Als ich die Tür öffne, weht mir kühle Luft entgegen. Stockfinster liegt alles vor mir. Ich taste mich einen Schritt vor. Über mir leuchten Sterne. So unglaublich viele kleine Leuchtpunkte! Viel mehr als jemals in der Stadt! Beinah wird mir schwindelig von so viel und so weit und so ruhig und gleichzeitig wild – und ich mittendrin. Stürzt es auf mich herab oder zieht es mich in sich hinauf?

»Hast du etwas gefunden?«, ruft es von drinnen. Schwer nur kann ich meinen Blick lösen.

»Noch nicht, warte«, antworte ich und ziehe meine Taschenlampe aus der Weste. Noch bevor ich sie angeknipst habe, erahne ich in dem Hellen vor mir schon einmal Stines Kopfkissen. Und im Licht der Taschenlampe sehe ich deutlich die schrottigen Reste eines Babyphons. Ich gehe näher heran. Stine hat ganze Arbeit geleistet. Daran funktioniert garantiert nichts mehr.

»Gefahr gebannt! Alles klar!«, rufe ich.

Das zersplitterte Gerät ist eindeutig ein Fall für die Tonne, die suche ich morgen, im Hellen, beschließe ich, lege Stines Brandbombe auf die Bank und bringe ihr Kopfkissen mit hinein.

Stine empfängt mich mit einem Glas Himbeertrunk.

Gierig leert sie ihren in wenigen Zügen und füllt gleich noch einmal nach. Und auch das kippt sie zügig hinunter.
»Das schmeckt mir. Endlich wieder ein ordentliches Getränk! Du glaubst nicht, wie ich diese Früchtetees verabscheue, die man in Kliniken serviert. Zum Abgewöhnen. Schon immer, damals als Hebamme, und erst recht als Patientin in der Klinik. Grässlich. Kein Wunder, dass ich seit Wochen am Verdursten bin! Damit ist jetzt Schluss«, sagt sie und kippt schon ihr drittes Glas hinunter. Stine gähnt und reicht mir ihr Glas.
»Jetzt bin ich müde«, sagt sie, »und da draußen ist es noch völlig dunkel, schau! Es ist doch dunkel von der Nacht und nicht mehr von Verdunkelung, die Zeiten sind doch vorbei, oder nicht?«
»Verdunkelung wurde schon ewig abgeschafft, lange vor meiner und vor Mamas Geburt. Nur in der Schule, bei Versuchen in Physik und Chemie brauchen wir manchmal Verdunkelung.«
»Ja, gut, das ist etwas anderes. Gut, dass du dich auskennst, weißt du, wenn ich es wieder vergesse, frage ich dich einfach noch einmal. Nur falls mir alles durcheinanderrutscht.«
»Klar« antworte ich. Und dieses *Klar* ruft in Stines Gesicht ein seliges Lächeln hervor. Brandbombe, Verdunkelung, Flugabwehr, Konfiszieren von Fahrrädern, also ich schätze, wenn in der Schule der Zweite Weltkrieg Thema ist, werde ich mit meinem Wissen aus Stines Zeitreisen ohne Ende punkten.
»Weißt du, es ist so seltsam, alles ist da, so wie immer, aber auch wieder nicht da, wo es eigentlich hingehört, und das ist sehr verwirrend. Gar nicht schön ist das. Und wenn mir die Dinge so durcheinandergeraten, bin ich danach unendlich müde. Und deshalb lege ich mich jetzt wieder schlafen. Morgen ist auch noch ein Tag. Und wenn ich ausgeruht bin, ist es bestimmt schon ein Stück besser. Gute Nacht, Jakob.«

»Gute Nacht, Stine.«
Ich höre das Knarren der Treppenstufen, warte einen Moment, bis ich Stines Schritte ganz normal und ohne Alarmgeräusche direkt über mir höre und kuschle mich dann wieder gemütlich in die Decke. Ob sich die Tür oben schließt oder nicht, merke ich schon nicht mehr.

*

Kaffeeduft weckt mich. Vermischt mit Gesprächsfetzen weht er zu mir herüber. Ich strecke mich. Klarstes Sonnenlicht scheint zu mir herein. Ist Wiebke gar nicht zur Ablösung gekommen, oder hat sie mich nur nicht geweckt, als sie kam? Und warum haben mich Stines Aufstehgeräusche nicht wach gemacht? Ach ja, das zerschmetterte Babyphon! Ich setze mich. Papier knistert in meiner Weste. Oh, die Blätter, darauf habe ich die ganze Nacht gelegen! Ich ziehe eines heraus. Na ja, ein bisschen zerknittert, aber das wird wohl nicht so schlimm sein.
Ich stopfe es wieder zu den anderen. Jetzt höre ich eine Tür, dann ist es ruhig. Obwohl ich bestimmt nicht mehr einschlafen kann, mag ich noch nicht aufstehen. Also ziehe ich die Blätter aus meiner Westentasche, lege die beiden gelesenen zur Seite und nehme mir das nächste vor.

Lieber Unbekannter, es ist schon spät, doch will ich noch ein bisschen schreiben. Mutter schläft, alles ist still, ich möchte sagen, friedlich. Wäre doch nur schon Friede. Wäre nicht alles wieder gut? Um Mutter mache ich mir Sorgen. Wie kann sie nur so viel schlafen? Mir scheint, als zöge sie sich immer mehr in sich zurück. Erst Vaters Tod und jetzt Albert an der Front. Als wäre die Sorge um Albert das Einzige, das sie überhaupt noch im Leben hält. So viele Dinge gehen mir durch den Kopf, unentwegt. Ich fühle mich so unendlich erschöpft und bin zur gleichen Zeit von solcher Unruhe getrieben, dass ich fürchte, nicht schlafen zu können. Will hoffen, dass mir der Brief zur Ruhe verhilft. Mögen mich doch diese Nacht kein Alarm und keine Flieger aus dem Schlaf schrecken. Schlaf brauche ich dringender als alles andere. Alles strengt mich so sehr an.

Wirst du genesen und diese Worte an dich jemals lesen können? Wie habe ich mich erschreckt, dich als zitterndes Bündel vorzufinden, heute Morgen. Liese meckerte, man könnte meinen, sie schimpfte, weil ich so spät kam! »Durst«, war das Erste, was ich aus deinem Mund hörte. Aus Onyx-glänzenden Augen schautest du mich an. Eiskalt war deine Hand, als ich dir den Becher Wasser reichte, zitternd trankst du alles aus. Ein warmes Getränk brauchtest du, überhaupt brauchtest du Wärme! Liese versuchte, ihren Kopf zwischen den Brettern auf deine Seite zu stecken. Sie schien die Sorge um dich zu teilen. Meine Liese! Mir kam eine Idee, und ohne zu wissen, ob es funktionieren würde, holte ich die Ziege aus ihrem Verschlag, band sie außen am Gatter fest und redete ihr zu, sich auf dein Lager zu legen. Und meine gute Liese legte sich wirklich direkt neben dich! Und du rutschtest ganz nah an sie heran. Ihr formtet ein großes Bündel, du zitternd, Liese wiederkäuend, dein riesiges Wärmekissen! Daran konnte ich mich erfreuen und für einen Moment alle Sorgen vergessen. Aber dann musste ich den nächsten Schritt überlegen, es gab so viel zu tun, die alten Kleider mussten endlich verschwinden, ein warmes Getränk brauchtest du, noch eine Decke musste her, alles unauffällig und geheim, und bliebe meine gewohnte Arbeit draußen liegen, würde es auffallen! Nur nicht auffallen,

das war das Wichtigste. »Gute Liese, ich komme gleich wieder«, sagte ich überlaut, für mögliche fremde Ohren draußen, man kann nie wissen. Im Haus fand ich Mutter am Küchentisch. Mit leeren Augen stierte sie vor sich hin, weder Getreidekaffee noch Brot hatte sie angerührt. Was sollte bloß mit ihr werden? Vielleicht könnte Schreiben auch ihr helfen!
»Schreib Albert einen Brief. Sag ihm, wie sehr wir ihn brauchen, erzähl ihm, was bei uns passiert. Das wird ihn freuen. Das vermag ihm Kraft zu geben, weiterzumachen.« Erstaunt sah Mutter mich an, dann nickte sie. Ich gab ihr Stift und Papier. Sie setzte sich in die Stube. In Gesellschaft der tickenden Stubenuhr, allein, konnte Mutter Albert schreiben. Mein nächster Gedanke war, rasch Tee für dich zu kochen. Ich legte Holz nach, schmuggelte eine Decke unter die Treppe, während das Wasser zu köcheln begann, brühte dann Kräuter auf, verstaute die Kanne im Melkeimer, band mir die Decke als Rock um den Bauch und zwang mich in ruhigen Schritten zurück zum Schuppen. Liese stand auf, als ich kam, dankbar wickeltest du dich in die zweite Decke und ich half dir mit dem heißen Tee. Im Räucherofen machte ich Feuer, Stück für Stück deiner Kleider gab ich hinein. Zitternd schautest du zu. Qualm quoll aus der Ofentür, bei jedem Öffnen. Du musstest husten. Husten! Nein, Husten durfte nicht sein! Das würde uns verraten. Dieses Geräusch würde ich im Leben nicht Liese unterschieben können. Ich hätte heulen können! Und noch mehr, als ich sah, wie sehr du versuchtest, dagegen anzukämpfen und jeglichen Laut unter die Decke zu verbannen. Dieser Anblick tat mir in der Seele weh, das konnte doch einfach nicht gut gehen!
Nicht denken, Mädchen, sagte ich mir. Los, Fisch aus der Speisekammer holen, salzen, wässern, trocknen, mit dem

Räuchern beginnen. Nicht aufhören, die üblichen Dinge zu tun, bloß nicht denken, so versuchte ich mich zu retten. Mutter saß an ihrem Tisch und malte Buchstaben aufs Papier, lebendig, mit roten Wangen. Zum ersten Mal seit Alberts Weggang schien sie etwas mit vollem Herzen zu tun. »Ich bin im Schuppen beim Räuchern«, rief ich ihr zu. Vielleicht hat sie es gehört. Liese musste zurück in ihren Verschlag, du brauchtest Flüssigkeit. Längst war deine Hand nicht mehr so kalt, als ich dir neuen Tee reichte, und auch dein Zittern beruhigte sich. Röte stieg in dein Gesicht. Während ich den Fisch vorbereitete, Holz nachlegte, Liese molk, schautest du zu, du wolltest wach bleiben, das merkte ich, trotzdem fielen dir immer wieder die Augen zu. Ich goss frische Ziegenmilch in deinen Becher, stützte deinen Kopf, damit du trinken konntest. Mein Gott, welche Hitze schlug mir entgegen, du glühtest wie ein Ofen! Kleine Schweißperlen standen auf deiner Stirn.
»Wenn das Fieber erreicht ist, musst du kühlen.« An diese Worte der alten Hebamme, bei Kerrins Kindbettfieber, vergangenes Jahr, erinnerte ich mich. Und Kerrin wurde wieder gesund. Ich legte eine der Decken zur Seite. Im letzten Jahr durfte ich der Hebamme ein paar Mal helfen, musst du wissen. Geld gab es nicht dafür, nur etwas für die Vorratskammer. Aber das hat Mutter und mir über die Runden geholfen. Kerrin musste ich Fiebersocken machen, die könnten jetzt auch dir helfen! Die Milch gehörte in die Speisekammer, Käse sollte ich ansetzen, doch das musste warten. Vielleicht könnte das Mutter übernehmen. Hier im Haus versteckte ich alles, was ich für die Fiebersocken brauchte, unter der Treppe. Alles würde ich tun, damit bloß kein Husten käme! Zwischendurch sah ich nach Mutter. Ihren Brief hatte sie fertiggeschrieben, ich half

ihr mit der Feldpostadresse. Nein, sie konnte keinen Käse ansetzen, sie musste als Erstes den Brief zur Post tragen, sofort, damit ihn Albert so schnell wie möglich bekommen würde. Bei ihrem Tempo wäre sie bestimmt eine Stunde weg. Die Zeit konnte ich nutzen, dir heimlich Haferschleim zu kochen. Den trug ich dann hinüber. So oft wie heute war ich noch nie in meinem Leben zwischen Haus und Schuppen hin- und hergegangen! Das musste doch einfach auffallen! Ich passte auf, einen Hund hörte ich bellen, irgendwo lockte jemand seine Hühner, Eimer klapperten, zu sehen war niemand.
Der Schuppen empfing mich mit herrlichem Duft nach geräuchertem Fisch. Du schliefst. Doch keinen ruhigen Schlaf. Hin und her warfst du dich im Fieber und murmeltest Unverständliches. Deine Beine zuckten unter der Decke, als wolltest du davonlaufen, selbst noch im Schlaf. Ich öffnete den Ofen, der Fisch brauchte noch. Quietschend schloss sich die Ofentür. Völlig verstört und verschreckt schautest du mich an. In einen Spalt hättest du gepasst, wäre dort einer gewesen. Ich beugte mich zu dir, »Alles gut«, sagte ich und hoffte, es klänge beruhigend. Wenn ich doch mit Gewissheit sagen könnte, dass wirklich alles gut sei! Ich zeigte auf die Schale mit Haferschleim, du nicktest. Ich setzte mich neben dich, stütze dich mit einer Hand und flößte dir Löffel für Löffel mit der anderen ein. Welche Hitze, das Fieber durfte nicht noch weiter steigen, auf gar keinen Fall. Ich musste unbedingt kühlen! Du schliefst schon wieder ein. Vielleicht schaffte ich das mit den Essigsocken, bevor Mutter zurückkam. Dich fand ich immer noch schlafend, nachdem ich alles vorbereitet hatte. Ich legte meine Hand auf deine Schulter, nur um dir zu zeigen, dass ich beginnen würde, doch du zucktest furchtbar erschrocken zusammen!

»Ich muss dein Fieber senken«, flüsterte ich, du nicktest. Dann krempelte ich die Hosenbeine bis über die Knie, wrang die Socken aus und streifte sie dir über. Ich war bemüht, den Blick nicht darauf zu richten, wollte nicht genau hinsehen, doch waren all die wunden Stellen an deinen Füßen einfach nicht zu übersehen. Vom vielen Gehen ohne oder mit falschen Schuhen, was weiß ich. Umso vorsichtiger war ich bemüht, dir deine Schmerzen nicht unnötig zu verstärken, das musst du mir glauben. Zum Schluss umwickelte ich beide Beine mit der warmen Decke, genauso, wie ich es bei der alten Hebamme gesehen hatte.

Habe ich genügend Kraft und Verstand, dich zu heilen? Und hast du den Willen, gesund zu werden? Werden wir es schaffen? Ich muss mein Grübeln abschalten! Setz den Käse auf, koche zu Mittag, mach die Fiebersocken neu, wenn es Zeit ist, bring den Räucherspieß in die Kammer, viele kleine Befehle, um alle Gedanken zu verscheuchen. Noch ein paar Mal schlüpfte ich zu dir in den Schuppen und machte die Socken gegen das Fieber frisch. Mir schien, dein Schlaf wurde ruhiger, und als ich dich eben verließ, hatte ich sogar das Gefühl, dir ging es besser.

Wo nur soll ich diese Briefe aufbewahren, bis du sie lesen kannst? Soll ich Vaters alte Metallkasse nehmen? Sie müsste noch irgendwo sein, ich glaube, ich weiß sogar, wo! Ich werde sie holen und meine Briefe hineinlegen. Ein gutes Versteck dafür muss mir noch einfallen. Auf alle Fälle soll es ganz dicht bei dir sein. Der Räucherofen? In ein paar Tagen erst werde ich das nächste Mal räuchern. Ja, der Ort ist gut, dort wird wohl niemand danach suchen. Einen der beiden Schlüssel für Vaters alte Kasse nehme ich an mich, den anderen lasse ich dir. Und falls trotzdem irgendjemand die Kiste finden sollte, was auf keinen Fall passieren darf, wird der Finder Mühe haben, sie ohne Schlüssel zu öffnen. Das wird uns wenigstens einen kleinen Vorsprung verschaffen, mehr Sicherheit gibt es nicht. Und nun wünsche ich uns beiden eine gute Nacht, möge ein guter Traum den Weg in deinen Schlaf finden, das wünsche ich dir wirklich,

Rose.

Rose also, jetzt als richtiger Name geschrieben. Die hat sich mit ihrem Unbekannten aber ganz schön was aufgeladen. Dass Rose nicht einschlafen kann, wundert mich nicht. Und ihm wünscht sie sogar noch einen guten Traum. Was ist ein guter Traum für jemanden auf der Flucht, der total geschwächt und krank und völlig wehrlos ist? Das klingt doch nach einem einzigen Albtraum! Ich würde davon träumen wollen, unverletzbar zu sein und alles bezwingen zu können. Doch so was glaubt selbst im Traum keiner. Und bei Siegfried dem Drachentöter hat es auch schon nicht funktioniert. Der Traum, von jemandem beschützt und gehalten zu werden, die Sicherheit, dass einem nichts passieren kann, solange einen dieser Arm hält, das wäre wohl der beste Traum.
Während ein Teil in mir den nächsten Brief lesen will, alle Briefe, sofort, sperrt sich ein anderer dagegen. Irgendwie habe ich erst einmal genügend zu verdauen. Genug gehört, von Rose und dem Mann auf der Flucht. Aber ich muss einsehen, dass ich mir nicht länger vormachen kann, mich ginge das alles nichts an. Diese Metallkasse, zu der zwei Schlüssel gehören ... Nein, stopp! Ich weigere mich, bis zum Ende zu denken, was das bedeuten könnte. Und zwar für mich ganz persönlich.
Ich stecke die Briefe zurück in meine Weste und stehe auf.

Durchs Fenster kann ich Wiebke und Stine auf der Bank vor dem Haus sitzen sehen, beide mit einer Tasse in der Hand. Sieht ziemlich gemütlich aus, wie sie sich in der Morgensonne miteinander unterhalten. Ich werde mich zu ihnen setzen.
Draußen muss ich leider feststellen, dass mein Platz auf der Bank schon von Lucia besetzt ist, die neben Stine hockt und von ihr gekrault wird. Zu schade, dass ich verpasst habe, wie die beiden sich begrüßt haben!

*

»Na, Jakob, gut geschlafen?«
Wiebke zwinkert mit einem Auge. Ich spüre, dass ich rot werde. Nicht mein Problem, wenn sie mich nicht weckt! Und selbst wenn ich irgendwann eingeschlafen bin, war ich voll da, als Stine Hilfe bei ihrer Rauchbombe brauchte. Also bitte.
»Die Milch in der Küche müsste noch heiß sein, auf der Anrichte findest du Kakao und da um die Ecke steht noch ein Hocker für dich.«
»Guten Morgen, mein Junge«, begrüßt mich jetzt Stine mit seligem Lächeln. Ihr scheint es richtig gut zu gehen. Spielen wir momentan im gleichen Film, oder ist sie wieder in der Vergangenheit unterwegs? Ihr Blick verrät nichts. Im Moment spielt es keine Rolle, weil ich mir als Nächstes nämlich einen Kakao anrühren werde.
Von der Küche aus höre ich Hannah näherkommen. Wieso schimpft sie denn so? Das klingt ja richtig hysterisch!
»Einfach weg, jemand hat sie geklaut, alle, einfach mitgehen lassen, kein Schnipsel mehr übrig, mein Schatz ist weg.« Dann ein metallischer Schlag und jetzt kreischt Stine: »NEIN!«
Das Bild, das sich mir draußen bietet, ist geradezu dramatisch:

Stine hält sich die geballten Fäuste vor den Mund und starrt verzweifelt auf die grüne Kiste mit dem weit geöffneten Deckel. Mit verschränkten Armen steht Hannah daneben, mindestens ebenso sauer wie verzweifelt. Wiebke versteht überhaupt nicht, was hier vor sich geht.
Und Stine. Oh je, Stine tut mir total leid.
»Nur keine Panik jetzt«, beeile ich mich zu sagen. »Ich kann das alles ...«
Aber Hannah grätscht sofort dazwischen. Mit elementarer Wucht. »*Keine Panik*? Tickst du noch ganz? Unser Schatz, diese Blätter mit den Notizen, die sind weg, jemand hat sie gestohlen! Und da fällt dir nichts Besseres ein, als dein bescheuertes *keine Panik*? Ausgerechnet du sagst das! Ich fass es nicht. Wenn du meine Meinung hören willst, mit diesem Fund sind wir irgendwem entschieden zu nahe getreten. Und das war der Grund!«
»Hannah, nein, es ist ... jetzt warte doch mal.«
Aber gegen Hannah ankommen zu wollen, ist aussichtslos. Sie kann einfach nicht zuhören.
Und was hat Stine jetzt vor? Sie kommt zum Stehen und setzt einen Fuß vor den anderen, behutsam und ganz ohne jede Stütze! Sie versucht sogar, sich nach der Kiste zu bücken, schafft aber nur eine kleine Beuge, bis sie der Schmerz einholt, woraufhin Wiebke aufspringt und die Kiste für sie aufhebt. Hannah geleitet sie zurück zur Bank. Lucia, der dieser ganze Wirbel gar nicht gefällt, flattert zu Boden und läuft gackernd davon.
Stine sitzt wieder, jetzt mit der Kiste auf Knien. Sie schließt den Deckel, streicht sanft darüber, als wäre sie lebendig, öffnet ihn wieder.
»Leer ... weg ... verloren ... endgültig ... für immer.«
Tränen laufen ihr über die Wangen.

»Alles weg, was mir geblieben war, und dabei hatte ich es doch so gut versteckt, dass selbst ich die Stelle nicht mehr finden konnte.«
»Nein, nichts ist verloren«, kann ich endlich in aller Deutlichkeit sagen. Sie sind doch alle da. Hier! Bitte!« Ich ziehe die Blätter aus den Taschen meiner Weste.
»Du hast auf sie achtgegeben?«
Ich nicke.
»Sozusagen die ganze Nacht, mit vollem Körpereinsatz«, füge ich hinzu.
»*Du* hast sie aus der Kiste genommen? Und warum sagst du das nicht gleich? Das fass ich nicht!« Böse funkelt Hannah mich an.
»Ich bin so froh, dass sie noch da sind! Kommt, wir legen sie zurück.« Stine zupft mich am Arm, nimmt die Zettel und fängt an, Blatt für Blatt aufeinander zu stapeln.
»Aber nicht, dass sie durcheinander kommen«, sage ich, immerhin habe ich höllisch aufgepasst, dass sich an der Reihenfolge nichts ändert.
»Und wenn schon, das wäre nicht so schlimm! Schau Jakob, ich zeig es dir: Hier, das Zeichen, e.A.N.z. Das ist das Datum. Und zwar verschlüsselt. Das habe ich mir ausgedacht! Alle Blätter sind danach geordnet. e.A.N.z ist der *e*rste *A*ugust *N*eunzehnhundert*z*weiundvierzig, dann kommt der z.A.N.z. und d.A.N.z., und so geht es weiter.«
Bei dem letzten Blatt kommt das Foto zum Vorschein. Ganz dicht hält Stine es sich vor Augen.
»Das habe ich all die Jahre für ihn aufbewahrt.« Leise, wie nur für sich selbst, sagt sie dies. »Ganz zum Schluss erst hat er es mir anvertraut.« Sie streicht über die Oberfläche des welligen Papiers. »Er mochte es nicht hergeben, doch die Gefahr, sich durch die hebräischen Schriftzeichen zu verraten, wenn das Foto bei

ihm gefunden würde, war einfach zu groß. Bevor er ging, vertraute er es mir an, und so wurde ich Hüterin seines einzigen Familienandenkens. Nie gab ich die Hoffnung auf, ich könnte es ihm eines Tages zurückgeben und in seine Hände legen, so wie das erste Stück Brot, das ich ihm gab.« Tränen laufen über ihre Wangen.
»Woher bringst du die Kiste, Kind? Wie konntest du sie finden? Ich hatte sie doch für alle Zeiten versteckt. So tief vergraben, wie ich es in der Eile der Zeit vermochte!« Sorgsam, als wären es die Kronjuwelen, legt Stine den Stapel in die Kiste und streicht zum Schluss noch einmal darüber.
»Im Beet hinter dem Haus, auf dem Weg zum Schuppen habe ich sie gefunden«, sagt Hannah leise. »Aber eigentlich hat Lucia sie aufgespürt. Wir haben ihr nur dabei geholfen, Jakob und ich.«
»Jakob ...«, flüstert Stine.
Mist, jetzt hat Hannah Stines Weiche wieder auf *Jakob* gestellt. Leer starrt sie vor sich hin.
»Irgendwann kam der Mann, der sagte, er sei Jakobs Sohn. Wenn ich das Foto schon nicht Jakob selbst zurückgeben konnte, wollte ich es doch wenigstens seinem Sohn geben. Aber zu dem Zeitpunkt konnte ich die Kiste schon nicht mehr wiederfinden. Denkt nicht, ich hätte die Suche aufgegeben! Und wenn ich den ganzen Garten hätte umgraben müssen! Und jetzt ist sie wieder da, weil ihr sie für mich gefunden habt.«
Sie schließt den Deckel. Jetzt auch noch ein plötzlich auftauchender Mann. Und von welchem Foto genau redet sie? Meint sie das mit meinem Doppelgänger? So allmählich fühlt sich das auch bei mir wie Knoten im Gehirn an. Aber um wie viel anstrengender muss all das erst für Stine sein, die wild durch die Zeiten springt, wie auf einem Trampolin, und rein zufällig mal irgendwo in der

Vergangenheit oder überraschend in der Gegenwart auftrifft. Stine streicht mit dem Zeigefinger über das Schloss.
»Es ist nicht aufgebrochen. Aber sag, wie hast du es geschafft, die Kassette zu öffnen, Kind?«
Hannah deutet auf mich.
»Eigentlich ganz einfach: Jakobs Schlüssel passte. Komisch, oder?«
»Aber nein, Hannah! Nicht komisch. Logisch, dass Jakob den anderen Schlüssel hat. Auch wenn es eigentlich wiederum nicht sein kann.« Stine streckt die Hand aus, und ich verstehe, dass sie den Schlüssel verlangt. Sie nimmt ihn, dreht ihn lächelnd in der Hand und verschließt die Kiste.
»Als Jakob seinen Sohn geschickt hat, waren schon viele, sehr viele ungewisse Jahre seit seinem Weggehen vergangen. Und dass der Sohn kam, ist noch gar nicht so lange her, würde ich sagen. Und Jakobs Schlüssel brachte er als Zeichen mit.«
Aber was macht sie denn jetzt? Sie fingert an den Knöpfen ihrer Bluse herum und zieht einen Schlüssel am Band heraus. Genau den gleichen wie meinen! Wie Zwillinge liegen beide in ihrer geöffneten Hand.
»Und siehst du, Jakob, jetzt sind sie wieder zusammen. Dein Sohn hat behauptet ...«
Nein, bitte nicht! Ich dachte, damit wären wir durch! Dass ich endlich wieder ganz Jakob Kämmerer sein kann und nicht gleichzeitig noch den von früher geben muss, das dachte ich.
»... du lägst im Sterben, hat er behauptet, und könntest selbst nicht mehr kommen.« Sie schaut mich irritiert an. Und wahrscheinlich schaue ich genauso irritiert zurück.
»Dass daran etwas nicht stimmen kann, habe ich mir gleich gedacht. Aber warum du all die Jahre nicht gekommen bist, Jakob,

das wusste er auch nicht. Er sagte, er habe sein Leben lang nichts von der Vergangenheit seines Vaters gewusst. Kannst du dir das vorstellen? Erst als sein Vater ihn zu sich gerufen und ihm den Schlüssel in die Hände gelegt hat, erzählte ihm Jakob seine Geschichte und die seiner Familie. Und als letzten Willen, bat er ihn um diese Reise. Siehst du, es hat Jakob, genau wie mir, keine Ruhe gelassen! Mein Leben wäre anders verlaufen, hätte ich um sein weiteres Schicksal gewusst.«

Stine blickt auf, als hätte ich etwas gesagt.

»Und jetzt möchtest du bestimmt wissen, auf welche Art anders, nicht wahr?«

Ich nicke, aber nur mit halber Aufmerksamkeit, da mich vor allem dieses Schlüsselchaos beschäftigt. Das einzig Klare in dem ganzen Durcheinander ist, dass sie alle zum Schloss dieser Kiste passen. Der von Rose, den sie in ihrem Brief erwähnt, dann der, den Rose dem Unbekannten gegeben hat, als Drittes meiner, den ich von meinem Vater habe, als Viertes Stines, hier vor meinen Augen. Und eben erzählte sie von einem weiteren, den sie dem alten Jakob gegeben hätte. Das ist aber derselbe, den sein Sohn, an dessen Namen sie sich nicht erinnern kann, mitbrachte, als er zu Stine gekommen ist. Das macht doch zusammen fünf, oder wo liegt mein Denkfehler? Mit Stines und meinem hätten wir hier gerade mal zwei. Und von zweien spricht auch Rose. Wo sind die anderen? Das *Wer* und *Wozu* verscheuche ich gleich aus meinen Gedanken. Was sich aber nicht wegdrücken lässt, ist die eine Frage: Was wäre, wenn es von Anfang an zwei Schlüssel gegeben hätte? Und wenn es diese beiden immer noch gäbe, und zwar nur diese beiden und keinen einzigen mehr? Würde dies nicht bedeuten, Stine und Rose müssten ein und dieselbe Person sein? Und der Unbekannte wäre …

»Gewissheit zu haben«, sagt Stine jetzt eindringlicher, nicht gewillt, sich unterbrechen zu lassen, »Gewissheit zu haben, glaube ich, hätte mich freier gemacht.«
Wiebke neben mir stöhnt. Kann ich verstehen, die Arme hat ja am wenigsten Durchblick von uns allen. Ich beuge mich zu ihr, um ihr ein paar wichtige Details zuzuflüstern, doch sie wehrt ab.
»Später Jakob, nicht jetzt!«
»Jakobs Sohn sah ihm übrigens nicht sehr ähnlich, das muss ich sagen«, fährt Stine fort. »Nein, dieser Mann hatte nicht die tiefen, dunklen Augen Jakobs. Und seine Haare hatten ihre Farbe bereits verloren. Deshalb konnte ich dem Grauhaarigen, der mit dieser hübschen jungen Frau hier auftauchte, zunächst gar nicht glauben, dass er Jakobs Sohn sein sollte. Und unter uns gesagt, glaube ich, nur gemeinsam mit dieser Frau hat er sich überhaupt getraut, zu kommen. Dabei war sie viel zu jung für ihn. Das hat ihm Jakob hoffentlich auch gesagt! Schwer verliebt und ganz reizend, aber viel zu jung. Und überzeugt war ich erst, als er mir seinen Schlüssel zeigte. Und als Beweis dafür, dass sein Sohn, wie hieß er denn gleich noch ... sein Versprechen gehalten hat und wirklich zu mir gekommen ist, hat sie das Foto von uns gemacht, ein schönes Foto. Fotografieren konnte sie, die junge Frau, das muss man ihr lassen, ich bekam einen Abzug als Andenken.« Stine seufzt.
»Moment, meinst du das Foto auf deinem Nachttisch?«, rufe ich.
Verwirrt schaut mich Stine an.
»Vielleicht meine ich das, Jakob«, sie tätschelt meine Hand. »Aber ich weiß es nicht so genau.«
»Welches Foto?«, fragt Hannah, die gebannt zugehört hat.
»Ach, das mit Stine und dem Mann.«
Wiebke hat scharf kombiniert, Hut ab!

»Wartet einmal, ich hole es«, rufe ich und laufe ins Haus, die Treppe hoch, in Stines Schlafzimmer. Völlig außer Puste zeige ich den anderen die Aufnahme Stines mit diesem Mann. Hannah rückt ganz dicht heran, warmer Atem haucht über meinen Nacken, aber nicht unangenehm, wie bei Mama, stelle ich fest.
»Ja, genau, da steht er, sein Sohn. Wie hieß er denn noch?« Hilfesuchend schaut sich Stine um. Das wüsste ich jetzt auch gerne. Doch sie wehrt mit der Hand ab. »Das fällt mir bestimmt später wieder ein. Aber seht mal, seine Gesichtsform, das Grübchen am Kinn, der Bogen der Augen, so ganz anders als bei Jakob. Ich schätze er wird viel Ähnlichkeit mit seiner Mutter, mit Jakobs Frau haben. Als der Graue herkam, lebte sie nicht mehr. Ich dachte so bei mir, dass sie wohl erst sterben musste, ehe Jakob seinem Sohn von früher erzählen konnte. Ob es stimmt, werde ich nie erfahren.« Sie wischt kleine Wassertröpfchen vom Foto.
»Ich hoffe für Jakob, dass sie es gut hatten miteinander. Das hoffe ich wirklich.«
Stine drückt mir meinen Schlüssel in die Hand und legt sich ihren wieder um den Hals.
»Ich hatte ja zu meinem Glück einen Beruf, der mich ganz und gar ausgefüllt hat. Unzählige Schwangere, Gebärende und Wöchnerinnen konnte ich begleiten. Ich habe im Lauf der Jahre so vielen Kindern auf die Welt geholfen.« Sie nickt versunken, schaut auf. »Das waren Jahre mit ständiger Rufbereitschaft. Ich war immer unterwegs, am Anfang mit dem Rad, später mit meinem Wagen.« Jetzt schüttelt sie den Kopf. »Für einen Mann wäre kein Platz gewesen.« Wie sie das anfügt, klingt es bitter und streng. Leiser spricht sie weiter.
»Aber eines plagte mich immerzu und wurde auch im Laufe der Jahre nie weniger: Ich habe nie erfahren, ob seine Flucht geglückt

ist. Hat er es bis nach Dänemark geschafft oder nicht? Konnte er dort bleiben, oder musste er noch weiter fliehen? Ich wusste noch nicht einmal, ob er überhaupt überlebt hat. Nie wieder habe ich etwas von Jakob gehört. Gehofft habe ich es natürlich und versucht, mir einzureden, dass er es irgendwie bis nach Dänemark geschafft hätte und dort, wie es unser Pastor Pehlkow den verschreckten Kindern als Gutenachtgeschichte erzählt hat, wie all die anderen jüdischen Menschen direkt unter dem Schutz des dänischen Königs Christian stand«, sagt Stine weiter. »Aber sicher war das nicht. Und so machte ich mir Vorwürfe, dass ich ihn nicht hätte gehen lassen dürfen! Bestimmt war er noch zu schwach und hilflos. Was habe ich bloß getan? Fortgeschickt hatte ich ihn, statt ihn weiterhin zu beschützen. Dieses Schuldgefühl wog schwer und ließ meine Hilfe klein und wertlos scheinen. Was habe ich mir für grässliche Dinge ausgemalt, die ihm zugestoßen sein könnten! Meine größte Angst war, er würde eines Tages leblos an den Strand gespült werden. Erlösende Gewissheit kam nie.«

Stine schnäuzt sich die Nase. Hannahs Schulter schiebt sich dichter an meine, ich lege meinen Arm darum. Stine spricht weiter.

»Als wäre es gestern gewesen, sehe ich Jakob noch immer vor mir, wie er beim Abschied seine Hand auf die Brust legt ... so ...«, Stine legt ihre Rechte auf den Brustkorb, »... und den Kopf leicht geneigt. Ach, hätte ich ihn doch bloß nicht gehen lassen. Wie schämte ich mich für die Erleichterung, die ich empfand, als er weg war.« Verbissen kneift sie den Mund zusammen. »Jakob, nimm du sie an dich, ich will sie nicht mehr.« Sie streckt mir die Kiste entgegen, ich löse mich von Hannah und nehme sie an. »Weißt du, diese Briefe noch einmal zu lesen, das übersteigt meine Kraft. Ich vertraue sie dir an.« Dann steht sie auf und nickt Wiebke zu.

»Lass uns sehen, was du in letzter Zeit gearbeitet hast, meine Liebe. Mir scheint, ich war lange weg.«
»Das kannst du laut sagen.« Wiebke hakt Stine unter und gemeinsam gehen sie los, Richtung Rosentor, mit kleinen Schritten und unendlich langsam, Wiebke als Stines Stütze.
Über Stine hinweg deutet Wiebke auf ihr Haus und bittet uns darum, dort das Frühstück vorzubereiten.
»Aye, aye, Ma'm!«

*

Die Kiste steht in Wiebkes Küche auf dem Tisch. Hannah lässt Teller auf ein Tablett krachen, pfeffert Besteck daneben, die Schublade verschließt sie mit einem lauten Rums.
»Hannah?«
»Was, *Hannah*? Mann, das war meine Entdeckung, und ich habe alles mit dir gemeinsam gemacht. Und du, du nimmst dir die Zettel bei der erstbesten Gelegenheit, einfach so, ohne etwas zu sagen, und liest sie dann auch noch ganz allein für dich, toll! Echt!«
»Was hättest du denn getan, wenn du deine Doppelgängerin da drin gefunden hättest?« Ich klopfe auf die Kiste. »Bist du dir so sicher, dass du nicht auch versucht hättest, mehr zu erfahren? Ich meine, immerhin ist ja noch alles da! Nicht durchs Lesen aufgebraucht oder so. Von mir aus lese ich dir alles, was ich bis jetzt gelesen habe, noch einmal vor. Wort für Wort.
Hannah hört mit dem Protestgeklapper auf.
»Das würdest du machen?«
»Klar! Weißt du, gestern, vor meiner Nachtwache, da ...« Mein Blick weicht aus, verfolgt eine Fliege, wie sie über die Spüle rennt, anhält, sich die Beine reibt, abhebt und zur Lampe fliegt.

»Jakob?«

»Ähm, ja, als ich gestern mit der Kiste allein war, im Zimmer, keiner war da, draußen alles dunkel, und ganz still, da gab es auf einmal einen winzigen Moment, in dem ich das Gefühl hatte, *Jetzt!* Jetzt könnte es gehen. Davor ... also bis dahin hatte ich ...« Jetzt schaue ich Hannah direkt an, sehe keinen Spott, wir halten den Blick, »... also, die ganze Zeit hatte ich so etwas wie Angst davor.«

»Verstehe.« Hannah nickt.

Mein Blick fixiert jetzt meine Schuhspitzen.

»Eine richtige, echte und miese Scheißangst hatte ich, wenn du es genau wissen willst. Und ohne die geringste Ahnung, warum eigentlich.«

»Okay, das habe ich jetzt verstanden. Und nachdem jetzt geklärt wäre, dass die Zettel nicht beißen, können wir die anderen dann bitte zusammen lesen?«

»Ja, sag ich doch.«

»Abgemacht?«

»Abgemacht. Oder, pass auf, ich erzähl dir schon mal jetzt, was bisher passiert ist.«

»Gute Idee.«

Jetzt lächelt sie schon wieder. Wir tragen die Tabletts in den Garten, Hannah nimmt mir die Teller aus der Hand und drückt mich auf einen Gartenstuhl.

»Und jetzt erzähl.« Während sie den Tisch für uns alle deckt, vorsichtig, ganz ohne Geklimper und Geklirre, um bloß alles zu verstehen, berichte ich von den ersten drei Briefen.

»... und mehr weiß ich auch noch nicht.«

Wir sehen zu Wiebkes Schuppen hinüber. Weder von ihr noch von Stine ist etwas zu sehen.

»Lass uns jetzt sofort den nächsten anfangen, bis die beiden kommen«, sagt Hannah.
»Okay.« Ich nehme das vierte Blatt, falte es auseinander und halte es ihr hin.
»Lies du.«
»Echt?«
»Jetzt mach schon!«
Wir rutschen ganz dicht zusammen. Es ist der erste Brief in der eckigen, steilen Handschrift. Ich finde, es schadet nichts, wenn ich ein bisschen mitlese, falls Hannah die Schrift nicht entziffern kann.
»Also, ich fange jetzt an«, sagt Hannah. Eine Haarsträhne kitzelt mich im Gesicht.
»Dann leg doch endlich los.«
Liebe Rose! Hannah räuspert sich und als sie merkt, dass ich schon weiterlese, wackelt sie empört mit dem Papier herum, sodass die Buchstaben vor meinen Augen verschwimmen.
»Ich lese und du hörst zu, kapiert?«
»Ist ja gut, jetzt mach schon weiter.«

Ich habe deine Briefe gelesen. Alle, Wort für Wort, wieder und wieder, nachdem sich mein Fiebernebel endlich gelegt hatte. Ich hoffe, jetzt wirklich auf dem Weg der Genesung zu sein. Noch kostet mich jede Bewegung unendlich viel Kraft, mir raubt es den Atem, als hätte ich schwer gearbeitet, wenn ich mich einfach nur hinsetze. Doch ich möchte dir dringend endlich Antworten geben. Bedenke, liebe Rose, Worte, einmal aufgeschrieben, legen Zeugnis ab. Sie offenbaren unser Denken, und sie führen, obwohl losgelöst von der Hand, die sie schrieb, doch immer zu ihr zurück. Deshalb ist Vorsicht

geboten, in diesen Zeiten von Verfolgung und Krieg mit all der Not. Im Reden nie das innerste Schweigen brechen, einander vertrauen, ohne die letzte Vorsicht aufzugeben, das soll uns leiten. Dringlicher als die Sorge um mein Schicksal ist mir das Bedürfnis, dich, meine Retterin zu schützen. Deine Tat, die nicht hoch genug belohnt werden kann, darf dir nicht zum Verhängnis werden! Was kann ich dir zu mir und zu meinem Schicksal sagen? Ich bin und war Spielball vieler Umstände – und glaube mir, je weniger du, liebe Rose, um das Vergangene weißt, umso besser. Für dich und vielleicht auch für mich. Lass uns im *Jetzt* bleiben. *Jetzt* bedeutet überleben. *Jetzt* ist das Glück, dieses wunderbare Versteck zu haben, *jetzt* meint, den Durst stillen können, Nahrung erhalten, von trockenen Kleidern gewärmt werden, *jetzt* erhalte ich sogar ganz wunderbare Pflege. Ich beginne zu ahnen, dass auch ich mich irgendwann wieder der Dunkelheit werde anvertrauen können, ja vielleicht sogar wieder einmal ruhigen Schlaf finden werde. Der schönste Traum wäre, eines Tages mit dem Gefühl von Geborgenheit und ganz ohne Schreck aufwachen zu können! Wirklich, jeden Tag spürbar mehr bei Kräften, wächst so etwas wie Zuversicht, was ich noch vor ein paar Tagen nicht für möglich gehalten hätte. Kann es vielleicht wirklich eine Zukunft geben? Doch wofür?
Immer und immer wieder martert mich die Frage: Wozu eine Zukunft, wenn nur für mich alleine? Warum nur konnte und kann es Zukunft nicht für alle geben? Tief verborgen in meinem Gepäck trage ich an meiner Vergangenheit. Sie ist mein ständiger, so unsichtbarer wie grausamer Begleiter. Und obwohl fest verschnürt und tief unter allem anderen verstaut, um mich vor dem elendigen Schmerz, den das Erlebte ver-

ursacht, zu schützen, findet längst Vergangenes doch immer wieder einen Weg hinaus ans Licht des Erinnerns, gegen alle Widerstände. VERGANGENHEIT, wie mächtig und schwer drückend, mich hetzend und lähmend zugleich, und so wenig hilfreich im *Jetzt*. Dir dies zu schreiben, geht fast schon zu weit. Mehr will und kann ich nicht sagen. Obwohl, eines sei zu deiner Versicherung noch gesagt: Kein von mir begangenes Unrecht hat mich zu dieser Flucht getrieben. Es gibt keine persönliche Schuld, die mich auf diese Sandbank geworfen hätte, von der du mich gerettet hast. Ich hoffe, du kannst meinen Worten glauben. Und sei versichert: So schnell es mir möglich ist, sobald es meine Kräfte wieder zulassen, werde ich meine Reise fortsetzen. Ich werde alles mir Mögliche tun, um dich nicht weiter zu gefährden, das gelobe ich. Dir verdanke ich mein Leben. Hab Dank, liebe Rose, DANKE! Deine Briefe in der Einsamkeit des Verstecks lesen zu können, wieder und wieder deinen Worten zu lauschen, dir gar selber schreiben zu können, die endlos kreisenden Gedanken dadurch bannen zu können, all das ist von unschätzbarem Wert und hilft, Ruhe zu bewahren im *Jetzt*.
Die Kiste liegt im sicheren Versteck verborgen, meinen Schlüssel dazu trage ich am Leib. Lass mich zum Schluss noch die Ziege erwähnen, die mir angenehme Gesellschaft ist! Genügsam, sanft und geduldig lauschend, was ich ihr zuflüstere. Und dass sie ihre Neugier kein bisschen unter Kontrolle hat, bringt sogar erheiternde Momente in mein Versteck. Sobald ich mich wieder frei aufrecht halten kann, möchte ich das Melken lernen. Lass mich dir, liebe Rose, wenigstens diese eine Arbeit abnehmen. Schließen möchte ich mit tief empfundenem Dank für all dein Tun. Es gibt mir Hoffnung. Nicht nur für mich und

mein Leben. Hoffnung für mehr, im Grunde für die Gattung Mensch. Mit großer Ehrfurcht vor deiner Courage, und voller Scham für meine Schwäche, neige ich, liebe Rose mein Haupt vor dir.

Anstelle einer Unterschrift sind mit wenigen Strichen ein paar Wellen gezeichnet, ein kleiner Hügel ragt heraus, darauf liegt eine Robbe. Aus dunklen Augen schaut sie einen an.
Sorgsam legt Hannah das Blatt zurück, ganz still, als müssten die Worte in Ruhe nachklingen.
Dann pfeift sie durch die Zähne.
»Und die anderen drei sind genauso so geheimnisvoll, so ... ich weiß nicht, altmodisch und spannend wie der hier?« Ich nicke.
»Schon fies: Man erfährt etwas, aber so ein winziges Bisschen nur, das meiste bleibt zwischen den Zeilen versteckt, und weil es so rätselhaft und unglaublich packend ist, muss man geradezu immer weiterlesen.«
»Sag ich doch!«
Sie nimmt den nächsten Brief heraus, einen von Rose, den werde ich lesen.
»Liebe Robbe«, beginne ich, doch Hannah bremst mich sofort wieder aus. «Da!«
In ruhigen Schritten kommt Wiebke über die Wiese, Stine tippelt eingehakt neben ihr.
»Lass uns nach dem Frühstück weitermachen.«
Schade zwar, aber okay. Hannah verschließt die Kiste.
»Und zwar zusammen, das gilt doch, oder?«, sagt sie und hält mir den Schlüssel hin.
»Wieso muss ich das denn jetzt alle drei Minuten bestätigen?«
Hannah zuckt mit der Schulter. Ich hänge mir meinen Schlüssel

um. Klar, damit könnte ich auch allein weiterlesen, sie aber nicht. Sie vertraut mir also …

»Logisch gilt es noch.«

»Dann ist es gut.«

Wiebke und Stine kommen näher, völlig in ihr Gespräch vertieft.

»Stine scheint es hier richtig gut zu gehen«, sage ich zu Hannah, die nickt. Auch ihr ist nicht entgangen, wie zufrieden sie wirkt. Mit der freien Hand hält sie ihre Hemdzipfel vor dem Bauch. Was hat sie bloß gesammelt, dass sich ihr Hemd so gewaltig ausbeult? Doch nicht die Äpfel ihrer Bäume? Gestern zumindest sind die noch klein und unreif grün gewesen.

Polternd kullern Pflaumen aus Stines geraffter Beule über den Tisch.

»Pflaumen, lecker, daraus könnten wir Pflaumenkuchen machen!«

»Du sagst es, Kind, genau das habe ich mir auch überlegt, fürs Erste, und am Baum hängen noch viel mehr«, antwortet Stine und lässt sich ächzend auf einem Stuhl nieder.

»Mein Rezept, mit der guten Butter, Mandelsplittern und Zimtstreuseln obendrauf, das schmeckt herrlich, ihr werdet sehen. Das ist nicht so ein dröges Backpulvergemisch wie sie es einem in der Klinik vorsetzen. Wenn mir nur bloß …« Sie verscheucht eine Wespe. »Also, ich fürchte, beim Backen, mittendrin, könnte mir vielleicht nicht mehr einfallen, wie es weitergeht …«

»Oh, dann lass mich doch mitmachen. Ich sage dir vor, wenn du nicht mehr weiterweißt«, ruft Hannah.

»Vorsagen wie in der Schule? Beim Kuchenbacken?«

»Klar!«

»Warum eigentlich nicht, ich meine wenn's in der Schule funktioniert. Dann wollen wir es gleich zusammen wagen?«

Und wie Hannah will! Eigentlich wollten wir ja gleich weiterlesen ... dann eben später.
»Und du?«, fragt Wiebke mich, und verstreicht gleichmäßig Himbeermarmelade auf ihrem Brot.
»Willst du auch backen?«
»Nö, zwei Leute sind genug. Ich gehe runter ans Wasser. Vielleicht finde ich ja interessantes Strandgut.«
Stine sieht auf. Sie fängt jetzt hoffentlich nicht schon wieder an zu phantasieren und so was wie *»NEIN, die Patrouille, viel zu gefährlich«,* zu rufen. Macht sie nicht, aber was sie sagt, ist schlimmer.
»Gut, dass die Zeiten vorbei sind, als immerzu Menschen angespült wurden. Dir wird der grauenhafte Anblick all dieser leblosen Geschöpfe erspart bleiben. Zum Glück sind andere Zeiten.«
Herzhaft beißt Stine in ihr Brot. Wie kann sie nur? Der Gedanke an aufgereihte Wasserleichen lässt mir den Appetit vergehen. Gut möglich, dass es mir jetzt zu gruselig ist, den langen Weg durch die Dünen zu gehen, und vielleicht tatsächlich auf vergessene Skelette von damals zu stoßen. Allein die Vorstellung, bei jedem Schritt das Knirschen alter Knochen unter den Füßen zu spüren, gibt mir schon den Rest. Unter *Strandgut finden* hatte ich mir etwas anderes vorgestellt ...
Aber Stine lässt es sich schmecken. Wie kann so eine dünne kleine Frau eigentlich so viel essen, frage ich mich! Aber dann sehe ich, wie sie ein Stück Brot abbricht und es heimlich Lucia neben sich zusteckt. Wiebkes Blick kreuzt meinen, ihr Lächeln zeigt, dass auch sie unseren zusätzlichen Frühstücksgast entdeckt hat.
Soll ich jetzt durch die Dünen zum Strand gehen und nach Sachen suchen? Allein? Oder lieber doch nicht?

*

Als ich mit ein paar Muscheln in den Händen und reichlich Sand in den Schuhen zurückkomme, duftet das ganze Haus nach Pflaumenkuchen.

»Den gibt es aber erst nach Stines Mittagsschlaf«, erklärt mir Hannah, während sie ihn mit Puderzucker bestäubt. Sie haben ihn drüben, in Stines Küche zubereitet und anschließend, weil Stines Backofen nicht mehr richtig funktioniert, hier bei Wiebke gebacken. Hannah klatscht überschüssigen Puderzuckerstaub ab und hält mir den beschneiten Kuchen vor die Nase. Müssen wir unbedingt warten, bis Stine – wer weiß wann – aufwachen wird? Am liebsten würde ich gleich, jetzt auf der Stelle ein Stück abbeißen. Ich stibitze ein Stück überstehenden Rand und schiebe es mir unauffällig in den Mund.

»Kommst du?«

Hannah, die grüne Kiste unter den Arm geklemmt, zieht mich mit sich. Was wird das? Wiebke, mit Telefon und einer langen Liste in der Hand, scheint kaum erwarten zu können, dass wir endlich die Biege machen! Sie will Stines Mittagsschlaf nutzen, um ungestört Gespräche mit der Klinik, diesem Geronto-Dingsda, dem Amt und der Krankenkasse und so weiter zu führen. Das neue Babyphon habe ich übrigens getestet. Super ist es, um Längen besser, als das alte, mit einer Reichweite bis in Wiebkes Schlafzimmer. Und das Licht am Empfängergerät lässt sich bei diesem Modell auch ausschalten. Na, hoffentlich hält die Neuanschaffung ein bisschen!

»Mann, Jakob!« Hannah drängelt ungeduldig, und auch Wiebke scharrt schon mit den Füßen und bietet uns sogar *Mattie Harcken* an, wenn wir uns bloß endlich vom Acker machen!

»Aber ihr bekommt *Mattie* nur, wenn ihr versprecht, sie nicht für weitere Entführungen einzusetzen!«

»Aber die beiden Raucher im Bademantel würden sich total freuen, endlich da rauszukommen. Die waren so zutraulich ...«
»... und so sympathisch ...«
»... und hilfsbereit!«
»Ob die etwas für ihre Befreiung zahlen würden, was meinst du Hannah?«
»Wehe euch!«, ruft Wiebke.
Dabei grinst sie über das ganze Gesicht, als könnte sie direkt Spaß daran finden, auch die beiden noch irgendwo unterzubringen!
Hannah und ich einigen uns schnell auf ein Ziel: Wir wollen zu Stines Bank am Watt.

*

Bis auf ein paar Pfützen und kleine Rinnsale ist das Wasser wie weggepustet. Ziemlich weit draußen im Watt erst schlängelt sich ein dicker Priel.
»Wo ist eigentlich Dänemark?«, fragt Hannah plötzlich.
»Wie bitte?«
»Ich meine, in welcher Richtung liegt Dänemark, von hier aus gesehen?«
»Ach so. Ich glaube ... warte mal ... da steht die Sonne, also ist Norden da gegenüber, dann müsste es in der Richtung irgendwann kommen, immer weiter die Küste rauf.«
»Okay.«
»Warum fragst du?«
»Weil Stines Jakob nach Dänemark wollte. Was meinst du, wie lange würde man wohl bis dahin brauchen?«
»Kommt drauf an, wie man fährt.«
»Mit einem Boot, meine ich.«
»Kommt immer noch drauf an.«

Hannah grinst.
»Stimmt, mit einem Ruderboot wäre es wahrscheinlich schwierig. Du ruderst nach dort drüben ...«, sie zeigt auf eine Tonne im Watt, »... und kommst durch Wind und Welle und Strömung nach stundenlangem Rudern dort an.« Ihr Finger wandert ein beachtliches Stück auf die offene See, der Ruderrichtung genau entgegengesetzt. Aber dann drängt sie, weiterzulesen.
Obwohl auch ich genau das will, sperrt sich schon wieder alles in mir. Stark und mächtig, wie die Stemmtore am Sperrwerk. Nur hält mein Sperrwerk kein Wasser, sondern den Inhalt dieser Briefe ab.
»Schlüssel bitte«, sagt Hannah in strengem Ton, und streckt ihre Hand aus. Sie schließt auf, öffnet den Deckel und zieht den fünften Brief heraus. Wenn jetzt eine Böe hindurchbliese und die Blätter in einem Wirbel aufs Meer hinaustriebe, dann hätte sich die Sache erledigt. Schnell verschließt sie den Deckel wieder.
»Lies du«, sagt Hannah und so fange ich an.

Liebe Robbe, hab Dank für deine Worte. Melken, Netze flicken, das Flechtwerk der Stühle reparieren ... Arbeit kann ich dir reichlich anbieten, sobald du dich kräftig genug fühlst. Stell dir vor, Mutter ist besserer Dinge! Sie hat jetzt angefangen, altes Strickwerk aufzutrennen. Mit der Wolle möchte sie Albert Socken, Handschuhe und Mütze für den kalten Winter im Osten stricken. Gottlob scheint sie damit etwas gefunden zu haben, das ihrem Leben den Sinn zurückgibt! Und ich kann jetzt, wo du schon längere Zeit allein zurechtkommst, wieder zum Fischen ausfahren. Man erzählte mir, gestern sei ein Fischer ein Stück südlich von hier auf eine Mine gelaufen und gesunken.

Und wenn ich gestern ausgefahren wäre? Wieso sollte ausgerechnet mir nicht auch so etwas passieren? Was wird, wenn mir etwas zustößt? Für Mutter wäre es grässlich und könnte ihr den letzten Funken Lebenswillen nehmen. Doch ihr blieben immer noch unsere Verwandten, die sie unterstützen würden. Aber was würde aus dir? Diese Sorge um dich, der du vollkommen auf mich angewiesen bist, solange du hier bist, diese Sorge ist neu hinzugekommen. Und wer kümmert sich um die Kuh, draußen auf der Weide? Sie muss schleunigst zurück in den Stall, denn es kann jederzeit mit dem Kalben losgehen. Dies wird mein erstes Kalb ganz ohne Vater oder Albert. Hoffentlich schaffe ich es. Ich bange darum, keine Hilfe holen zu müssen! Wo könnte ich dich dann verstecken? Denn auf gar keinen Fall darf dich der Tierarzt finden. Gar niemand soll hier auf den Hof kommen. Bis alles vorbei ist.
Es wird doch vorbeigehen?
Seltsam, meine Sorge, jemand könnte dich entdecken, wird von Tag zu Tag größer. Warum nur, frage ich mich, wo ich doch im Heimlich-Tun immer geschickter werde. Ich denke, es sind die Nerven, und ich gebe zu, dass es denen gerade gar nicht gut geht. Gestern – nur ein Fenster schlug irgendwo im Haus zu, mehr nicht – rutschte mir vor Schreck die Schale mit Tee aus der Hand und zerbrach mit scheußlichem Klirren auf den Fliesen, was mich aufs Neue zusammenfahren ließ. Und beim Zusammenkehren sah ich eine Uniform am Fenster vorbeikommen und fing augenblicklich am ganzen Leib an zu zittern! Erst lange Zeit, nachdem der Postbote weggegangen war, konnte ich mich beruhigen.
»Nichts Schlimmes, keine Sorge, Stine. Nur ein Brief von Albert«, sagte er, als er mich so sah. Er dachte, ich erwartete

hören zu müssen, Albert sei gefallen. Aber was, wenn ihn meine Panik misstrauisch gemacht hätte? Wie soll ich mich bloß beruhigen? Was kann helfen? Die Arbeit allein schafft es nicht mehr. Muss ich mir schon Baldrian kochen? Ich kann mir solch schwache Nerven einfach nicht leisten. Sie gefährden dich, mich und Mutter gleich mit. Stark muss ich sein und funktionieren muss ich, für Vorräte sorgen, einmachen, einlagern. Wie sollen wir sonst durch den nächsten Winter kommen? Wenn der Krieg doch nur bald ein Ende hätte! Verzeih, liebe Robbe, es tut mir leid, soviel Schwere in diesen Brief gelegt zu haben. Doch woher die Leichte nehmen, sag du es mir, wenn es sie doch nicht gibt?
Doch während ich schreibe, auch jetzt, wird mir die Last weniger, wird mir lichter, zum Glück. Ich hoffe du verstehst, dass ich keinen Moment bereue, dich von der Sandbank geklaubt zu haben! Manchmal denke ich sogar, es könnte das Wichtigste sein, was ich bisher in meinem ganzen Leben getan habe. Gute Nacht.

Wir lesen uns weiter vor, ich die Briefe von Rose, Hannah die von Robbe, immer abwechselnd.
Wie Robbe immer kräftiger wird, erfahren wir. Er holt sein Essen jetzt direkt an der Schuppentür ab, stopft löcherige Leinensäcke, schärft Stines Küchenmesser und Schere, und tut, was ihm möglich ist, um Rose zu unterstützen. Ein paar Mal wagt er sich, immer dicht an den Schuppen gedrängt, in mondloser Nacht an die frische Luft. Und Rose schleicht sich im Schutz der Dunkelheit dazu, wenn sie wieder einmal nicht schlafen kann. Wie sehr er das Sitzen im Freien genießt, schreibt er ihr, und sie erwähnt, wie sehr sie fürchtet, ihr Flüstern könnte entdeckt werden. Leider er-

fahren wir nichts darüber, was sie miteinander geflüstert haben. Das stelle ich mir vor, nur für mich. Mit Hannah rede ich nicht darüber, und sie auch nicht mit mir.
Aber über Robbes Familie erfahren wir mehr. Dass Eltern und Schwester fest entschlossen und durch kein Mittel davon abzubringen waren, in ihrer Stadt auszuharren, bis der Albtraum ein Ende haben würde. Sie wollten nicht wahrhaben und konnten einfach nicht glauben, dass ihr eigenes Heimatland sie vollständig entrechtete und zu Tode bedrohte. Und die Heimat schon früher zu verlassen, wie seine Tante Martha und Onkel Robert, als es noch möglich gewesen wäre, kam für Robbes Familie überhaupt nicht in Frage. Zu hören, wie er sich dann doch noch auf den Weg gemacht hat, in allerletzter Minute, am Ende ganz allein, weil seine Schwester die Eltern nicht verlassen wollte, und wie dieser Versuch, sich zu retten, mit dem Gefühl verbunden war, die anderen im Stich gelassen zu haben, das hört sich so elendig traurig an! Schrecklich.
Immer wieder legen Hannah und ich eine Lesepause ein.
Still, den Blick aufs Watt gerichtet, wo das Wasser langsam mehr wird. Das Vorgelesene klingt nach, wird vom Wind hinaus aufs Meer getragen.
Robbe versucht, sich zu trösten: Mutter, Vater und Schwester könnten durch seine Flucht aufgerüttelt worden sein! Er hofft *aus tiefster Seele,* wie er schreibt, sie hätten es eingesehen, sich wenigstens versteckt und sich im sicheren Unterschlupf endlich diesen gelben Stern von den Kleidern gerissen. Immerhin, eine Adresse konnte er ihnen vor seinem Weggehen noch besorgen, notiert auf dem winzigen Zettel, den er seinem Vater in die geöffnete Faust legte. Von seiner Familie weiß er nichts, aber er hofft. Und dann berichtet er von seiner Flucht. Obwohl er im ersten

Brief noch betont hatte, dass er absolut nichts davon mitteilen würde, erzählt er viele Briefe später doch davon.

Das hätte ich wahrscheinlich schon viel eher gemacht. Solche Erlebnisse kann man doch gar nicht für sich behalten! Durch seinen Bericht begreife ich, dass ein junger Mann auf Reisen mitten im Krieg auffällig wie ein bunter Hund gewesen sein muss, wo doch so gut wie alle anderen jungen Männer zum Militärdienst eingezogen waren und Uniformen trugen. Auffällig und absolut verdächtig.

Woher nahm er nur den Mut zur Flucht, er ganz allein, wenn er fast gar keine Chance hatte? Es muss ihm doch von Anfang an klar gewesen sein, dass er für alle, denen er begegnete, super auffällig war und sie misstrauisch machen würde!

»Würdest du von Anfang an aufgeben, Jakob? Würdest du es nicht wenigstens versuchen? Ich würde alles riskieren und hoffen, dass es unter allen Menschen doch wenigstens ein paar einzelne gibt, die bereit sind zu helfen und einen nicht verraten.«

Ich weiß nicht. Aber Hannah glaube ich aufs Wort.

»Vergiss nicht, er hatte sich eine ganze Menge Tricks einfallen lassen!«

»Stimmt. Und er kannte Menschen, die bereit waren zu helfen, die wieder andere kannten, die auch weiterhelfen würden.« Einen gefälschten Kriegsbeurlaubungsschein erwähnt er, einen Wehrmachtsbahnfahrschein dritter Klasse, eine erste Adresse im Schuh versteckt, Geld im Futter eingenäht, ein Arsenal an Ausreden. Damit hat er sich auf die Flucht gewagt. Und immer wieder eine neue Adresse, ein anderer Treffpunkt, mal versteckt unter einem schützenden Verband, dann getarnt mit Krücken, Geleit über den stark bewachten Kaiser-Wilhelm-Kanal. Viele kurze Begegnungen mit Helfern ohne Namen, und nur nicht zu genau hinsehen, Rübenkeller, Schafstall, Scheune, so zog er weiter, immer weiter. Schritt für Schritt hangelte er sich von einer rettenden Hand zur nächsten, mit der ständigen Angst, es könnte eine Falle sein. Eine Telefonnummer, auswendig gemerkt und immer wieder aufgesagt, wäre ihm dann beinah zum Verhängnis geworden.

Die Telefongroschen fest in der Hand, das Fernsprechhäuschen nicht mehr weit, sah er sich zum Glück noch einmal um. Und was für ein Zufall, dass er in dem Moment das Aufglimmen eines Feuerzeugs im schwarzen Wagen auf dem Platz bemerkte. Schwere Stiefelschritte näherten sich, Gelächter zweier Männer, ihre schwarzen Ledermäntel glänzten im Licht der Straßenlaterne.

Das rote Häuschen wird bewacht! Weg! Schnell!

Er schaffte es umzudrehen, unbemerkt, wie er dachte, weg, nur weg, durch fremde Straßen zur Mole und im Schutz der Dunkelheit einen Sprung hinab ins Watt. Einen Pfiff hörte er noch und Gebrüll und rannte jetzt. Weiter und weiter strauchelte er über matschigen Sand, noch tiefer in die Dunkelheit hinein, stolperte, fiel, rappelte sich wieder auf. Er durchwatete Wasserlachen, ging immer weiter hinaus, bis zur totalen Erschöpfung, bis zur bitteren Erkenntnis, dass er sich verirrt hatte.

Und im Brief steht dann:

> Doch du, Rose, wusstest von all dem nichts. Du gehörst keinem Netzwerk an. Du hast geholfen, einfach so, als Mensch. Ganz allein hast du mich gerettet, ohne mich zu kennen, ohne jegliche Sicherheit, ohne etwas dafür zu verlangen. Hätte es mir jemand prophezeit, ich hätte es nicht geglaubt …

Ich ziehe das letzte Blatt aus der Kiste.

Liebe Robbe, mit diesem Brief bringe ich dir, was ich an der Stalltür, hinter Brennnesseln versteckt, gefunden habe. Zuerst dachte ich, es sei ein Stein, ein Feldstein, doch so einen hat es dort vorher nicht gegeben. Eingewickelt in Tuch lag dieses Stück Brot, der Streifen Speck und zwei gekochte Kartoffeln. Wer hat das dort hingelegt? Und wann? Wie konnte er oder sie von dir wissen?
Vorsichtig sah ich mich um. Wurde ich beobachtet? Niemand war zu sehen. Obwohl du hier so gut versteckt bist, muss dich jemand gesehen haben! Wer ist es, der wie ich die Pflicht zu helfen über geltendes Recht stellt? Und warum erzeugt diese wohlmeinende Geste blanke, panische Angst in mir? Warum alarmiert es mich, statt mich zu erfreuen? Weil es doch ganz einfach eine üble Falle sein kann! Und damit wären wir verloren. Selbst wenn dieser Jemand es wirklich gut meinte, könnte es außer ihm oder ihr noch weitere Mitwisser geben! Darunter Menschen, die nichts davon wissen dürfen!
Du weißt besser als ich, was das bedeutet, dir brauche ich nicht zu erklären, dass du nicht mehr sicher bist. So schwer es mir fällt, dies zu schreiben, und so leid es mir tut: Du kannst nicht länger bleiben. Wir müssen dich in Sicherheit bringen. Du musst weiter, so schnell wie irgend möglich. Vertrau mir die Telefonnummer an, die dich weiter bringt, ich erledige den Anruf für dich. Und ich weiß auch wie: Zur alten Hebamme gehe ich, die lässt mich telefonieren, ohne etwas wissen zu wollen. Und für die Telefonistinnen, Mädchen aus meiner Mädelschaft, wird eine Nachricht an Mutters Cousin auf der Nachbarinsel nichts Auffälliges sein. Das ist wichtig, da sie alles Verdächtige

melden. Ich bitte einfach nur Mutters Cousin um Hilfe für Reparaturarbeit am Boot. Weiter nichts. Er soll mir sagen, wann er Zeit hat, mit der Arbeit zu beginnen. Wenn du mir die Nummer und das geheime Erkennungszeichen verrätst, kann ich ein Treffen für dich arrangieren. Eine andere Möglichkeit gibt es nicht, denn du darfst dich nicht zeigen. Sobald dich jemand sieht, ist alles aus. Ich bitte dich, lass mich das für dich tun, denn mehr tun kann ich nicht. Es tut mir leid. Rose.

Außer dem vergilbten Foto auf dem Boden ist die Schatulle leer. Aber was ist danach passiert? Warum gibt es keine weiteren Briefe? Sind die anderen verlorengegangen? Oder blieb keine Zeit mehr zum Schreiben, weil alles ganz schnell gehen musste? Sind die beiden aufgeflogen, und übrig blieb die Kiste im Räucherofen?

Hannah klappt den Deckel zu, verschließt die Kiste und gibt mir meinen Schlüssel zurück.

Still schauen wir übers Watt.

Ich kann mir das alles nicht vorstellen: Dass jemand, der nur ein paar Jahre älter war als ich, so etwas erlebt hat. Im Geheimen und absolut lebensgefährlich.

Ich stehe auf.

»Wie will Rose denn bitte hier ...«, und ich zeige über das topfebene Watt, wo man alles, aber auch alles, was größer ist als eine Maus, kilometerweit sehen kann. »Wie will sie hier jemanden heimlich wegbringen?«

»Das würde ich auch gerne wissen. Aber geklappt hat es, sonst ...«

Und bei diesem *Sonst* wird mir mit einem Mal ganz schwindelig. Die Lippen kribbeln, auch in den Fingerspitzen fängt es an, ein Dröhnen setzt sich auf meine Ohren, mir schwindet alles.

»Jakob?«, höre ich Hannah rufen, ganz leise und zart und von ganz weit weg. Als Nächstes spüre ich, wie sie mich festhält. Gut, dass Hannah so stark ist.

»Jakob!« Sie schüttelt mich. Nein, nicht so rütteln, das mag ich nicht. Es ist doch alles so schön friedlich und still ...

»Jakob, komm schon! Mach die Augen auf, sieh mich an, Jakob! Mann, sag doch was! Kannst du mich sehen?«

Ich nicke.

»Und jetzt nicht wieder wegdimmen! Du bist ohnmächtig geworden! Wenn ich dich nicht aufgefangen hätte, wärst du hier in die Rabatten gekippt! Geht es wieder? Hast du so etwas öfter?«

Ich schüttle den Kopf. Au, der Schädel dröhnt mördermäßig. Und in den Ohren saust es wie Durchzug im Elbtunnel.

»Tut mir ja leid, aber in meinen historischen Romanen ist es immer andersrum. Da fallen die Frauen in Ohnmacht und die Männer fangen sie auf und halten ihnen das Riechfläschchen unter die Nase. Komm, ich fahre uns schnell zurück zum Haus. Schaffst du es bis zu *Mattie Harcken*?«

»Ich versuch's.«

»Was du jetzt brauchst, ist schwarzer Kaffee, XXL würde ich sagen!«

Ein bisschen wackelig zwar, aber ich schaffe es mit weichen Knien neben Hannah her zur Rikscha zu gehen und lasse mich mit Ohrensausen auf die Rückbank sacken. Hannah tritt in die Pedale, der Fahrtwind tut gut.

*

Wiebke winkt uns durchs geöffnete Küchenfenster zu. Wir sollen zur Kaffeetafel im Garten durchgehen. Sie folgt uns mit der Kaffeekanne in der Hand. Am Kopf des Gartentisches sitzt Sti-

ne, auf einem weißen Tischtuch steht, zum Anbeißen lecker, der bepuderte Zwetschgenkuchen. Im Näherkommen sehe ich Lucia auf Stines Schoß sitzen und kann hören, wie beide ein Gespräch führen. Tatsache! Stine redet und Lucia antwortet gurrend.
»Schau mal, Lucia! Wer da kommt!«
Aber Lucia hat zu tun. Sie zuppelt am Zipfel der Tischdecke. Was bearbeitet sie da nur? Sie hat etwas Weißes, Rundes im Schnabel. Einen Knopf? Ja, es ist ein Knopf. Seit wann haben Tischdecken Knöpfe und Knopflöcher gegenüber? Wiebke schneidet den Kuchen auf, jetzt, wo ich gar nicht weiß, ob ich Kuchen gerade vertrage.
»Jakob, was bist du so blass?«, fragt Stine. »Komm setz dich und iss etwas. Hast du etwa Fieber?«
Ich schüttle meinen Kopf.
Zitternd legt sie ein Stück Kuchen auf meinen Teller.
»Komm, iss!«
»Ich weiß nicht ...«
»Als Erstes braucht Jakob einen starken Kaffee!«, sagt Hannah und ich trete ihr unter dem Tisch auf den Fuß, bevor sie weiterreden und von meinem Umkippen erzählen kann! Wiebke legt Stine und Hannah ein Stück Kuchen auf die Teller, zum Schluss eins für sich. Das hält sie aber nicht davon ab, mich kritisch anzusehen.
»Du bist wirklich blass, oder sagen wir eher: kalkweiß. Was ist los? Hannah, warum soll Jakob starken Kaffee brauchen? Was ist passiert? Raus mit der Sprache.«
Wie komme ich aus der Nummer wieder raus? Während Wiebke noch auf Antwort wartet, klatscht sie ein Häufchen Sahne auf ihren Zwetschgenkuchen und probiert. Völlig überrascht hält sie inne und betrachtet den Kuchen auf ihrem Teller.

»Das ist ja interessant«, sagt sie. »Geradezu erstaunlich ist das. Leute, das müsst ihr probieren!«
Ich versuche mein Stück. Was hat sie? Schmeckt super, der Boden ist schön fest und der Belag mit den Zwetschgen so richtig saftig. Bis auf ... Jetzt kommt eine Schärfe, die da eigentlich nicht hingehört. Das brennt ja richtig auf der Zunge! So scharfen Zwetschgenkuchen habe ich noch nie in meinem Leben gegessen. Gespannt warte ich auf die Reaktion der anderen. Jetzt weiß ich auch, was es ist. Der Kuchen schmeckt so, als hätte jemand Chili an Stelle von Zimt verwendet. Aber essen kann man ihn schon, finde ich. Ich nehme noch eine Gabel. Wenn man sich erst einmal daran gewöhnt hat, und aufhört, an Zimt zu denken! Ich setze einen Löffel Schlagsahne oben drauf.
Mhm, mit Sahne schmeckt er noch besser. Das Brennen wird durch die Sahne zu einem leichten Britzeln. In dieser Kombination könnte der Kuchen zum Renner werden. Immerhin gibt es doch auch Schokolade mit Chili!
»Was ist das denn? Das versteh ich nicht!«, ruft Hannah entsetzt. »Seit wann sind Zwetschgen so scharf?«
»An meinen Zwetschgen liegt es jedenfalls nicht!«, wehrt Wiebke ab. »Aromatisch ja, aber scharf nein. Das muss an eurer Zubereitung liegen.«
Stine starrt auf ihren Kuchen, fassungslos, als hätte dessen Genuss Tote gefordert. Den Mund angewidert verzogen, schiebt sie ihren Teller von sich.
»Früher hat mein Kuchen anders geschmeckt. Oder habe ich die Schärfe nur vergessen? Nein, das wüsste ich. Mein Kuchen hat früher besser geschmeckt, auf jeden Fall, da bin ich mir ganz sicher. Hannah, hast du mir nicht das Richtige vorgesagt?«
»Ich? Für die Schärfe kann ich nichts. Alles stand genauso in

deinem Rezept, und wir haben die Zutaten perfekt abgewogen. Es kann höchstens sein, dass etwas Falsches in der Packung gewesen ist.«

»Ja, das wäre eine Erklärung. Einmal hatte ich Zucker im Salzfass.«

Bei der Erinnerung daran schüttelt sich Stine.

»Süße Hackfleischsauce, wie ekelig das war! Das kann sich keiner vorstellen. Das möchte man so schnell wie möglich wieder vergessen. Wenn ich nur daran denke, wird mir schlecht.«

Sie trinkt einen Schluck Kaffee, setzt ihre Tasse ab und verschränkt ihre Arme vor der Brust.

»Von dem Kuchen esse ich nichts mehr. Und für Lucia ist die Schärfe vielleicht sogar schädlich. Wegschmeißen, oder besser noch: Vergraben sollte man ihn. Das wird das Schlauste sein. Aber was mir bei vergraben einfällt: Habt ihr meine Kiste gut verwahrt?«

»Klar, haben wir«, sagt Hannah und beichtet gleich, dass wir die Briefe alle gelesen haben.

»Das war doch in Ordnung, oder?«

Stine nickt.

»Ja, ja, macht ihr ruhig, nur ich schaffe das nicht mehr. Lest ein bisschen für mich mit!«

»Stine, kannst du uns erzählen, wie es Robbe gelungen ist, von der Insel wegzukommen? Das stand da nämlich nirgends.«

»Und wohin er als Nächstes ist«, ergänze ich.

»Moment mal. ›Robbie‹? Wer ist das denn jetzt schon wieder? Dürfte ich bitte hier und jetzt um eine Kurzfassung der Ereignisse bitten, damit auch ich folgen kann?«, schaltet sich Wiebke ein. Also erzählen wir.

Und wie wir erzählen!
Alle auf einmal. Hannah, Stine, ich, wild durcheinander. Aber vor allem und am meisten redet Stine! Als wäre jetzt endlich die Gelegenheit dazu, mit uns, ihrem lang ersehnten Publikum. Dabei macht sie Ausflüge zu Ereignissen, die überhaupt nicht zum Thema passen und dazu in wieder einer anderen Zeit spielen! Wenn es nicht so witzig wäre, müsste mir Wiebke leidtun, weil keine der Geschichten ihren Durchblick fördert. Dafür wissen wir jetzt, wie Hannahs Mutter zur Welt gekommen ist: Eines Nachts, da hat Stine am Rettungskreuzer gewartet und gewartet und zwar auf Hannahs Oma, die damals eine junge Frau und hochschwanger gewesen ist, und mit dem ebenfalls noch jungen Opa hinterm Steuer schon längst hätte angekommen sein müssen! So allmählich machte sie sich Sorgen. Was, wenn ihnen unterwegs etwas zugestoßen wäre? Das Kind sollte in der Klinik auf dem Festland zur Welt gebracht werden, weil es verkehrt herum lag, aber jetzt kamen und kamen die beiden nicht, und dabei hatten schon leichte Wehen eingesetzt. Der Rettungskreuzer war bereit, Stine stapfte von einem Fuß auf den anderen und bekam trotzdem kalte Füße, bis der Käfer dann endlich nach einer Ewigkeit um die Ecke geschossen kam. Als Stine die Tür öffnete, sah sie die Bescherung: Presswehen hatten eingesetzt. Der Rettungskreuzer konnte seine Maschinen abschalten, Hannahs Opa seinen Motor wieder an- und die Heizung auf Hochtouren drehen. Bei pustendem Gebläse krempelte Stine die Ärmel hoch, kletterte über die Sitze zu Hannahs Oma und half dem Baby im Käfer an der Hafenmole mit dem Hintern voraus zur Welt. Und dieses Baby ist jetzt Frau Lühbrack, Hannahs Mutter und momentan im Erntewahn.
»Aber das Beste kommt ja noch. Wisst ihr, warum die beiden so

ewig lange gebraucht haben, die paar Kilometer von zu Hause bis hierher an den Hafen zu kommen?«
Wiebke zuckt mit den Schultern. »Sag du es, diese Geschichte ist mir absolut neu. Davon hat mir noch keiner erzählt.«
»Kein Wunder«, meint Stine. »Denn stolz war dein Vater im Nachhinein darauf nicht. Und eine neue Rückbank musste er auch besorgen und dann noch selbst einbauen.« Sie runzelt die Stirn. »Es könnte natürlich durchaus sein, sehr wahrscheinlich war es sogar so, dass ich damals versprochen habe, darüber zu schweigen. Dieses Versprechen habe ich natürlich längst vergessen, wie all die anderen Sachen, die ich derzeit vergesse. Und dann ist es doch so, als hätte es so ein Versprechen nie gegeben, oder was meint ihr?« Schelmisch grinst sie uns an.
»Im schlimmsten Fall muss sich mein Papa ein bisschen im Grab umdrehen«, meint Wiebke. »Komm, erzähl schon weiter, ihm tut es nicht mehr weh!«
»Also, der Grund: Obwohl die schwangere Frau jammerte, bettelte und schimpfte, fühlte sich der werdende Vater verpflichtet, dringend und nur ganz kurz und mal eben – *Keine Sorge, gleich fahren wir weiter* – einem Wagen mit Benzinpanne zu helfen. Das war der Grund! Sich schon krümmend und prustend unter Wehen, musste Hannahs Oma auf dem Rücksitz warten, bis der Opa endlich den Kanister unter dem Koffer hervorgezogen und sorgsam, wie es seine Art war, umgefüllt hatte. Und die Wehen wurden stärker und kamen immer häufiger und sie schafften es gerade mal bis zur Mole, und deshalb ist aus der geplanten Klinikgeburt eine Käfergeburt geworden.«
Ich stelle mir Stine vor, wie sie sich in dem engen Käfer um den Schaltknüppel herumgewickelt hat, um dem Baby auf die Welt zu helfen.

»Als das Gröbste überstanden war, musste der junge Mann von der frisch gebackenen Mutter mit Neugeborenem auf dem Arm, eine Schimpftirade über sich ergehen lassen, die sich gewaschen hatte! Solche Worte aus dem Mund einer jungen Mutter habe ich nicht wieder gehört.«
»Hattest du gar keine Angst, dass etwas schief laufen könnte, weil die Geburt doch eigentlich zur Sicherheit in die Klinik verlegt werden sollte?«, fragt Wiebke gespannt.
»Doch, sicher. Aber von meiner Angst ließ ich mich nie abhalten, das zu tun, was getan werden musste. Und alles ist gut gegangen. Wie meistens eigentlich.«
»Mir sind bei meiner Schwester auch keine Absonderlichkeiten aufgefallen, die auf eine missratene Geburt zurückzuführen wären, dir vielleicht Hannah?«
»Nö, wenn Mama nicht überarbeitet ist, dann läuft sie eigentlich schön rund, ohne Ticks und so.«
»Ja«, seufzt Stine, »seht ihr, nur bei Jakob wusste ich nie, ob alles gut gegangen ist oder nicht. Hat mich nicht eben jemand gefragt, wie ich es geschafft habe, Jakob von der Insel zu bringen?«
»Jakob? Ne, nach Robbie haben die beiden gefragt. Jetzt geht es grade mal nicht um Jakob.«
»Natürlich geht es um Jakob«, sagt Stine verärgert. »Die ganze Zeit geht es um ihn. Und um Robbie schon gar nicht, *Robbe*, wenn schon, so wie das Meerestier. Hört mir einfach zu, dann versteht ihr gleich, ja?«
Wiebke nickt ganz zahm.
»Jakob, erzähl du!«
»Wie bitte?«
Stine schaut auf, sieht mich, schüttelt ihren Kopf.
»Nein, nicht du, verzeih, ich habe dich wohl verwechselt, du bist ja

der Falsche. Meinen Jakob meinte ich, den von früher, der könnte erzählen ...« Stine lässt den Kopf sinken und sieht plötzlich klein und verletzlich aus. »Das kann durchaus passieren, dass ich euch verwechsle, wo du ihm doch so ähnlich siehst. Findet ihr nicht? Es ist einfach zu lange her, dass ich ihn gesehen habe. Und wer weiß, ach, bestimmt lebt er jetzt wohl wirklich nicht mehr, oder?« Hannah legt ihre Hand auf Stines. Und das ist gut, weil es nicht zum Aushalten ist, wie traurig sie in sich zusammensinkt.

»Warum gleichst du ihm wie ein Ei dem anderen? Und wo kommst du überhaupt so plötzlich her? Siehst aus wie er und bist es nicht? Warum verstehe ich bloß so vieles nicht mehr?«

Na ja, wo ich herkomme, weiß ich schon. Aber einen stichhaltigen Grund dafür, dass ich dem anderen Jakob zum Verwechseln ähnle, konnte mir noch keiner liefern. Am Ende ist es doch nur Zufall, so wie die Queen eine wildfremde Frau als Doppelgängerin hatte. Geht das? Über meine Vorfahren kann ich doch, wenn Mama sich irgendwann mal zum Erzählen überwindet, von ihr erfahren und nicht durch ausgegrabene Papiere auf einer Insel mitten in der Nordsee! Das hat hier alles nichts mit mir zu tun. Ich will es einfach nicht. Viel zu kompliziert und zu verworren. Es soll alles einfach und klar verständlich sein, so wie bei Hannah eben.

»Langsam, eins nach dem anderen«, sagt Hannah jetzt mit ganz weicher Stimme. »Bei den Geschichten von früher weißt du doch noch alles ganz genau, Stine. Erzähl uns doch bitte einfach nur, wie die Flucht von der Insel gelungen ist.«

»Wie Jakob von der Insel gekommen ist ...«

Stine stiert ins Leere, wie in Trance, und dann, auf einmal, als wäre die Bedeutung des Satzes jetzt bei ihr eingetroffen, lächelt sie, reckt sich und beginnt zu erzählen.

»Also, ich ging zur alten Hebamme. Die überließ mir ohne Weiteres sofort ihr Telefon. Darüber habe ich noch oft nachgedacht, denn wisst ihr, ich glaube, sie ahnte etwas, wollte aber gar nicht mehr wissen und hat es vor allem für sich behalten. Und wenn man es genau betrachtet, hat auch sie auf diese Weise mitgeholfen. Denn wenn nicht ... Also, als ich allein im Raum war, drehte ich die Nummer, die ich auswendig gelernt hatte und wartete ...«

Stine, weiter! Nicht jetzt noch jedes einzelne Freizeichen aufzählen!

»... ich wartete also, bis sich der Fischer meldete und, ich schwör's euch, falls er nicht selbst ans Telefon gegangen wäre, hätte ich sofort wieder aufgelegt. Aber er meldete sich selbst mit ›Knut Harmsen‹. Das war sein Deckname, müsst ihr wissen. Knut Harmsen, das weiß ich wie heute. ›Hallo Knut‹, grüßte ich, als würde ich ihn kennen und dann, wie wieder und wieder aufgesagt: ›Ich rufe dich an, da Mutter meinte, du würdest uns helfen mit dem Boot, wo doch Vater nicht mehr ist und Albert eingezogen wurde. Ich habe schon die *Hoffnung* aufgegeben, mein Boot repariert zu bekommen, aber Mutter sagte, ich könne mich auf dich verlassen, du würdest der Familie helfen. Ich kann dir als Dank auch frisch geräucherte Makrele mitbringen.‹ – ›Nehme ich gerne‹, antwortete er, und dass er mir selbstverständlich helfen würde. Er hege die *Hoffnung*, am Dienstag mit seiner Arbeit fertig zu sein. Mittwoch hätte er dann Zeit, sich mein Boot in Ruhe anzuschauen. Dann würde man weitersehen.

Ich würde ihm mit *Stine* entgegenkommen. Wenn ich Tonne drei vorsichtig umschiffte, müsste ich bei jeder Tide kommen können.

Man solle den Tag nicht vor dem Abend loben, aber bis Mittwoch müsste er alle Arbeiten erledigt haben, hat er gesagt.« Stine

strahlt. »Versteht ihr die geheimen Absprachen?« Triumphierend schaut sie in die Runde.
»Wir haben uns für Dienstag beim zweiten Tiefstand, an der dritten Tonne, hinten am Grootsiel, verabredet.«
»Mittwoch hat er doch gesagt«, protestiert Hannah.
»Ja, hat er auch, aber er sagte auch, Dienstag wäre die Arbeit erledigt. Zur Sicherheit war der Tag der Übergabe verschlüsselt einen Tag früher als der genannte Mittwoch. Falls die Telefonistin nämlich mithörte, wovon man ausgehen musste, hätte auch sie Mittwoch verstanden. Und wäre sie misstrauisch gewesen und wir wären aufgeflogen, hätte der Austausch am Mittwoch schon längst stattgefunden! Hättet ihr das herausgehört?«
Alle drei schütteln wir die Köpfe.
»Ich hatte nämlich Sorge, dass unser sperriges Codewort auffallen würde. Hätte sie die Botschaft hinter dem Wort *Hoffnung* gerochen, hätte es uns alle in Gefahr gebracht. Nur, ob ich diesem Knut trauen konnte? Darüber war ich mir ganz und gar nicht sicher. Bisher war alles gut gegangen. Vielleicht ja zu gut. Und ich war voller Panik, die Falle würde zuschnappen, in letzter Sekunde noch, und wir alle säßen darin gefangen. Vor dieser Übergabe fürchtete ich mich wie der Teufel vor dem Weihwasser. Im Ernstfall würde keine Ausrede uns retten können. Mir half nur noch Ablenkung, und zum Glück hatte ich bis Dienstag genug zu erledigen. Zum zweiten Mal brachte ich Jakob frische Kleidung. Ich legte den Stapel vor ihn. Eine Ewigkeit schien vergangen, seit ich ihm beim Ankleiden helfen musste, weil er selbst dafür zu schwach war. Seltsam war, dass ich einerseits den Moment herbeisehnte, in dem Jakob weg wäre und ich endlich wieder ohne Sorge einschlafen könnte. Andererseits mochte ich ihn doch auch wieder nicht gehen lassen. Könnte er nicht blei-

ben, bis alles vorbei wäre? Aber wie lange kann man jemanden im dämmerigen Schuppen zusammen mit einer Ziege als einziger Gesellschaft verstecken? Hin- und hergerissen, nennt man das ja wohl.

Die Nacht auf Dienstag fand ich überhaupt keinen Schlaf. Als alles Wälzen im Schlaf nichts half, ging ich leise hinaus.

Im Schutz der Hütte saß Jakob, an die Wand gelehnt, ich weiß es, als wäre es gestern gewesen.

Ich setzte mich dazu.

Still, ohne ein Wort saßen wir.

Beide mit unserer Angst vor dem was kommen würde.

»Jakob«, sagte er mit einem Mal, und ich verstand.

»Stine«, antwortete ich, und auch er verstand.

Unser beider wirkliche Namen in der Stille der Nacht, zum ersten Mal, wie zum Geschenk.« Stine wischt sich Tränen aus den Augenwinkeln. »Dann, am nächsten Nachmittag, ging es bei ablaufendem Wasser los. Von Weitem konnte man eine Mutter mit Tochter, die Harke über der Schulter, einen Eimer in der Hand, zum Muschelgraben ins Watt gehen sehen. Kein besonderer Anblick. Man sah ja außer den Soldaten fast nur noch Frauen auf der Insel, da die Männer im Krieg waren. Die Mutter, das war Jakob in einem von Mutters weiten Röcken über seiner Kleidung, den Kopf unter ihrem großen Tuch verborgen. Gemeinsam gingen wir zum Watt, ich musste mich immer wieder bremsen, um gemächlich, dem Tempo der ›älteren Frau‹ angemessen, zu schreiten und bloß kein Aufsehen zu erregen. Ich raffte meinen Rock wegen der Wasserlachen, Jakob tat es mir gleich und so traten wir ins Watt. In der Nähe des Priels lag *Stine* auf der Seite im Schlick. Über Nacht hatte ich sie dort verankert. Zusammen zogen wir *Stine* in den Priel. Ein winziger Moment, winzig und

absolut gefährlich, als Jakob in meiner Deckung einstieg und ...« – Stine macht eine Handbewegung wie ein Zauberer, der gerade sein Kaninchen verschwinden lässt – »... weg war er, wie nie da gewesen, versteckt unter meinem Ölzeug.
›Waren da nicht eben zwei Frauen da unten im Watt?‹ Das hätte sich ein Beobachter gefragt. ›Oder war es von Anfang an nur diese eine, nämlich Stine, die jetzt in ihr Boot steigt? Diese Stine sieht man doch nur noch allein, seit der Bruder an der Front ist. Bestimmt ist sie auch jetzt allein.‹ So hätten die gedacht, die etwas gesehen hätten. Und ich ruderte zur dritten Tonne mit dem unter Ölzeug verborgenen Ja–kob, Ja–kob, Ja–kob ... Schlag für Schlag.
Und plötzlich war der Segler da, wie aus heiterem Himmel. Wo konnte der denn mit einem Mal so schnell herkommen?
Knuts Hoffnung stand in Lettern am Bug. Ich ging längsseits, mit hämmerndem Herzen und eiskalten Fingern. ›Hast du Hoffnung, mit deiner Nussschale etwas zu fangen?‹, fragte der Fischer von oben herunter.
›Bisher bin ich nie mit leeren Händen nach Hause gekommen, auch heute gebe ich die Hoffnung nicht auf‹, antwortete ich.
›Na, dann lass mal den Heilbutt sehen, junge Frau, bei mir hat er mehr Platz als bei dir.‹ Ängstlich sah ich mich um. Konnte ich ihm wirklich trauen, diesem Mann, den ich noch nie gesehen hatte? Mir blieb keine Wahl. Es gab kein Zurück. Ich sah mich natürlich noch einmal um. Doch da war nichts und niemand, außer seinem Boot und meinem, außer ihm und mir. Und natürlich Jakob, noch verborgen unterm Ölzeug. Versteckte sich womöglich jemand bei dem Fremden? Düstere Männer in Schwarz, oder Soldaten in Uniform? Ihm zu trauen blieb ein Risiko, bis zuletzt. Ich gab Jakob ein Zeichen, er kroch hervor, seine Hand

einen kurzen Moment auf meiner Schulter, dann kletterte er hoch aufs andere Deck.
›Ruder schnell zurück‹, sagte der Fischer und reichte mir noch drei frisch gefangene Schollen.
›Danke.‹ Mir war zum Heulen. Jakob drehte sich noch einmal um, neigte seinen Kopf, legte die Hand auf sein Herz, ein kleiner Moment für eine Ewigkeit.«
Ihre Hände zitternd vor sich auf dem Tisch, sitzt Stine still da. Hannahs Hand liegt auf Stines, ich lege meine obendrauf. Warm legt sich die von Wiebke noch darüber. Kribbelige Wärme von oben und von unten.
Stine spricht weiter:
»Der Fischer trieb Jakob an, unter Deck zu gehen, dann drehte er bei. Nichts als ein Fischer auf einem Segelkutter, so von Weitem betrachtet. Und ich ruderte zurück, erleichtert, ja, und doch so schwer ums Herz. Kleiner und kleiner wurde der Segler in der Weite des Meeres, ein winziger Klecks Segel nur noch zum Schluss.
Jakob habe ich nie wiedergesehen.
Und die ganzen vielen Jahre, die seitdem vergangen sind ...
Zu Hause ging alles seinen Gang. Der schreckliche Morgen mit Alberts Todesnachricht kam. Mutter zerfiel Tag für Tag mehr. Ich habe sie versorgt, so gut ich konnte. Aber von Jakob brachte der Briefträger keine Nachricht, nie. Nachdem Mutter gestorben war, blieb ich als Letzte aus der Familie übrig. Und so allein, von allen verlassen, mochte ich hier nicht mehr sein. Ich vermietete das Haus, grad so, wie es war, und ging aufs Festland. Drei volle Jahre war ich weg, für meine Hebammenausbildung zuerst, und blieb dann noch, um Erfahrung in der Klinik zu sammeln. Und obwohl ich doch immer in die Welt wollte, wuchs mein

Heimweh nach der Insel, und irgendwann hielt ich es auf dem Festland nicht mehr aus. Es fügte sich, dass die alte Hebamme eine Nachfolgerin brauchte, weil sie die schwere Arbeit auf ihre alten Tage nicht mehr leisten konnte. Sie hielt noch durch, bis ich zurückkam. Ihre Niederlassung habe ich übernommen und war von da an Hebamme Stine, für alle auf der Insel. Immer habe ich gehofft, eines Tages eine Nachricht von Jakob im Briefkasten zu finden, doch vergeblich. Vielleicht ist er in den Jahren, in denen ich auf dem Festland war, einmal hier gewesen und konnte mich nicht finden, sagte ich mir. Die Hoffnung, er würde doch noch kommen, begleitete mich mein ganzes weiteres Leben. Daran zu denken, dass er längst gestorben sein könnte, verbot ich mir.

Aber dann, Jahre später, stand eines Tages ganz selbstverständlich plötzlich dieser Graue da, mit Jakobs Schlüssel um den Hals und der hübschen, viel zu jungen Frau an der Hand.« Stine seufzt. »Wieso er Jakob so gar nicht ähnlich sieht – und dabei ist er doch sein Sohn – und du dagegen, ein völlig Fremder, dafür wie sein Zwilling nach ihm kommst, ist mir ein Rätsel.«

Stines Worte gehen mir durch Mark und Bein. Wiebkes Hand liegt schwerer auf meiner, als eben grade noch.

»Für das schöne Mädchen kann ich nur hoffen, dass sie sich Jakobs grauen Sohn nicht für alle Zeiten ans Bein gebunden hat. Das wäre schade um sie gewesen ...«

»Hat sie nicht«, sagt plötzlich eine Stimme aus dem Off. Eine Stimme, die ich wohl kenne und die nicht hierhergehört. Meine Hand zuckt zurück. Ich glaub, ich spinne, das kann doch gar nicht sein! Aber es stimmt, es ist meine Mutter, die da eben geredet hat!

»Mama? Wieso ... wo kommst du denn auf einmal her?«

»Keine Sorge, sie hat sich den Grauen nicht ans Bein gebunden, aber vielleicht war das ein Fehler«, spricht sie mit ganz ruhiger Stimme weiter, als wäre es das Normalste der Welt, dass sie hier plötzlich aus dem Nichts auftaucht. Und Stine erlebt gerade den Schock ihres Lebens. Sie starrt Mama an, als wäre sie eine Erscheinung der bösen Art. Den Mund hält sie sich zu, sonst würde sie schreien, jede Wette. Alle Farbe weicht aus ihrem Gesicht!

»Dann ... dann ...«, stammelt sie, »... dann ist es jetzt soweit.«

»Stine, was meinst du? Was ist soweit?«, fragt Wiebke. Doch Stine hört nicht.

»Das also ist mein Ende! So unvorstellbar lange nichts, dann kommt der Graue mit dem Schlüssel, Göntje ist auf einmal wieder da, später Jakob selbst, auch wenn er nur so aussieht wie mein Jakob, und jetzt auch noch die junge Frau. Alle kommen noch einmal vorbei, und sie holt mich jetzt. Es ist vorbei.«

»Stine, was reimst du dir denn da zusammen?«, ruft Wiebke entsetzt.

»Nein, Stine, ich komme doch nicht, um Sie zu holen!«

»Nicht?«

»Nein.«

»Ja aber warum denn dann? Suchst du den Grauen?«

»Nein, ich komme wegen Jakob.«

»Wegen Jakob, du?«

»Ja, Jakob ist doch mein Sohn«, sagt sie und stellt sich direkt hinter mich.

»Jakob?«

Jetzt greift Wiebke ein. »Wir sollten unseren Überraschungsgast erst einmal richtig ankommen lassen. Sie reicht Mama die Hand. »Hallo, ich bin Wiebke Bornsen, Hannahs Tante«, sagt sie.

Stine schweigt. Na, ob dieser Schreck sie nach vorne bringt, bezweifle ich ja.

Wieso taucht Mama plötzlich hier auf? Warum meinetwegen, wie sie sagt? Und woher nimmt sie auf einmal die Zeit? Ein Notfall, ist es das? Gab es Tote durch die Noro-Viren? Und aus Panik musste sie sofort nachschauen kommen?
»Marlene!«, ruft Stine plötzlich. Jetzt ist sie wohl langsam wieder auf Sendung. »Ich kann mich erinnern! Der Graue, er hat seine hübsche Freundin Marlene genannt. Wenn er doch nur jünger gewesen wäre! Ja, sie waren schon ein schönes Paar. Aber der Altersunterschied. Viel hat nicht gefehlt und er hätte ihr Vater sein können. Stell dir nur vor, ein paar Jahre später, da überlegt sie sich, noch einmal Nachwuchs zu bekommen, während er sich mit dem Umzug ins Altenheim beschäftigt. Jetzt versucht mir nicht einzureden, das könnte funktionieren. Dazu habe ich zu viel gesehen in meinem Leben. Glaub mir Marlene, deine Entscheidung war richtig. Vernünftig war sie auf alle Fälle, sehr vernünftig.«
Sie tätschelt Mamas Hand. Ich verstehe nur Bahnhof. Kann hier mal jemand Klartext reden? Mama war die Freundin des Grauen, das habe ich verstanden. Sie hat sich getrennt, auch klar. Aber Stine sagt, es sei noch gar nicht so lange her – aber wie lange denn bitte? Mama hat doch Jan! Und nicht erst seit vorgestern. Lange genug jedenfalls, um mich an ihn zu gewöhnen.
Mama schüttelt den Kopf. Wie meint sie das? Findet sie die Trennung nicht richtig? Ist Jan eine Notlösung, oder was? Dann wäre es kein Wunder, dass sie sich damit nicht um die Ecke traut und mir bis heute kaum etwas über meinen Vater erzählt hat.
»Vernünftig vielleicht, aber nicht richtig. Es zählt wohl immer der Moment, so sehe ich es heute. Wer weiß denn schon, was danach kommt, irgendwann, viel später ...«
Mama hebt die Arme Richtung Himmel. Mir wird unbequem.

Ich sehe zu Hannah rüber. Ich will mir diesen Irrsinn hier nicht länger antun und werde gleich meinem Impuls nachgeben, mich davon zu machen. Ist Hannah dabei? Sie hat ziemlich schnell erfasst, was ich vorhabe und reagiert ablehnend: Zwar nur leicht, aber deutlich genug schüttelt sie den Kopf. Und ihr Blick fordert mich eindringlich auf: »Los, trau dich, frag jetzt!«
Wiebke murmelt etwas wie *Teller holen* und *frischen Kaffee aufsetzen* und steht auf. Hannah stupst mich an. Ich sperre mich dagegen.
»Doch nicht *so*! So einfach mittendrin«, zische ich ihr zu. Aber Hannah lässt nicht locker: »Doch, *grade* jetzt.«
Sie hat ja recht! Jeder Moment hat ein *So-nicht*, und immer findet man Gründe, warum es *so* gerade nicht passt. Nicht nur meine Mutter, auch ich. Es wäre wirklich nicht fair, es nur Mama in die Schuhe zu schieben. Vielleicht, mal ganz ehrlich, wollte ich ja auch nie wirklich alles wissen. Denn was wäre, wenn ich etwas zu hören bekäme, was noch schlimmer ist als Gefängnis oder geschlossene Abteilung? Und mit meinem eigenen Ausweichen habe ich Mama keine gute Vorlage geboten.
»Trau dich, Jakob!« Und Hannah hat Recht, denn sonst hört das hier nie auf!
Okay, es gilt. Ich ziehe meinen Schlüssel unter dem T-Shirt hervor, tipple daran entlang, Zeigefinger auf der Öffnung liegen lassen, fest in die Hand schließen, Wärme.
»Woher habe ich diesen Schlüssel genau?«, sage ich ruhig, laut und deutlich.
»Von deinem Vater, Jakob, aber das weißt du doch.«
»Aber warum hat er ihn mir gegeben? Zu welchem Zweck? Und wo ist er? Warum ist er nie gekommen, um mich zu besuchen? Und außerdem habe ich immer geglaubt, es gäbe nur meinen,

diesen einen Schlüssel hier. Gibt es aber nicht. Stine, kannst du bitte mal?«

Stine versteht sofort, nestelt an ihrer Bluse und zieht ihr Band samt Schlüssel heraus. Wir halten Mama beide vor die Nase.

Mama setzt sich.

Hannah hebt den Daumen, ihr Blick ist die pure Aufforderung, weiter zu machen.

»Mama, wer ...?«

Ausgerechnet in diesem Moment kommt Wiebke mit frischem Kaffee zurück, klappert mit Geschirr, bietet Mama Kuchen an, und dann steht Hannah auch noch auf und geht. Muss sie unbedingt jetzt aufs Klo? Ich brauche sie doch! Mama nimmt dankend ein Stück Kuchen, lehnt Sahne ab, lässt sich dann aber von Wiebke überzeugen, dass Sahne unbedingt zu diesem Kuchen gehört.

Wiebke zündet sich eine Zigarette an, wedelt den Rauch vom Tisch, betrachtet Mama interessiert, die mechanisch ein Stück Kuchen auf die Gabel nimmt, und fängt Smalltalk an.

*

Es ist wie immer.

Immer das Gleiche.

Jedes Mal, wenn wir kurz davor sind, über meinen Vater zu reden, kommt etwas dazwischen. Und diesmal habe ich garantiert nicht gebremst. Was Mama denn *hierher geweht* hätte, will Wiebke wissen.

»Haben sie jetzt auch deine Schule wegen Magen-Darm-Keimen geschlossen?«, hake ich nach.

»Nein, deshalb bin ich nicht hier. Die Magen-Darm-Sache hat sich deutlich beruhigt. Der Verbreitungsweg der Viren lief wohl

über Erdbeeren. Und dieser Spur wird jetzt weiter nachgegangen. Mehr gibt es davon nicht zu berichten. Ich bin hier, weil ich heute einfach mal früher gegangen bin und mir Arbeit mit nach Hause genommen habe. Ich habe mich kurzentschlossen ins Auto gesetzt, die nächstbeste Fähre geschnappt und jetzt bin ich hier.«
Mama probiert ihren Kuchen. Dass sie hier ist, merke ich auch, aber weshalb sie gekommen ist, hat sie nicht verraten, und ich merke doch, wenn sie etwas verschweigt. Hannah kommt zurück und setzt sich, als wäre nichts gewesen.
»Der Kuchen ist ja der Knüller, diese Schärfe, Wahnsinn!«, ruft Mama.
»Du magst ihn, Kind?«, fragt Stine.
»Klar, das Rezept dafür hätte ich gerne, das muss ich Oma mitbringen. Die ist immer auf der Suche nach exotischen Rezepten. Sie wird begeistert sein!«
»Soll herkommen! Hier gibt es genug Exotik, richtig was los ist nur hier, mit uns zusammen. Auf Rezepte allein ist kein Verlass mehr, stimmt's Hannah?«
Wiebke versucht, ihr Lachen wegzudrücken.
Und Hannah schiebt mich an, dranzubleiben. Doch als Nächstes legt meine Mutter ihren Arm auf meine Schulter und spricht mich ganz von sich aus an.
»Du hast mich gestern Abend angerufen. Ich konnte es an der Nummer sehen, auch wenn du nicht auf Band gesprochen hast. Als ich zurückgerufen habe, konnte ich niemanden erreichen. Das kam mir komisch vor. Um die Uhrzeit hättet ihr doch zu Hause sein müssen! Ich habe mir natürlich Sorgen gemacht, dir sei etwas passiert. Hannahs Mutter konnte mir auch nicht weiterhelfen. Doch dann fiel ihr ein, gehört zu haben, dass Stine zurück sei, und sie vermutete, ihr könntet vielleicht nebenan bei

ihr sein. Bei dem Namen Stine fiel bei mir sofort der Groschen. Ich konnte mich gut an eine Stine erinnern, der ich vor einigen Jahren hier auf der Insel einmal begegnet bin. Ob es wirklich dieselbe Person war, konnte ich natürlich nicht wissen. Aber dass ihr mitten in der Nacht dort sein solltet, das konnte ich mir nicht vorstellen. Irgendetwas schien nicht zu stimmen. Und das ließ mir keine Ruhe.«
»Dann warst du die komische Anruferin mitten in der Nacht?«, fragt Stine.
Wie? Stines Telefon steht doch unten im Flur, einen Anruf hätten wir bei unserer Nachtwache doch hören müssen.
»Ja, ich war die Anruferin. Ich fürchte, damit habe ich Sie ganz durcheinandergebracht.«
»Das kannst du wohl sagen! Ich hatte gerade meine Rauchbombe entschärft, mit Jakob zusammen – also, dem falschen Jakob –, danach etwas getrunken und war im Begriff, wieder ins Bett zu steigen, als das Telefon klingelte. Oben in meinem Schlafzimmer hinter der Tür ist mein zweiter Apparat, und ...«
Ich beschließe, dass es jetzt reicht mit Mamas Gerede, immer schön um alles herum.
»Und du hast befürchtet, jemand anderes könnte meine Geschichte erzählen, die Geschichte von mir und meinem Vater! Bist du deshalb gekommen?«
»Jakob ...«
»Ist es so?«
Mama senkt den Blick. Sie nimmt eine der Zigaretten, die ihr Wiebke anbietet, lässt sich Feuer geben, und zum ersten Mal in meinem ganzen Leben sehe ich, wie Mama, ganz offiziell, eine Zigarette zwischen Zeigefinger und Mittelfinger klemmt, an den Mund führt, Luft ansaugt und ein bisschen verzögert Rauch hin-

ausbläst. Von mir aus können wir von jetzt an das blöde Spiel lassen, dass sie ihr Rauchen vor mir versteckt und ich so tun muss, als wüsste ich es nicht längst. Alt genug bin ich. Aber klar ist, dass wenn Mama ihre Tarnung in diesem Moment endgültig aufgibt, die Sache hier wirklich ernst sein muss.

Unser Gespräch über meinen Vater habe ich mir immer ganz anders vorgestellt. Mama und ich alleine, abends, mit dem Nachthimmel über uns, hatte ich mir ausgemalt. Oder wir beide zusammen am Meer, nichts als Wasser bis zum Horizont. Und wie ist es jetzt? Stine und Wiebke und Hannah sitzen um den Tisch, starren Mama an und lauern darauf, alles zu erfahren. Aber will ich, dass sie mithören? Kann Mama denn offen vor den dreien erzählen, oder wird das jetzt eine abgeschwächte Version: *Jakobs Vater light*?

Mama fühlt sich sichtlich unwohl. Aber nicht wegen des Publikums, das scheint sie auszublenden. Es bringt sie fast um, endlich auszusprechen, was sie so lange vor sich hergeschoben hat! Wenn ich jetzt nur eine *Light-Version* bekomme, dann deshalb, weil Mama nicht anders kann. Auf den idealen Moment, in der idealen Form im idealen Alter könnten wir bis in alle Ewigkeit warten! Hanna klatscht etwas auf den Tisch.

Mama sieht es, noch bevor ich erkenne, was es ist, und erschrickt. »Wo hast du das her? Dieses Foto hier, von Chris und Stine, das habe doch ich gemacht!« Sie nimmt es in die Hand, dreht es auf die Rückseite, zieht an ihrer Zigarette und sagt auspustend: »Da, seht ihr? Mit Bleistift hier am Rand, da habe ich das Datum aufgeschrieben. Es war der Sommer, bevor du geboren bist, Jakob.«

»Chris, genau! Danke Kind, jetzt fällt es mir wieder ein. Chris war sein Name, so hat er sich genannt, der Graue.«

»Und du warst mit diesem Mann, dem Sohn von Stines Jakob hier auf der Insel?«
Mama nickt. Ihr Gesicht entspannt sich. Sie braucht gar nicht erst zu erzählen, dass sie einen tollen Sommer mit ihm verbracht hat, das sieht man ihr auch so an. Mama drückt ihre Zigarette aus.
Sie streckt sich und sucht meinen Blick.
»Jakob, dieser Mann, Chris ... er ist ...«
Mensch Mama, bitte, spuck es doch endlich aus! Ich höre!
»Er ist was?«, versuche ich ihr auf die Sprünge zu helfen.
»Chris ist dein Vater, Jakob.«
Chris. –
Ich höre das Meer rauschen.
Jakob – Chris – Jakob.
Mama lässt mich nicht aus den Augen. Doch sie drängt mich nicht. Sie lässt mir die Zeit, die ich brauche, um zu verstehen.
Mein Vater heißt Chris.
»Jakob ist Jakobs Enkel?«, fragt Stine. Und alle heften ihren Blick auf Mama. Keiner stiert mich an, und darüber bin ich ehrlich froh.
»Wow!«, sagt jetzt Hannah. »So rum passt alles zusammen.«
Plötzlich reden alle um mich herum. Ich nehme das Foto in meine Hand. Dieser Mann hier ist mein Vater. So also sieht mein Vater aus. Ich halte das Foto, sehe ihn mir an – und? Nichts. Das Foto macht nichts mit mir. Müsste es aber doch, wenn es mein Vater sein soll, oder nicht? Auch beim ersten Mal anschauen habe ich nichts gemerkt! Komisch, es ist nicht anders, als würde mir jemand ein Foto der Pyramiden oder des Eiffelturms vor die Nase halten. Na ja, nicht ganz. Die Lippen und das Grübchen hier unten am Kinn und die mandelförmigen Augen, die sind mir

schon bekannt vorgekommen. Ich selber, weder der Busfahrer, noch der Kontrolleur auf dem Schiff, wie ich zuerst dachte – ich bin es, der solche Lippen und so ein Kinn hat. Auch wenn Stine behauptet, Jakob sähe dem Grauen nicht ähnlich. Mir schauen dieselben Mandelaugen im Spiegel entgegen. Vorsichtig taste ich seine Umrisse ab, berühre seinen Kopf, lasse den Zeigefinger dort liegen, einen kleinen Moment nur, ziehe ihn dann schnell wieder zurück, um ihn nicht zu ersticken. Er strahlt geradezu in die Kamera und sieht glücklich aus. Und der Mensch hinter der Kamera, den er so offen anstrahlt, das ist also meine Mutter gewesen.

Marlene, meine Mutter,

Chris, mein Vater,

Meine Eltern.

Und Jakob mein Großvater. Und dazu gibt es noch Jan, zu Hause, der von all dem nichts weiß.

Um mich herum ist es wieder still geworden.

Wiebke stellt Teller zusammen, ganz ohne Geräusche.

Hannah findet Teigreste, die sie von ihren Fingernägeln pult.

Stine verfrachtet Lucia ins Gras.

Und Mamas Blick bleibt auf mich geheftet – eine Mischung aus unsicher, besorgt, fragend und bittend.

Raum, ich brauche Platz, und ich kann hier nicht länger rumsitzen, als würden wir ein Kaffee-und-Kuchen-Kränzchen halten! Ich stehe auf.

Was hat Stine erzählt? Der Graue, also Chris, mein Vater, hätte die Geschichte seines Vaters erst ganz spät, erst als grauhaariger Erwachsener erfahren? Dann habe ich ja noch Glück, mit meinen fast dreizehn Jahren davon zu hören, auch wenn ich es nur einer Reihe von Zufällen verdanke.

Unruhig gehe ich auf und ab. Na ja, der Unterschied ist der, dass es für Chris immer einen Vater gab, auch wenn der seine Geschichte seinem eigenen Sohn vorenthalten hat. Und: Hätte Mama mir freiwillig, also ohne Stine und unsere Entdeckungen, alles erzählt? Oder nur ihre Liebesgeschichte? Ich traue Mama zu, dass sie mir die Geschichte meines Opas verschwiegen hätte. Das ist echt möglich, und das macht mich fertig! Geht's noch? In der Schule lesen wir das Tagebuch von Anne Frank, besuchen mit dem Religionslehrer sogar die Anne-Frank-Ausstellung, Mama nimmt sich Zeit, und wir reden über Verfolgung und Tod und all das Elend in dieser Zeit. Unvorstellbar ist das, schrecklich und unendlich traurig, das finden wir beide. Aber es bleibt ein schreckliches Kapitel unter so vielen anderen in der Geschichte und betrifft mich, Jakob, ja nicht direkt. Dachte ich. Denn woher sollte ich denn wissen ...

Aber meine Mutter wusste die ganze Zeit, dass die Verfolgung der jüdischen Menschen ganz direkt etwas mit mir zu tun hat – und hat mir nichts gesagt! Das ist nicht fair. Denn es ist doch auch die Geschichte meines eigenen Großvaters und die meines Vaters und logisch, dann auch meine. Direkt, in einer Reihe. Und hätte es Stine nicht gegeben, dann wäre ich jetzt nicht hier. Und da hätten wir das Grauen, das in der Kiste gelauert hat.

*

Alle Geschichten sind bereits da!

Meine Geschichte war da, für mich nicht deutlich erkennbar, aber sie hat mich begleitet, immer. Und vielleicht hat diese Schriftstellerin genau das sehen können.

Ich, Jakob, habe ab jetzt einen Vater mit Namen. Ich probiere ihn aus, während ich auf und ab gehe.

»Chris.«
Einfach nur Chris, oder abgekürzt für Christian? Eigentlich weiß ich doch immer noch nichts.
Woher ist er gekommen, als er von seinem Vater, dem alten Jakob, von meinem eigenen Opa, zu Stine geschickt wurde? Wohin ist er gegangen, nachdem er seine Mission erfüllt hatte? Wo lebt er? Und wieso hat er mir zwar Namen und Schlüssel gegeben, ist aber nie gekommen, um bei mir zu sein oder mich wenigstens zu besuchen?
»Jakob, bitte.« Mamas Blick zitiert mich zurück zum Tisch. »Setz dich wieder.«
Setz dich? Kommt da etwa noch mehr?
Hannah rutscht an die Kante ihres Stuhls, ich setze mich neben sie. Durch ihre Nähe fühle ich mich stark. Ich höre!
»Wenn ich gesagt habe, dass ich nicht weiß, ob es richtig war, Chris ziehen zu lassen … «
So wie Mama das R bei Chris ausspricht, schließe ich, dass er aus einem englischsprachigen Land kommt.
»… dann deshalb, weil ich sicher weiß, dass meine Entscheidung zumindest für dich, Jakob, nicht richtig war. Chris musste zurück und sein Leben neu ordnen. Diesen Schritt hatte er zu tun. Alles andere wäre Flucht gewesen. Ich redete mir ein, dass ich ihn ziehen lassen musste. Natürlich wollte ich, dass er bleibt, oder zumindest wiederkommt.« Mama greift sich eine weitere Erste-Hilfe-Zigarette, die ihr Wiebke anbietet. Nervös klopft sie damit auf den Tisch.
»Ich hätte ihn halten können. Ganz einfach, wenn ich ihm gesagt hätte, dass ich schwanger war. Doch was wäre das anderes als Erpressung gewesen? Eine unmögliche Basis für ein gemeinsames Leben. Er sollte aus freiem Willen bleiben oder zu mir zu-

rückkommen. Zwang hätte doch alles kaputtgemacht, die Magie dieses wunderbaren Sommers und noch bis weit in den Herbst hinein. Mein Gott, die Zeit, die ich mit Chris zusammen verbracht habe, gehört mit zum Schönsten und Wahrsten, das ich je erlebt habe. Das wünsche ich jedem Menschen. Von sich aus war Chris damals unfähig, eine Entscheidung für ein gemeinsames Leben zu treffen, und wenn er noch so viel älter war als ich. Er hätte so alt wie Methusalem sein können, das hätte nichts daran geändert. Die Klarheit hätte von mir kommen müssen.«
Mama steckt die Zigarette an.
»Dass ich schwanger war, wusste ich erst ganz kurz vor Chris' Abreise mit Sicherheit. Sollte ich es ihm erzählen, oder besser nicht, fragte ich mich immer wieder. Heute weiß ich, ich hätte es tun müssen, auf jeden Fall, für dich, Jakob. Du hattest ein Recht auf deinen Vater. Und im Grunde weiß ich es schon länger.« Mama nimmt einen tiefen Zug, pustet Rauch aus, noch ein Zug, streift Asche von ihrer Zigarette, zupft Tabakkrümel von der Tischdecke. »Immerhin ...«, sagt sie jetzt leise, »... ich habe ihn gefragt, wie er sein Kind nennen würde, also, wenn er eines Tages eines haben würde. Das war ein Versuch, es ihm zu sagen, ehrlich. Und vielleicht, wenn seine Reaktion anders ...nein, mit Sicherheit! Wenn er darauf anders geantwortet hätte, dann hätte ich ihm alles sagen können. Aber so ... so konnte ich einfach nicht.« Sie schüttelt den Kopf. »Möchtest du wissen, was er gesagt hat?«
Ich nicke.
»Er werde keine Kinder haben, hat er gesagt. Warum nicht? Weil er einen Schlussstrich ziehen müsse. Er wolle verhindern, dass noch eine Generation kleiner Wesen mit dem irrsinnig schweren Gepäck alter Geschichten heranwachsen müsse. Er hätte immer, sein Leben lang, unter einer Schwere gelitten, die er nicht

erklären konnte. Damit solle Schluss sein. Aber die Frage nach den Namen hat er mir trotzdem beantwortet: Jakob würde sein Sohn heißen und Dora seine Tochter. Jakob wie sein Vater, Dora wie seine Mutter, das hat er schon immer gewusst.« Mama kratzt festgeklebte Kuchenreste von der Tischdecke.

»Wiebke, bitte sei so nett ...« Stine winkt sie zu sich. »Im Hängeschrank neben dem Bücherbord, in der Stube, der Himbeerschnaps. Es ist die schmale weiße Flasche ohne Aufkleber, mein Selbstgebrannter, weißt du?«

»Den soll ich holen?«

»Ja, bitte. Darauf brauchen wir alle einen. Und die Gläser nicht zu klein. Und ihr? Mögt ihr von meinem selbstgemachten Sirup?«

»Ich bringe ihn mit. Hannah hilfst du mir tragen?«

Ich rutsche von der Kante in die Mitte des Stuhls, sehe Hannah und Wiebke nach, bis sie hinter dem Rosentor verschwinden.

»Na ja, im Grunde war das die Geschichte«, fährt Mama mit ruhigerer Stimme fort. »Chris sagte damals, er wolle keine Kinder. Aber ich wollte dich, von Anfang an. Also musste ich meinen Weg ohne ihn finden. Ob ich aus Trotz oder verletztem Stolz, oder warum auch immer nie mehr versucht habe, Kontakt zu ihm aufzunehmen, kann ich nicht mehr sagen. Und wenn er sich nicht bei dir gemeldet hat, dann hat es nur mit ihm und mir zu tun, nicht mit dir, verstehst du das, Jakob? Er weiß nicht, dass es dich gibt. Und du hast mehr von ihm als deinen Schlüssel und den Namen, sehr viel mehr. So, jetzt ist es raus, und stolz bin ich nicht auf mich.« Mama zieht die Nase hoch.

»Kannst du mir verzeihen, Jakob?«

»Jetzt reicht es aber! Was soll der arme Junge denn darauf antworten, Marlene? Also, wirklich.« Stine schaut Mama an, als sei sie ein kleines Gör mit nichts als Unfug im Kopf.

»Fehler macht jeder von uns. Die gehören dazu. Meist macht man sie doch aber, weil man es nicht besser weiß! Konntest du damals wissen, was du jetzt weißt?«
Mama zuckt mit der Schulter.
»Na? Marlene?«, hakt Stine streng nach. Mama verneint klar und deutlich.
»Na bitte. Du konntest damals nicht anders. Und jetzt bei den alten Geschichten zu verharren, bringt doch gar nichts. Macht für die Zukunft das Beste daraus, ihr beiden. Was habe ich davon, mir den Kopf darüber zu zerbrechen, wie anders mein Leben verlaufen wäre, hätte ich gewusst, dass Jakob überlebt und in England eine Heimat gefunden hat? Es ist gut, wenn man mit dem Vergangenen Frieden schließen kann, denn Herausforderungen gibt es genug.« Stine deutet auf den Rest Zwetschgenkuchen auf ihrem Teller. »Da steht meine Herausforderung. Natürlich hättest du Jakob schon früher einweihen können. Aber dieses ewige Gerede über alle Dinge, wie es heutzutage modern ist, vermag auch nicht alles aufzulösen. Große Wunden brauchen einfach viel Zeit, um zu verheilen, ob nun mit oder ohne lange Gespräche. Manchmal dauert es Generationen. Was sind dagegen schon diese paar verschwiegenen Jahre? Wisst ihr, ich glaube es gibt so etwas wie ein Schicksal, vor dem keiner weglaufen kann. Hat es sich nicht gefügt, dass wir uns gefunden haben? Und jetzt komm endlich her, du ›Jakob, Jakob-Enkel‹, und lass dich drücken.«
Sie bringt meine Matte auf dem Kopf gegen den Strich in Unordnung. Und von Mama lasse ich mich dann auch noch in den Arm nehmen und drücken.

*

Was ich jetzt brauche, das merke ich ganz deutlich, ist Ordnung. Ganz dringend brauche ich ein ordnendes System gegen all diese verdrehten Puzzleteile in meinem Kopf. So eine Art Struktur für den Überblick. Und was mir beim Sortieren helfen wird, das weiß ich auch schon. Hannah muss mir ihr dickes blaues Heft abtreten, das sie in ihrer Riesentasche mitgeschleppt hat. Ja, ich werde alles aufschreiben und zwar schnellstmöglich. Die Geschichte, die zu mir gehört, die schon immer da war, nur dass ich nichts davon gewusst habe. Und alle noch fehlenden Infos muss Mama liefern. Und dazu eigentlich auch noch mein Vater ...
Das mit meinem Vater muss ich noch sehen.
Wiebke stellt zierliche Gläschen auf den Tisch, zieht quietschend den Korken aus der Flasche und gießt drei von ihnen randvoll. In die beiden anderen Gläser mischt uns Hannah Sirup.
»Auf die Liebe und das Leben, auf Vergangenes und Zukünftiges, auf jetzt und auf uns!« Wir stoßen an.
»Das war dringend nötig!«, sagt Stine,
Mama nickt, schaut noch einmal in ihr Glas, von dem sie nur genippt hatte, probiert noch ein Schlückchen, schmeckt interessiert nach und fragt Stine, wo sie den her habe.
»Eigenhändig gebrannt, antwortet Stine nüchtern.
Mama sieht sich um. »Ganz legal?«
»Selbstverständlich! Was denkst du? Auf meinem Haus ist das Brennrecht, noch von meinem Vater. Doch verfiele dieses Recht in näherer Zukunft, wenn nicht innerhalb einer Frist wieder Schnaps gebrannt würde. Chili-Zwetschgenkuchen explodiert wenigstens nicht, aber wenn mir beim Schnapsen wegrutscht, wie es geht, fliegt mir noch das ganze Brenngeschirr um die Ohren. Ne, das ist mir zu gefährlich. Also, Schnapsrecht ade, ich kann es nicht ändern.«

Mama streicht mit Daumen und Zeigefinger über ihre Lippe. Das macht sie immer, wenn sie grübelt.
»Also, was ich mir überlege, ist ...«, sagt sie. »Jakob, du hörst jetzt mal weg.«
Tu ich natürlich nicht, und höre, dass meine Oma heimlich und hinter verschlossenen Türen ihren Verdauungsschnaps selbst gebrannt hat und dass sich der Vorrat zu ihrem großen Bedauern dem Ende zuneigt. »Ich besuche dich nicht im Gefängnis, wenn sie dich erwischen«, habe ich ihr gesagt, und das hat sie sich zu Herzen genommen.«
Dass Oma es faustdick hinter den Ohren hat, weiß ich, aber dass sie so richtig illegale Sachen macht, hat sie mir natürlich nie auf die Nase gebunden. Deshalb roch sie manchmal so undefinierbar, wenn sie aus dem Keller kam! Und jedes einzelne Etikett – »Für die Verdauung, 42%« – habe ich von Hand für sie geschrieben. Und ich dachte, sie hätte gespart und die billigsten Flaschen gekauft, die ohne Schild!
»Soll herkommen, die Frau. Ich könnte schon morgen bei der Behörde einen Termin eintragen lassen, dann könnte sie loslegen«, antwortet Stine und genehmigt sich noch einen Schluck.

Natürlich fuhren Hannah und ich in den Herbstferien gleich wieder auf die Insel. Dass wir beide sobald wie möglich wiederkommen würden, stand fest. Hätte Selin nicht mit ihren Eltern verreisen müssen, wäre auch sie mitgekommen. Lieber ist es mir so. Die Überfahrt war schrecklich stürmisch. Schön war das wirklich nicht, aber ich habe sie überlebt. Und Hannah auch, obwohl sie mir die Spucktüte halten musste ... nein, musste sie natürlich nicht, hat sie aber getan.

Wiebke hat *Wanderdüne* und *Tide* für uns freigehalten, der biestigen Möwe klebt jetzt eine kleine Schleife am Schnabel, und das lässt sie gleich viel friedlicher aussehen.

Oma hat nicht lange gezögert und ist dem verheißungsvollen Ruf nach »Exotik« auf die Insel gefolgt. Sie hat sich in Stines Fremdenzimmer einquartiert: »Erst einmal für ein paar Tage, dann sehen wir weiter.« Aber kaum haben Stine und sie ein Projekt abgeschlossen, fällt den beiden schon das nächste ein, und ich wette, dass sie erst einmal bleiben wird. Irgendetwas brütet sie auch aus, oben in ihrem Zimmer. Aber wenn man sie nach all den Notizzetteln fragt, die sie an die Wände hängt, schweigt sie. Auf Nachbohren weicht sie mit Begriffen wie »Konzept für Wohnformen im Alter«, oder so ähnlich aus, »alles noch nicht spruchreif ...«

Gestern habe ich Stine Fotos von meinem »Was-vom-Boot-übrig-blieb« gezeigt. Staunend hat sie sie angeschaut, den Kopf geschüttelt, dann lächelnd mit dem Finger die Form des Rumpfes nachgefahren, extrem langsam. Sie musste sich Tränen aus

den Augenwinkeln tupfen, seufzte einmal tief und lächelte mich selig an.
Beweist mir das jetzt, dass dies wirklich der Rest des alten Bootes ist, mit dem sie ihren Jakob, also meinen Großvater, von der Insel gebracht hat? Oder ist es einfach irgendein Boot, das alte Erinnerungen in ihr geweckt hat? Ich finde, dass eine Antwort darauf jetzt nicht mehr so wichtig ist.
In meinem blauen Heft bin ich auf den letzten Seiten angelangt. Na ja, ein paar Seiten musste ich zwischendrin rausreißen, weil sie nicht gut waren. Aber jetzt habe ich beinah alles aufgeschrieben. Lange vor dem Abgabetermin für das Schreibprojekt bin ich damit fertig. Auf Antonias überraschten Blick bin ich ja mal gespannt! Und während die anderen noch mit Geschichten kämpfen werden, habe ich frei! Apropos Geschichten: Immer wieder geht mir die Frage durch den Kopf, wie es sein kann, dass diese Autorin mit ihrer Antwort, Geschichten seien immer schon da, in meinem Fall den Volltreffer gelandet hat. Werde ich mich trauen, sie darauf anzusprechen, wenn sie das nächste Mal kommt?
Meinen Vater habe ich gegoogelt, was natürlich erst funktioniert hat, nachdem mir Mama seinen ganzen Namen verraten hat. Unter Chris Rosenberg bin ich weitergekommen. Eine Adresse irgendwo an der englischen Küste habe ich und dazu eine Telefonnummer. Nur den Mut, mich bei ihm zu melden, hatte ich bisher noch nicht. Alles auf einmal geht eben nicht. Und wenn das Warten auf den richtigen Moment ein Vorwand ist, bitte, dann kann ich es auch nicht ändern, dann ist es eben so. Die alten Briefe möchte ich auf jeden Fall noch einmal lesen, bevor ich mich melde. Nacheinander, in Ruhe und ganz für mich.
Mit Hannah, die meine Freundin, also ich meine jetzt meine *beste* Freundin, geworden ist – komisch, irgendwie fühlt es sich

an, als wäre sie es schon immer gewesen –, also mit der pieksenden Hannah an der Seite, besteht auch nicht die Gefahr, mich ewig darum herumdrücken zu können. Möglich, dass wir einfach irgendwann zu ihm reisen. Zusammen erlauben sie es uns bestimmt. Und dann? Ist es vielleicht ganz einfach? Klingeln ... Gänsehaut.

Aber was ist, wenn ich meinem Vater begegne und es passiert nichts zwischen ihm und mir, einfach rein gar nichts, so wie bei dem Foto von Stine und ihm in meinen Händen? Wenn wir einfach nur zwei Fremde sind, die sich begegnen, ein Alter und ein Junger, die einfach nichts verbindet? Nicht schön, aber möglich. Und dann? Meine Hand legt sich auf meine Brust. Verlässlich spüre ich meinen Schlüssel. Er gibt mir Ruhe, eine Art Sicherheit, auch jetzt, und dabei kommt mir die zündende Idee überhaupt, klar Mensch, der Schlüssel!

Wenn ich also an der Tür meines Vaters stehe, auf die Klingel drücke, warte und irgendwann die Tür aufgeht, wenn dann mein Vater vor mir steht, dann, in diesem Moment halte ich ihm einfach meinen Schlüssel hin. Dann muss er einfach verstehen. In genau diesem Moment.

Soll ich ihm meinen Schlüssel, also den, der meinem Großvater gehört hat, zurückgeben? Kann ich mich davon trennen? Die Antwort ist eindeutig: Nein. Dieser Schlüssel gehört zu mir, und ich werde mich nie von ihm trennen. Niemals. Keine Sekunde brauche ich für diese Erkenntnis. Aber eine andere Idee habe ich, und die ist gut. Sehr gut sogar: Während der Herbstferien baue ich meinen kleinen Rahmen fertig. Wiebke ist zwar für ein paar Tage zu ihrem Freund gefahren, hat uns aber ausdrücklich erlaubt, ihre Werkstatt zu benutzen. Den Rahmen nehme ich mit nach Hause, werde meinen Zimmerschlüssel zum Schlüsseldienst am Deich bringen und einen zweiten machen lassen. Diesen Ersatzschlüssel zu meinem Zimmer, den hänge ich in den Rahmen, und diesen eingerahmten Schlüssel werde ich meinem Vater schenken. An der Eingangstür wird er zwar klingeln müssen, und vielleicht zeigt sich Jan dann wenig begeistert, wenn mein Vater mich besuchen kommt, aber in mein Zimmer wird er mit seinem Schlüssel jederzeit hereinkommen können. Selbst wenn ich mal nicht da bin.

*

Von unten rufen Stine und Oma, ich solle meine Weste bringen. Ich finde beide in Wiebkes Waschküche. Was geht denn hier ab? Oma gießt kochendes Wasser in einen Waschzuber. Stine streut einen Beutel Blauholz hinein und rührt mit einem überdimensionalen Holzlöffel in der Brühe herum. Jetzt öffnet Oma verschiedene Glasfläschchen und gießt deren Inhalt dazu.

Moment, ist das nicht blaue Tinte im Tintenfass? Sie werfen Heidelbeeren ins Wasser, und ganz zum Schluss kippt Stine aus einer Glasflasche mit der Aufschrift »Bromthymolblau« eine gelbe Flüssigkeit dazu, die sich im Waschzuber sofort blau verfärbt.

»Jetzt du Jakob«, sagt sie. Bevor ich meine Weste dem ungewissen Blau übergebe, überprüfe ich noch sämtliche Taschen, ob sie auch wirklich leer sind. Ich lege sie in die Wanne, sehe zu, wie sie sich mit Flüssigkeit vollsaugt und warte, bis sie gänzlich versunken ist.

»Das muss jetzt erst einmal ziehen«, sagt Oma und wischt ihre Hände an der Schürze ab.

»Hast du nicht auch etwas zum Färben?«, fragt Stine Hannah, die gerade um die Ecke biegt. Hannah wehrt ab, was wahrscheinlich vernünftig ist, weil keiner weiß, ob tatsächlich eine Blaufärbung herauskommt, nachdem man alle Varianten von Blau in die Brühe gegeben hat. Vielleicht hätte ich besser Mama gebeten, mir ein Paket Färbemittel aus der Drogerie mitzubringen. Rein in die Waschmaschine, anschalten und fertig. Ob ich die Weste jemals wieder tragen kann?

Gerlinde Kurz hat mehrere Berufe, die sie gleichermaßen liebt. Neben dem Studium der Romanistik, Kunst- und Literaturgeschichte waren ihre Interessen schon immer sehr breit gestreut. Früher hat sie als Hebamme gearbeitet, heute bringt sie ihre eigenen Geschichten zur Welt. 2012 erschien im Verlag Urachhaus ihr Debüt *Sophie und das verwunschene Haus*. Gerlinde Kurz lebt mit ihrem Mann, zwei Kindern, einer Katze und ein paar unverwüstlichen Hasen in Hamburg.